虐げられた無能の姉は、あやかし統領に溺愛されています

木村真理 Mari Kimura

アルファポリス文庫

https://www.alphapolis.co.jp/

登場人物紹介

【西園寺侯爵一家】

西園寺初音　西園寺侯爵家長女。十七歳。異能をもたないため「無能」と疎まれている。
西園寺華代　西園寺侯爵家次女。父に溺愛されてわがままに育つ。
西園寺侯爵　西園寺侯爵家当主。初音と華代の父。
西園寺絹子　初音と華代の母。娘たちには無関心のようだが……。

【かくりよからの来訪者】

高雄　かくりよのあやかしの統領。鬼神。
雪姫　高雄の側近で目付け役。見た目は白髪の少女だが、実は七百歳を超えている。
樹莉　高雄の側近。緑色の髪が豪奢な鬼神の美女。
湖苑　高雄の側近。藍色の髪をもつ鬼神の青年。
火焔　高雄の側近で幼馴染。赤色の髪をもつ鬼神の青年。

【女学校の人々】

東峰寺百合子　東峰寺侯爵家の四女。女学校の女王で初音の同級生。
高田万智子　高田呉服店の一人娘。初音の同級生。
上村千鶴　上村百貨店の長女。初音の同級生。
華厳公顕　初音が通う青都女学校の校長。

序章

「はぁ……」

無意識にため息をついてしまって、初音は慌てて口元を手で押さえた。

いけない。

こんなふうだから、名門・西園寺侯爵家の長女としてふさわしくないと言われるのだ。

ただでさえ、初音は「無能」——あやかしを操るという異能を持たない、出来損ないと呼ばれているのに。

心が、つきんと痛む。けれど、それは幼いころから慣れた痛みだ。

初音は気をとりなおし、ぴんと背筋をただした。

初音が通う青都女学校は、大統国の古都の東に位置する青山の中腹にある。

女学校に通う生徒たちは、みんなこの坂を上って、学校に通っている。

着飾った女学生たちでも上れるほどゆるやかな坂道だ。けれど、女学校に着くまでそれなりに距離がある。

自宅からここまで歩いてきて、最後にこの坂道を上るのは、毎朝のこととはいえ体に堪(こた)えた。

着物の裾に気をつけて歩を進めながら、顔には微笑をうかべる。けれども油断すると、初音の表情はすぐに曇(くも)ってしまう。

(せめて、私も袴(はかま)が着られたらいいのに)

周囲の少女たちは、昨今の流行だという海老茶色(えびちゃいろ)の袴(はかま)をはき、かろやかに坂を上っていく。同じく流行の編み上げブーツを合わせていて、とても歩きやすそうだ。

一方初音の着物は、西園寺の令嬢にふさわしい、あでやかな椿が描かれた振袖だ。

けれど大ぶりの袖は、長時間荷物を抱えて歩くには重く、動きにくい。

そもそも、こんな華やかな着物を着て女学校に登校する令嬢は、坂道を自分の脚で上らない。

……初音のひとつ年下の妹、華代(はなよ)のように。

「ごきげんよう、お姉様」

妹のことが頭をよぎったとたん、彼女の声が頭上から聞こえた。

華代は嫣然(えんぜん)とした笑みを浮かべて、人力車から初音を見下ろしていた。

「ごきげんよう」

華代の声を聞いただけで、初音の心は重苦しくなる。

けれど「無能」の初音は、妹に声をかけられて無視することなどできない。

初音は立ち止り、妹を見上げて追従の笑みを浮かべた。

華代と初音は、顔の造作だけはよく似ていた。

けれど西園寺家の跡取り娘として大切に育てられた華代の髪や肌は艶やかで、大きな黒い目は自信に満ちている。

まだあどけなさの残るまろやかな頬、ふっくらとした小さな唇。そのどれもが初音と似ていたが、見る人にはまったく異なる印象を与える。

かたや豪奢な牡丹の花を、かたや打ち捨てられた名もなき野の花を思い起こさせるほど、ふたりには外見的な美にも、自信にも、覇気にも圧倒的な差があった。

華代は、初音の追従を当然のように受け取り、嘲りの笑みを浮かべる。

「お姉様ったら、まだこんなところを歩いていらしたのね。朝食もおひとりで早くに召し上がったのに、ずいぶんごゆっくりですこと。急がないと、授業が始まってしまいますわよ」

「ええ。そうね」

初音は、つとめて笑顔で華代に答える。

傷ついた顔を見せれば、華代がかえって喜ぶと知っているから。

華代は「ふん」と鼻を鳴らし、人力車を引く男に急ぐように言って初音を追い越していった。

周囲の女学生の視線を感じる。

あれが、西園寺の無能の姉と優秀な妹なのかと嗤（わら）われているのだろうか。

無能の姉は徒歩で学校に通い、優秀な妹は人力車に乗って姉をさげすむ。人前で堂々と姉をさげすむ華代の態度は、西園寺の家ではそれが「当たり前」なのだと周囲の少女たちに知らしめただろう。

こんなことがよくあるのだから、初音が西園寺の家で冷遇されていることを女学校の生徒たちは皆、知っているのだ。

今日の一幕もきっと、少女たちの噂話のひとつとして消化されるのだろう。

初音は「慣れたことだわ」と自分に言い聞かせた。

こんなことは、なんでもない。

自分が「無能」だから仕方がないのだと。

第一章

急ぎ足で坂道を上ると、冬の朝とはいえ暑く感じる。

「ごきげんよう」

教室に入ると、誰にともなく初音は声をかけた。

教室は一瞬しんと静まり、すぐに元のざわめきを取り戻す。

誰も、初音に言葉を返す者はいない。

これも、いつものことだ。

大統国でも五本の指に入る名家の娘でありながら、生家で疎(うと)まれている無能の娘と親しくなろうという人間は、ここにはいない。

「あの方はどなたですの？　ご挨拶しなくていいのかしら」

教室の片隅から、小さな声がした。

初音は自分の席に腰を下ろしながら、さりげなくそちらへ目を向けた。

長い髪を後ろで三つ編みにまとめた小柄な少女が、隣の少女に小声で尋ねながら、初音を見ている。

（新顔ね）

青都女学校は、十三歳から十八歳の女子が集う学校だ。

華族の令嬢をはじめとする名家の令嬢たちが、この学校で学んでいる。

授業で教養から実践的なものまで幅広く扱う、この国きっての名門女学校である。

けれど、生まれた時からこの学校への入学を認められている華族の令嬢たちはともかく、平民の娘たちにとってこの女学校で学ぶことは、知識を得ること以上に、嫁入りのための箔づけという意味を持つ。

平民の娘たちは、入学して一年も経たないうちに結婚のため退学してしまう。

先日までこのクラスにいた綿工場の経営者の娘も、半年ほどの在籍で退学してしまった。親ほどの年齢の議員の妻になるのだと、嬉しさ半分、悲しさ半分で言っていた彼女の代わりに、この少女は入学してきたのだろう。

三つ編みの少女に、隣の少女が耳打ちする。

その声は小さく、用心深く、初音の耳には届かない。

けれど彼女がなにを言っているのか、初音には手に取るようにわかった。初音には関わらないほうがいい、と言っているのだろう。

異能を持つ名家は、四家。

北王寺、南郷寺、東峰寺、それに西園寺。

四家はあやかしを操る〈使役の術〉などの異能で古くから帝を助けてきたため、侯爵の地位を賜っている。

あやかしとは、古来からこの国に住み着くあやしのものすべてを指す。

古くは鬼神や天狗と呼ばれる、人をはるかに凌駕する能力を持つあやかしがこの世を闊歩していたそうだ。けれどそのような強力なあやかしは、七百年ほど前にふっつりと姿を消したという。彼らは金・銀・宝石をはじめとする美しいもの、豊かなものをこの世から根こそぎ奪い、ある日とつぜん、かくりよに消えたそうだ。

この世に残された人間は、貧しくなったこの地で、つつましくも誠実に生きてきた。だがあやかしたちが無法に掘り起こした土地は、今でも時に地が揺れ、川が氾濫し、山が崩れる。そこで、この地に残されたあやかしたちを使役し、その恐ろしい自然現象を収めてきたのがこの四家なのだ。

もっとも、強い力を持つあやかしたちが姿を消して七百年。

そのあやかしたちが発する力のおこぼれを取り込んでいた弱いあやかしたちは、だんだん力を失い、姿を消していった。今ではごくわずかな力の弱いあやかしが残っているだけだ。

必然的に、四家の人間にできることは少なくなってきていた。

今では大昔の四家の当主たちが使えたという、山崩れを一瞬で止めたり、川の氾濫を抑えたりというような大きな術が使える人間はいない。

四家の当主であっても、小雨を降らせたり、小川の流れをよくしたりという程度の術を使うのがせいぜいだ。当主以外の人間にいたっては、手のひらに収まるほどの水を出したり、小さな火種を作るのが精いっぱいだ。

その弱さを補うため、新たに自分たちの思い通りに使役するための「式神」を作り操る〈式神の術〉なども新たに生み出されたし、他にもいくつもの新たな術が生み出された。だが、いずれも昔のような異能の術には遠く及ばない。

それでも市井の人間にはない特殊能力を四家の人間が持っていることは、彼らにとって誇りであり、四家の人間が特別な扱いをされる要因でもあった。

そんな中に生まれた、なにひとつ異能を使えない娘。

（それが、私……）

きっとあの新顔の少女も、今ごろそれを聞かされているのだろう。

異能を持つ人間は、どんなに遅くとも十歳までには、あやかしを操る〈使役の術〉

や、作った式神を動かす〈式神の術〉が使えるようになる。

西園寺を含めた四家の人間は、分家の人間も含めて、弱くとも何らかの異能は発揮できた。特に本家に近しい人間で、これができない者はいなかった。本家の長子であるにもかかわらず、なんの術も持たない「無能」。そんな者は、初音が初めてだったのだ。

ゆえに、初音は疎まれた。

西園寺の人間はもちろん、西園寺と並ぶ他の四家の人間にも、彼らの力を自身の力として大統国を治める帝にも。

そんな初音の扱いは、微妙なものだ。

西園寺の人間なので、それなりに大切には扱われている。美しい着物を身にまとい、羨望の的である女学校に通い、安全な家で眠り、食うに困ることはない。

貧しい平民からすれば、贅沢な身の上だろう。

一方で、西園寺の人間でありながらも無能である罰のように、他者から軽んじられ、家族からは恥知らずとそしられる。

七歳にしてなんの術も使えなかったころからじわじわと、華代が七歳になって〈使役〉の術を使ってからははっきりと、ひとつ年下の妹とは扱いに差をつけられた。

例えば今日の着物ひとつとっても、そうだ。

椿の柄が入った美しい友禅の着物は、元は華代のためにあつらえられたもの。それを初音が着ているのは、華代が何度か袖を通し、飽きたからいらないと言ったものを下げ渡されたからだ。

十歳のころから下級の使用人と同じ食事に変えられた初音より、華代はずっと発育がいい。

華代に合わせて仕立てられた着物は、裄も丈も初音には大きすぎたし、華代には似合う鮮やかな色合いは、日に焼けた色艶の悪い肌や髪を持つ初音には、どうにも似合わなかった。よい着物に合わせる帯や帯揚げは、使い古した安物だ。

そのちぐはぐさは、初音の境遇そのものだった。

美しい着物を着ていても、それが本人に合わないものだと誰の目にも明らか。妹とは異なり、付き添いもつけず自邸から徒歩で通っている。

大きな邸宅に住んでいるが、自室は他に住む者もいない離れにある。ろくに手入れされていない部屋は、冬は隙間風に悩まされ、寒さに震えなければならない。

家族と食事をともにとることも許されず、下級使用人と同じものを自室で食べる。

優しい言葉をかけられることはおろか、挨拶さえも家ではされない。

他者の目がある家の外では話しかけられることもあるが、それとて最小限の冷え冷えとしたものか、初音をさげすむものだ。

そんな初音も、つい先日十七歳になった。

貴族の娘の結婚適齢期だ。

これまでは、西園寺の娘が平民の娘のように若くして嫁ぐのは恥だと見逃されてきたが、そろそろどこかへ嫁がせると父に言われていた。

それは初音にとって、希望であった。

結婚し、別の家の人間になる……。

おそらく初音の結婚相手は、四家の人間ではないだろう。

四家はお互いに張り合いながらも、異能を持つ子を作るために、異能の花嫁を望む。血が濃くなりすぎないようにと他の四家と婚儀を結ぶことが多いものの、能力を持たない初音は候補から除外されるだろう。

初音が結婚する相手は、おそらく四家以外の人間。初音と同じ「無能」の人間のはずだ。そこへ嫁げば、初音がさげすまれることはないのではないか。同じ「無能」の人間として、家族の一員として扱ってもらえるのではないか。初音はそんな希望を抱いていた。

先日女学校を辞めた少女のように、相手は親ほどの年齢かもしれない。でも、それでもいい。初音を家族の一員として扱ってくれる方であれば。

食事をともにしたり、笑い合ったり、その日あったことを話したり……。そういうことができる方であればいいと、初音は願わずにはいられない。

けれど、相手はそんなに望ましい人間でないことはわかっていた。

帝にも疎(うと)んじられている人間を喜んで娶(めと)る者はいないからだ。

厄介者を引き受けて西園寺に恩を売ること、そこに若い名家の娘という初音の価値を加算して手を上げてくれる平民か、本家に逆らえない下のほうの分家の者が妥当な線か。

そうやって嫁いだ先でも今と同じように疎外されるか、慰み者がせいぜいだろう。

非道な話だ。

けれど父には、お前にはそれでももったいない話だと言われそうだ。

なぜなら、父は初音が悪鬼(あっき)にとりつかれていると信じているからだ。

初音に心当たりはない。

だから初めにその話を聞いた時は、父が初音への嫌がらせのために嘘をついているのだと思った。けれど、父はこればかりは他人に知られることを恐れているようで、身内だけがいる時にしか口に出さなかった。

初音には本当に悪鬼(あっき)がついているのか、父が突拍子もない偽りを信じているのか……、どちらにしても、初音の未来は暗澹(あんたん)としているようにしか思えなかった。

級友から話を聞いたのか、三つ編みの少女はあっさりと初音から目をそらした。初音に関わってはろくなことにならないと察したのだろう。

いつものことだ。

悲しみとともに、初音はその想いを呑み込む。

三つ編みの少女は、すぐに初音のことなど忘れたのか、ちょうど教室に入ってきた別の少女を見てはずんだ声をあげた。

「あの素敵な方は、どなたですの？」

小声ではあったが、三つ編みの少女の声はよく通る。

初音も何気なく少女の視線の先を追って、心の中で「あぁ」と、そっとため息をついた。

「あの方は、東峰寺百合子（ゆりこ）様よ。東峰寺侯爵のご令嬢なの。素敵な方でしょう」

答える少女の声は、誇らしげだ。

初音と同じ十七歳の百合子は、四家のひとつ東峰寺の本家の四女だ。

当主と妾（めかけ）の間に生まれた子であるため、女学校では「無能」の初音や平民と同じクラスにいるものの、人目を引く美しさと式神使（しきがみつか）いの能力の高さで、東峰寺家では珠玉として扱われているという。

同じ四家の令嬢でありながら、初音とはなんと違うのだろう。

どこか大人びたうりざね顔の百合子は、この教室の女王だ。

今も女王にふさわしく、級友たちの浮足立った崇拝の視線を一瞥で無視する。

「ご、ごきげんよう。百合子様」

「ごきげんよう」

そわそわと声をかけた級友に、百合子は微笑んで応えた。その微笑みは美しいけれど、どこか冷たくよそよそしく、所作は優雅で隙がない。

冷たくあしらわれた三つ編みの少女は、うっとりと百合子を見つめた。

百合子は彼女たちからすっと視線をそらし、視線が合った初音に微笑みかける。

「ごきげんよう、初音様」

その笑みも、声も、他の級友たちに対するのと同じように、美しくもよそよそしいものだ。

けれど百合子は、この教室の中で唯一、初音に声をかけてくれる級友だった。それが挨拶だけだとしても、初音は百合子に感謝せずにはいられない。

「ごきげんよう、百合子様」

たとえそれが四家の侯爵令嬢としての立場ゆえのものだとしても、どれほど初音が救われているか、百合子にはわからないだろう。

初音が挨拶を返すと、百合子は目礼して、視線をそらす。

百合子のまわりにはすぐに取り巻きの少女たちが集まり、初音の席からは見えなくなった。

初音は授業の準備をして、ひとり静かに授業の始まりを待った。

◇◇◇

朝礼の後ほどなくして、教室に現れた藤堂先生が英語の授業を始めた。

外交官の秘書だった夫を亡くしてからこの学校で教鞭をとっているという藤堂先生の授業は、厳しくもわかりやすい。

せめて学問はしっかり身に着けたいと思っている初音は、藤堂先生の話に集中する。

けれど授業が始まってすぐ、藤堂先生は窓の外を見て声をあげた。

「なんてこと……！　藤棚の藤が、満開だわ……！」

そんな馬鹿な、と初音は思う。

藤の開花は、四月の終わりか五月の初めごろ。

今はまだ雪すらちらつく一月だ。

先ほど学校へ到着した時に門のすぐそばにある藤棚の横を通ったが、もちろん花などひとつも咲いていなかった。

どうかなさったのかしらと思いつつ窓へ目を向けて、初音は息を呑んだ。

窓の外。

女学校の門のすぐそばで。

まだ一月にもかかわらず、藤棚の藤があでやかに咲き誇っていた。

「藤が咲いている……？」

初音は驚いて声をあげ、はしたないことをしてしまったと口を手で覆う。

けれど周囲の少女たちも騒然としており、中には立ち上がって窓辺まで歩いていく者までいたので、初音の声はかき消された。

あっという間に少女たちが窓に鈴なりに詰めかけた。

「信じられませんわ」

「先ほどまでは咲いていませんでしたわよねぇ」

藤を見ながら、少女たちは興奮したように大きな声で口々に言う。

ふだんであれば即座に叱責する藤堂先生も、窓に目を向けたまま、呆然とした様子で立ち尽くしたままだ。

冬に藤が咲く、それも突如として満開になるというのは、確かに不可思議なことだ。

けれど冷静沈着な先生が、ここまで動転するほどのことだろうか。

初音は、そっと百合子に目をやる。

百合子はとつぜん開花した藤の花をいぶかしげに見やった後、級友たちの浮足立った様子に、冷たいまなざしを向けた。

けれどその百合子も、一瞬の後、息を呑んで口元に手を当てた。同時に、窓辺の少女たちは目の前の光景に叫び声をあげる。

「藤が、動いて……！」

「光っている……？」

断片的に聞こえる言葉に、初音も窓へと視線を戻すが、窓辺に詰めかける少女たちの体にはばまれて、窓の外は見えない。

けれど、そこから漏れる、薄い紫色の光……。

（光っている？　まさか。藤の花が光っているというの……？）

「あなたたち！　早く窓から離れなさい……！」

少女たちの途切れ途切れの言葉と藤色の光を結び付けて初音が驚いていると、驚きから脱した藤堂先生が厳しい声をあげた。

少女たちはその声に打たれたように、窓から小走りで離れた。

窓際に誰もいなくなったので、初音にもはっきりと窓の外が見えた。

女学校の門のすぐそばにしつらえられた藤棚は、女学校のシンボルで、かなり大きなものだった。とはいえ、せいぜいその一辺は二尺ほどだったはずだ。

けれど今、窓の外にある藤は広場を埋め尽くすように広がっている。

いや、それ以上に。

窓の外の藤は意思を持つかのように動き、円のような形に変容していた。

そして、いくつかの大きな円は形成されるたびに藤色に輝き、今や眼下の広場は藤とそこから放たれる光で埋め尽くされていた。

「綺麗……」

恐れなければならない不可思議な光景だが、初音にはただただ美しい光景に見えた。

思わず、窓から差し込む藤色の光に手を伸ばす。

光は、初音の手のひらを淡い紫に染めた。

（綺麗……）

その光に魅入られたように、初音は目が離せなくなった。

光がきらきらと粒子のように輝く様が、初音の心に響く。傷だらけの初音の心をあまく優しく癒すように。

一瞬初音は時が止まったように感じたが、それを藤堂先生の悲鳴が切り裂いた。

「門が……！　かくりよの門が、開いてしまう……！」

絶叫するような藤堂先生の声は、不吉に響いた。

藤色の光はゆらゆらと揺らめき、ぴたりと止まった。藤の花は初音たちの目の前で、藤堂先生の言葉通り、巨大な門へと形を変えていた。

「嘘よ、そんな……。あれはただの伝説のはず……。門が、こんな、本当に現れるなんて、そんなこと、あるはずない……！」

絶望に震える声で、藤堂先生はうわごとのように言った。

その声音の暗さに、少女たちは意味もわからず、身をこわばらせた。

初音も、突如現れた門を恐怖をもって見つめ、せめてその門が閉じたままであってほしいと祈る。

だが、門はゆっくりと開く。

少女たちは、ただただ息を呑んでそれを見つめていた。

その時、輝く藤の門から人影が現れた。

「きゃあああああああああ……ぁぁあ？」

少女たちの口から絹を裂くような悲鳴があがる。

けれどその声は、門から現れた人々の姿が明瞭になるにつれ、小さくなった。

「なんて、綺麗な方たちなの……」

ぽつりと漏らされたひとりの少女の言葉が、そこにいるすべての少女たちの総意だった。初音も、心の中でうなずく。

謎の光から現れた人々は、美しかった。

初音たちがいる教室と彼らがいる藤の上とは距離もあり、細かな造作などはわからない。なのに、なぜかただ立っている姿を見るだけで彼らが美しいこと、自分たちよりも優れた存在であることを感じる。

人影は、十名。

そのうちの五名はそろいの服を身に着けており、整然と並んでいた。おそらく従者か護衛なのだろう。彼らからでさえ覇気を感じたが、その前に立つ五名の人影は彼らとは比べようもない存在感があった。

燃えるような赤い髪を長く伸ばした野性的な男、藍色の長い髪を下ろした白皙の青年、雪のような白い髪を美しく結い上げた清らかな美少女、波打つ緑の髪を持つ豪奢な美女。

そして彼らの中心に立つ、黒髪の青年。

「……鬼神」

藤堂先生がつぶやく。

「キシン」がなにを示すのか、初音はとっさに理解できなかった。

けれど、驚きに目を見張りながらも比較的落ち着いた態度を示してきた百合子は、「まさか」とすぐに応えた。

「鬼の神だとおっしゃるのですか？　ですがそれは、七百年も前にかくりよに消えたお伽話のような存在でしょう。そんなものが現実に現れるはずなどございませんわ」

百合子はそう口にしながらも、だんだん小声になっていく。

平素なら誰もが百合子の言葉に同意しただろう。けれど今、光輝く藤の門から人が現れるという、それこそお伽話のような光景が現実になっている。

であれば、彼らがその鬼神でないと、誰が言えるのか。

鬼神。

七百年前にかくりよに消えたあやかしたちの中でも、強大な力を持っていたという鬼の中の鬼。

現世を支配する帝の祖は、神と呼ばれ貴ばれる。

一方、人とそっくりな姿形をしていながら人間では決して敵わない強大な力を持ち、この世で好き放題に勝手な行いをする彼らを、人々は「鬼の神」すなわち鬼神と呼んだ。そしてある時は敬して距離を保ち、ある時は人にあだなすものとして退治しようとした。

そんな存在が、今この世に現れたというのか。

それはなんと恐ろしいことだろう。

けれど陶然として彼らを見つめる少女たちは、誰も恐ろしさを感じていないようだった。先ほどまであれほど門が開くことを恐れていた藤堂先生ですら、魅入られたように彼らを見ている。

「強きあやかしたちがかくりよへ消えた場所、それがこの学校があった場所だという伝説があるのです……。あの藤は、彼らがかくりよへ渡った後、突如現れた鎮守の花だという伝説が。けれど、ただのお伽話だと思っておりましたのに……」

藤堂先生は、ひとりごとのようにつぶやいた。

初音もまた、彼らから目を離せなかった。

特に、その中心にいる黒髪の青年から。

その青年は、鍛え上げられた立派な体躯をしていた。身に着けているのは神代のころの着物で、黒を基調としたすっきりとした美しい袍衣。

隣に立つ赤髪の青年と言葉をかわす彼の顔がもっと見たくて、初音は我知らず窓辺に歩み寄った。

するとその瞬間、黒髪の青年が顔を上げ、初音のほうを見た。

黄金に輝く金の目が、初音の姿をとらえる。

凛々しい眉、すっきりとした目元、すらりと通った鼻筋。上品で優しげな顔つきだが、その野生の獣のような瞳が、彼が絶対王者であることを告げていた。

だが、初音を見つけた瞬間、その黄金の目はとろりと溶ける。

そして。

「見つけた。俺の花嫁……」

一瞬後には、青年は教室の初音の前に姿を現し、初音の手を取って告げた。

さらさらと輝く黒髪の間から、あまい黄金の瞳が初音を見つめる。

見知らぬ男性から手を取られても、初音はその目に縫い留められたように動けなかった。

そんな初音の反応を承諾とみなしたのか、男は初音の手を取ったまま、膝をつく。

そして初音の手を形のよい唇に引きよせ、短い口づけをその手に落とした。

「そなたの名は？」

「西園寺、初音と申します」

男の声音は優しかったが、人を従えることに慣れたもの特有の、逆らわれることなど考えたこともないという独特の強制力があった。

家族や周囲の人間の顔色をうかがって生きてきた初音は、人に従うことに慣れている。そのため、逆らうことなど思いもつかず、彼の問いに答えたが、すぐに見知らぬ男に名を告げたことを自覚して恥じた。紹介もされていない男性に手を取らせ、名を告げるなど、はしたないにもほどがある。

かぁっと頬を赤く染める初音を、男はいとおしげに見つめた。

「初音。かわいらしい響きだ。そなたによく似合う」

そんなふうに初音に言う男こそ、精緻な人形に覇気を与えたような恐ろしいまでの美貌である。けれど男の視線は、彼が本心から初音をかわいらしいと思っていることを雄弁に伝えている。

まるで視線ひとつで愛を告げるように、彼の視線はあまい。

「俺は、高雄。あやかしの統領の、高雄だ」

「高雄様……？」

ねだるような視線に促され、男の名を呼ぶ。

男は嬉しそうに眼を細めた。

「高雄様。そちらが、お探しの方ですか？」

高雄の背後から、藍色の髪の男が声をかける。

いつの間にか、高雄の背後に先ほどまで藤の近くにいた四人が立っていた。従者らしき人々を除く、個性的な髪色の四人だ。

高雄は立ち上がり、初音の横に移動して答える。

「あぁ、そうだ。湖苑、この者こそ、俺の探していた人間だ。だが、それだけではない」

晴れ晴れとした笑顔で、高雄は宣言した。

「俺の心が愛おしいと示す者。この者こそ、俺の花嫁。あやかしの統領であるこの高雄が唯一と決めた娘だ！」

「それはそれは。おめでとうございます」

湖苑は怜悧(れいり)な美貌に薄い笑みを浮かべ、その場に膝をつく。

「マジかー。高雄様が急に花嫁を見つけるとは思わなかったぜ。すげぇな、嬢ちゃん！」

緋色の髪の精悍(せいかん)な男は初音を見てにかっと笑うと、湖苑に倣(なら)って膝をついた。

「まぁ、まぁ。本当におめでたいこと。高雄様はまだまだおなごには興味がないと思うておったが、一目惚れかのう。長生きはするものじゃのう」

ほのぼのと言ったのは、初音より少し年下に見える白い髪の清楚な美少女である。

彼女も、優しげな笑みを浮かべると、膝をつく。

「おめでとうございます、高雄様。おめでとうございます、初音様」

最後に緑の髪の豪奢(ごうしゃ)な美女があでやかに微笑んで、膝をついた。

高雄は満足げに「うむ」とうなずいた。

「湖苑、火焔(かえん)、雪姫(ゆきひめ)、樹莉(じゅり)。その寿(ことほ)ぎ、ありがたく受け取ろう。なぁ、初音」

「は、はい……？」

促(うなが)すように言われ、初音はうなずきかけた。

だが、さすがにこれはおかしいと思い、途中で言葉を切る。

「花嫁とは、私のことでしょうか」

「そなた以外の誰がいる？」

「私……、私は西園寺の娘です。私の結婚は、家が定めるもの。私はあなたのことを父から聞いておりません！　勝手に花嫁などと言われては困ります……！」

見知らぬ男に花嫁などと言われて否定もしなければ、後で父たちからどのような折檻（せっかん）を受けるかわからない。

自分のことを大切そうに見る高雄に心惹（こころひ）かれながらも、初音はきっぱりと伝えた。

他人の言葉を否定するなんて、初音はめったにしない。

女学校では初音に声をかける者はいないし、家族には逆らうことなど許されない。

怒られるだろうか。

男から怒鳴（どな）られることを予想して、初音はぎゅっと目を閉じる。

そんな初音に、高雄は優しく声をかけた。

「俺との結婚を断れるのは、そなたの意思だけだ、初音。そなたの家が、俺に逆らうことなどできないのだから」

「私の意思……？」

初音の意思。

そんなもの、今まで誰が気にしただろうか。

初音は男の言葉に戸惑うことしかできなかった。

西園寺の娘として、淑女として、恥ずべき言動をしていないか。初音に与えられるのは、いつもその尺度をもってはかられた結果だけだ。こんなふうに見知らぬ男性と親しげにするなど、級友や先生になんと思われることか。

現状を思い出し、初音は怯えて周囲を見回した。

きっと級友たちは、はしたないと眉をひそめているだろうと思ったのだ。

けれど、級友たちの様子は、初音の想像とはまったく異なっていた。

級友たちは皆高雄たちのほうを向いて膝をつき、両手を胸の前で組み、頭を下げていた。

視線は高雄たちへ向けているが、その目は陶然とし、彼らに囲まれた初音のことなど目に入っていない様子だった。

藤堂先生と百合子だけは毅然としたまなざしを保ってはいるものの、膝をついているのは級友たちと同じだった。

（これは、どういうことなの……？　なぜみんなは膝をついているの？）

膝をつくという所作は、自分より上の身分の者に対する礼である。とはいえ土足で歩く教室で、百合子のような侯爵令嬢が膝をつく相手など限られている。

（鬼神……）

初音の頭に、先ほどの藤堂先生と百合子の会話が思い出された。

人を圧倒的に凌駕する能力を持つ神ならぬ神。

かくりよに消えたと言われるそれが、目の前の高雄たちなのだろうか。

周囲の少女たちを見て驚く初音に、高雄はふっと優しく笑った。

「あぁ、驚いたのか？　心配ない、ただの人の子には我らの力は強すぎる。相対すれば耐えきれず、こうして膝をつくものだ」

そう言われて、藤堂先生の目には理解が、百合子の目には怒りが宿る。

けれど初音は、ますますわからなくなった。

「ですが、私はこうして立っております」

高雄は、初音の髪をひと筋とって、そこに口づけた。

「あぁ。そなたは、俺の花嫁。他の有象無象とは違って当たり前だろう」

「そんなこと、ありえません……！」

初音の口は、考えるよりも前に言葉を紡ぐ。

いったいこの男は、なにを言っているのか。

高雄というこの男の花嫁かどうかなどよりも、初音が特別ななにかであるかのような言われ方が恐ろしかった。

初音は、ただの人だ。

西園寺という名家に生まれた「無能」の娘。

それが初音だ。

この教室にいる少女たちが有象無象(うぞうむぞう)だというのなら、初音だって同じはずなのだ。

すり込まれた自意識を否定され、初音はその良し悪しなど判別もできず、ただ傷ついた気持ちになる。

そんな初音に、高雄は驚いたように目をしばたたかせた。それから初音の肩を抱いて、優しく諭(さと)した。

「いいや。見てごらん、そなただからこそ、俺の隣に立てるのだ」

促(うなが)されて、初音は再び級友たちを見る。彼女たちは先ほどよりも深く頭を下げ、もはやこちらに目を向けている者もいなかった。

ただひとり百合子だけが、強いまなざしで初音たちを見つめていたが、その百合子さえ先ほどよりも頭を深く下げていた。

高雄とともに来た者たちは、自らの意思で膝をついているのだろう。赤い髪の男などは跪(ひざまず)いているものの、にやにやと笑ってこちらを見ており、かしこまった様子はない。

教室にいる少女たちとは、明らかに様子が違った。

「でも……、私は『無能』だわ。本当なら私こそ、跪（ひざまず）いているはずなのに」

「初音が無能？　おもしろいことを言う」

高雄は、おかしげに笑った。

いかにも意外なことを聞いたというようにおかしげに笑う高雄に、初音の胸はぎゅっと痛くなる。

初音にとって無能である事実は、そんなに簡単に変えられることではないのだ。そのために、ずっと家族の一員として認められず、虐げられてきたのだから。

「笑わないで……」

震える声で、初音が言う。高雄ははっとしたように真顔に戻った。

「すまない。そなたが本気で自分のことを『無能』と言ったとは思わず」

困惑したように言う高雄に、初音のほうこそ困惑した。

彼は自分のことを、どれほど知っているというのだろう。先ほど出会ったばかりだというのに。

高雄も、初音も、お互いを見つめたまま言葉を飲み込む。

高雄の連れてきた者たちが、不思議そうにふたりを見ながら、立ち上がった。

その時。

「こちらに、鬼神（きしん）様方がご来臨（らいりん）なさったと伺いました……！」

教室の扉が、がらりと開いた。

驚いた初音が振り返ると、そこには洋装の男が数名立っていた。そのうちのひとり、いかめしい顔をした五十がらみの男の顔は、初音も知る人のものだった。

（華厳校長……？　女生徒の前にはめったにお姿を現す方ではないのに……）

青都女学校の校長は、代々四家ではない華族に稀に産まれる異能持ちの中で、特に強い力を持つ者が選ばれる。校長には、実質的な職務はほとんどない。非常事態が起こった時の対応のために毎日在校してはいるが、実務は副校長以下の人間に任されているからだ。

校長はふだん豪奢で快適な校長室で秘書たちに世話を焼かれながら、自らの術に磨きをかけている。

初音も、校内を歩く姿を何度か見たことがあるだけで、声を聞いたことすらなかった。華厳校長と聞いて思い浮かぶのは、ただただ偉い方である、ということだけだ。

だがその校長は、高雄の姿を見たとたん、膝を折り、こうべをたれた。彼の周囲にいた大人たちも、続くように膝を折る。

初音の級友たちと変わらないその様子に、初音は背筋が寒くなった。

けれど高雄はまた一歩初音へと歩み寄り、その手を握りしめる。

「言っただろう？　そなたはここにいるその他の有象無象とは違うと」

　高雄の言葉が聞こえたのだろう。校長の口元から、ぎりっという歯ぎしりが聞こえた。幼いころから華族の人間として、また強い能力者として貴(たっと)ばれてきた彼にとって、自分が有象無象(うぞうむぞう)扱いされることなど心外なのだろう。

　けれど校長も百合子と同様、やはりその他の人々とは少し違った。

　高雄の前でこうべをたれていようとも、ただただその威光に当てられ忘我(ぼうが)の淵(ふち)にある級友たちとは異なり、自身の意思で言葉を紡ぐ。

「鬼神(きしん)様とお見受けいたします。私はこの青都女学校の校長をつとめます華厳公顕(きみあき)。別室におもてなしをご用意しております。どうか鬼神(きしん)様方におかれましては、そちらにご移動をお願いできませんでしょうか」

「ふむ。もてなしとな？　俺はなにも望まぬが。それより、ようやく花嫁と出会えたのだ。このまま初音を連れて、一刻も早く城に戻りたい」

　高雄は初音の隣で、のんびりと言う。

「え……」

　初音はその言葉に、耳を疑った。

「私は、あなたの花嫁となることを了承した覚えはございません！　あなたとこのままどこかへ行くなど、勝手に決めないでください！」

　きっぱりと言えば、高雄は困ったように眉根を寄せた。

「ふられちまったみてぇだなぁ、統領」

赤髪の男が、からかうように言う。

「うるさいよ、火焔」

拗ねたように答えた高雄に、初音の胸がどきりと高鳴った。

初音は親の許可もなく見知らぬ男と結婚はできない、と常識的なことを言っただけで、高雄をふったという自覚などなかった。けれど自分の言葉ひとつが、高雄のような立派な男性の感情を左右しているのを見て、驚きと、あまい感情がわきたつのを感じた。

父をはじめとする西園寺の親戚が、初音の言葉に怒ることはある。

けれど、それは初音のような「無能」が自分たちの気に障ることをしたことへの怒りがあるだけで、本質的に彼らが心を動かしていたわけではないと初音は知っていた。

気に障る、だから初音を怒鳴り、殴る。

そうすれば彼らは初音の言葉など忘れてしまう。

火焔の言葉に傷ついたように、初音の顔をちらりとうかがう高雄の表情は、それとはまったく違った。高雄は、初音の心を、彼女の言葉を欲している。そんなこと、今まで初音にはなかった。

「高雄様。高雄様の求婚は、いささか強引かつ単純なのではないでしょうか。人間のおなごには、憧れの求婚があると聞きます。もっと浪漫的なお言葉が必要なのでは？」

慣れない状況にいたたまれない心地だった初音を気遣うように、緑の髪の女性が口を挟んだ。

「樹莉、お前はまた人間の読物を読みふけっていたのだろう。お前の好きな小説と現実は違うのだ。……だが、参考に聞こう。浪漫的な求婚とは、どのようなものだ？」

高雄は鼻白んだ様子ながら、緑の髪の女性に尋ねる。

すると樹莉と呼ばれた女性はぱっと顔を輝かせ、ぽってりとした唇に指を当てて考え込む。

「そうですわね。例えば、暴漢に襲われているところをお助けして、とか。住み込みの書生がお嬢様にひそかに愛を募らせつつ大成して求婚する、というのも素敵でしたわ！」

「それはお前の好みだろう。……まぁ、いい。住み込みの書生になるのは無理だが……」

高雄は、ふむとうなずき、初音の前に片膝をついた。

「初音。そなたが望むのなら、そなたを襲おうとする暴漢など塵と消し、そなたにひそかに恋慕を募らせる不逞の男は四肢を裂いてやると約束しよう。だから俺の花嫁になってくれないか？」

初音は、ひいた。どんびきだった。

暴漢に襲われたことはないが、人間を塵に帰すと言われても怖いだけだし、ひそかに想いを寄せてくれる男がいるなら、むしろその男の花嫁になりたかった。

顔を青くして、自分の手を握る高雄の手から逃れようとする初音を見るに見かねたように白髪の少女が口を挟む。

「高雄様、樹莉。そのくらいにしておけ。かえって初音様の好感度が下がっておるわ。なんじゃ、人間の作法はよくわからんが、とりあえずそこの男の言う通り、もてなされたほうがいいのじゃないかえ？　初音様は親の許可がどうのと言っておられたことだし、その親御を呼んで許可を取るのがいいと思うのじゃが」

「そんなのぜんぜん浪漫じゃありませんわ、雪姫」

「浪漫より、統領の嫁取りが無事に叶うほうが大切じゃろう。さぁさぁ、そこの男。高雄様の威圧をゆるめる術をかけてやるから、その別室とやらに疾く案内せんか。して、すぐに初音様の親御を呼ぶのじゃ」

その場をしきり始めた美少女を止める者はいなかった。

白髪の少女が手を振ると、華厳校長は氷が溶けたようにゆるりと手を動かした。そして慌てて立ち上がると「こちらです」と先に立って歩き始めた。

高雄に手を引かれた初音が動けずにいると、白髪の少女が隣に来て、そっと腕を貸してくれた。

「うちの統領が強引ですまんのう。いつもはもう少ししゃんとしておるのじゃが、浮かれておるようじゃわ。まぁ悪いようにはせぬゆえ、ついてきてくれんか」

自分よりも幼く見える少女に困ったように言われ、初音はおずおずとうなずいた。

この時、初音はまだ、自分の未来が急に変わろうとしていることに気付いていなかった。

呆然としている少女たちの中で、百合子だけが初音を気遣わしげに見送っていたことにも。


華厳校長が案内した別室とは、学校の門の外にある瀟洒(しょうしゃ)な洋館だった。

学校の一部ではあるが、ここに入れるのは校長や理事たちだけなので、初音はこの建物を外からしか見たことがなかった。

この洋館は、青都女学校の設立に手を尽くしてくださったさる公爵夫人がかつて住んでいた建物である。

「世の中を支える能力は、女子も男子と同じく持っているもの。なのに女子に教育が与えられないのはいかがなものか」とおおせになり、思想を同じくする夫人方とこの学校の設立に尽力された女性だ。

彼女が亡くなった後、遺族は彼女の遺志を重んじ、この建物を女学校に寄付してくださった。

クリーム色の外壁に大きな出窓……。

入口に立った初音は、そっと周囲を見渡しては、外国の風景画のようなこの建物に自分が入れることに、感激した。中に一歩足を踏み入れて、息を呑む。

（なんて素敵なのかしら……。外から見ていた時もとても素敵だと思っていたけれど、中もとても素敵）

西園寺の屋敷も立派だけれど、古い日本式の建物に唐突に異国の建築様式が混ざっていて、どこかいびつなのである。

建物に入るとすぐ吹き抜けの広間があり、つやつやした深い色の木の階段が二階へと続いている。

白い壁に模様のような木の枠組みが映え、きらめくシャンデリアは夢のようだ。

「こちらへどうぞ」

ともするとぽかんと見惚れてしまいそうな初音をよそに、高雄たちは落ち着いていた。華厳校長はそんな彼らと目を合わせないように目を伏せつつ、奥の部屋へ高雄たちを案内する。

その部屋もまた、素晴らしい部屋だった。

初音は、その部屋がずっと外から見て憧れていた部屋だと気づいた。

薄いレースのカーテンがかけられた大きな出窓が、部屋の三面をぐるりと囲っている。壁紙は淡い緑に控えめなすずらんの花が描かれたもので、猫脚のソファの背や座面もおそろいの色合いのダマスク織の布が張られており、さわやかな中にかわいらしさが見える。

学校へ通う道の途中で、揺れるカーテンの奥に時折見えた憧れの部屋が、目の前にあった。

ふわふわと夢見心地の初音は、高雄に手を引かれるままに彼の隣に座らされたことにも気づかない。

高雄と初音が並んで校長の向かいのソファに座ると、雪姫たちはその後ろに立った。

雪姫はともかく、火焔たちは校長の頭ひとつは大きい。女性である樹莉ですら、人間の男としては平均以上の身長である校長と同じくらいの長身で、並んで立つと威圧感がある。

校長は四人にも腰をかけるよう促(うなが)すが、それは火焔がひとこと「必要ねぇ」と笑い飛ばす。

「相手がどんなやつだとしても、初めて招かれた相手の屋敷で統領のツレである俺たちがのんきに座ってられるかよ」

火焔は気負った様子でもなく笑って言うが、校長たちの間には緊張が走る。

初音は、火焔が口にした「ツレ」という言葉に、なるほどと心の中でうなずいた。

高雄と、ともに来た四人の男女の関係はどういったものなのかと思っていたのだ。

彼らは高雄を「統領」「高雄様」と呼び、明らかに上下関係があるようだが、藤の花のあたりで待機している従者たちとは異なり、高雄と親しげに遠慮なく言葉をかわす。もし初音が家族にあのような口をきいたら、三日は食事を与えられないだろう。

（どういったご関係かと思っていましたけれど、なるほど、「ツレ」というご関係だったのね）

それは初音の知らない言葉で、知らない関係だった。

じわりと初音の心に、憧れのようなものが生まれる。

けれど初音がそれを自覚するより前に、校長が追従するように笑って言う。

「そのように警戒なさることはございますまい。私たちは鬼神様方にあだなそうなどと考えておりません。ええ、その証に、そこの女学生の父へはすでに連絡済みでございます」

校長の言葉に、初音は息を呑んだ。

（いつの間に……？）

高雄たちの話を聞いて、初音の父を呼ぶべきだと気を利かせたのだろうが、校長がいつその手配をしたのか、初音は気づかなかった。なのに、すでに初音の父を呼んだという。

高雄たちの前では委縮し、気をゆるめた瞬間に膝をつこうとするどこかおかしな華厳校長を見ていた初音は、目の前の男性がふだんは自分たち女学生にとって声もかけられないほど偉い方なのだということを思い出す。

華厳校長がこんなに丁重な態度に出ているのは、それだけ彼が高雄たちを恐れているからだ。高雄が初音を選ばなければ、彼は初音など目もとめなかっただろう。

そう思い当たり、初音は緊張でやや崩れていた姿勢を正す。

高雄はそんな初音をいたわるように優しく見つめたが、ふいに険しい視線を入口に向けた。

「なるほど。ところで、入口で騒いでいるおなごがいるな。初音の妹だと名乗っているようだが、あれもお前たちが呼んだのか？」

「は……？」

突如高雄の厳しい視線にさらされ、校長の顔色が真っ白に変わった。

高雄たち鬼神（きしん）はそこにいるだけで人間には耐えられないほどの覇気（はき）を放っている。

それは少しでも気を抜けば、頭を上げ、言葉をかわすことなどできなくなる類（たぐい）のものだ。

校長が彼らの対面のソファに腰かけて座っていられるのも、雪姫の術に助けられてのことだった。

「わ、私は、その女学生の家へ連絡をやり、父君である西園寺侯爵をお呼びしただけです」

校長は、もともと初音のことを知っていた。

といっても知っていたのは、その名前と、西園寺家に生まれた「無能」の長女であること、彼女がこの女学校に入学したこと。

そして姉とは異なりそれなりの異能を持つ妹が、その一年後にこの女学校に入学したということを耳に挟んだ程度だ。

この女学校に通う女学生は大勢いる。多少家柄がいい者も、能力がある者もいるが、校長にとっては皆、似たりよったりだ。西園寺侯爵姉妹も校長にとっては気に留めておくほどの価値はなかった。

だが、今。光れる藤の門から現れたあやかしの統領が、その取るに足りない女学生を花嫁にしたいと望んでいた。

その女学生が婚儀は家が決めるものだと言い張り、鬼神である彼の求婚を拒否したと部下から聞いた校長は、鬼神を怒らせてはならぬと震えあがり、初音の親を連絡用の式神（しきがみ）で「至急」と言って呼び出した。だがこのせわしない最中に、校長の頭には初音の妹のことなどよぎりもしなかった。当然、初音の妹をこの場に呼んだりはしていない。

「そのような者はこちらに呼んでおりませんが」

剣呑（けんのん）に目を光らせる高雄に、校長はきっぱりと否定した。

「なるほど」

高雄は、妹と聞いて身をこわばらせた初音を見て、何事か考えているようだった。

「ならばその娘、ここに連れてこい。あぁ、余計な口などきけないよう、丁重にな」

華厳校長が慌てて部屋を出ていくのを、初音は不思議そうに見送った。

この洋館の扉は厚いので、入口に来ているという華代の声は、初音には聞こえなかった。

（この方には、華代の声が聞こえているのかしら）

隣に座っているのに、不思議なことである。

とはいえ、この男が初音の前に現れてからのことすべてが、不思議なことだ。

それに比べれば、少しばかり耳がいいことなど些細（ささい）なことなのかもしれない。

しばらくして、華厳校長が扉を開けた。

「お待たせいたしました。西園寺華代を連れてまいりました」

華厳校長に背を押されるようにして、華代は部屋に入ろうとし、……そのまま扉のそばで跪いた。

「……っ？」

華代本人には、不本意なことなのだろう。

膝をつき、胸の前で両手を組み、頭を下げるという、ちょうど初音の級友たちが高雄を見た時と同じような姿勢をとりながら、かぁっと耳まで怒りで赤くなっていた。

横を通り過ぎながら、校長はそんな華代を呆れたように見下ろす。

「娘。呼ばれたわけでもないのに、なぜここまで押し掛けたんだ？　ずいぶん愉快なことを戸口ではわめいていたようだが、ここでは言わぬのか？」

高雄は入口で跪く華代を見て、いっそ優しく感じられる声音で言う。

けれどその目は冷たく、厳しく華代に向けられていた。

「これこれ、統領。統領の御前で声を出せとは、並みの人間には酷というものじゃよ。人間とは本来、か弱いものじゃからのう。統領の花嫁であらせられる初音様と同じように扱っては気の毒じゃよ」

そんな高雄を見て、雪姫が優しげに言う。

だがその雪姫の目も、高雄と同様、冷たいものだった。

「さてさて、娘よ。お前にも高雄様の御前でも声が出せるよう、術をかけてやろう。なぁに、感謝には及ばぬよ。お前のようにか弱き者には、我らの前にいることすら辛いだろうからのう」

雪姫はそう言って、華代に手を振った。

瞬間、華代はふらつきながらも立ち上がり、ぎっと初音を睨みつける。

「わたくしはただ、皆様の勘違いを正しに来てさしあげただけですわ！」

雪姫が術をかけるまで立ち上がることすらできなかったとは思えないほど、華代は勢いよく言った。

「勘違いだと？」

高雄はうっとうしげに眉をひそめる。

だが華代の大声に初音が身をすくませているのに気づいたのか、その手をぎゅっと握りしめ、「なにも心配することはない」と囁いた。

華代は、初音の隣に座る男が押し出しの立派な、役者顔負けの美丈夫だと見てとり、

さらに怒りを募らせた。

華代も、藤の花が光り、そこから男たちが現れたところを見ていた。

そして、その美しさ、神々しさに、目を奪われずにはいられなかったひとりだった。

さらに彼らを見た教師が、彼らを「鬼神」だと、この世で「神」の末裔だとされる帝よりも強い力を持つ原初の「神」だと言うのを聞き、自分にふさわしいのはあのような男だと思った。

華代は、異能で他を圧倒する四家のひとつ西園寺の本家の娘で、異能者としての能力も高い。十六歳という花の年齢にふさわしく、美貌だって知れたものだ。

つねづね華代は、この世には自分にふさわしい男性は少ないと嘆いていた。同じ四家の同年代の男どもは頼りないし、といってあまりに年上の男は嫌だ。

もっと上の地位にある男を相手にしてやってもいいが、彼らは術者としての能力は低い。

自身の貴重な異能を後世に引き継ぐためにも、身分が高く、美しく、術者としての能力も高い夫でないとだめなのに、そういった男は華代の知る限り存在しなかった。

だから鬼神を見て、彼らこそが自分の夫にふさわしいと思ったのだ。中でも身分が高い「統領」と呼ばれる鬼神がいると知り、彼こそが自分の夫だとひとり決めした。

だというのに、統領と呼ばれる鬼神は、初音を「花嫁」と言い、華厳校長から公爵夫人の館に招かれたという。

公爵夫人の館に招かれるなど、過去には皇族に嫁ぐことになった令嬢が数名いるばかりの名誉なことだ。華代も、いつかはここに招かれる身の上になると密かに誓いを立てていた。

それなのに。

それらを、よりにもよって、初音が。

「無能」といつも周囲にさげすまれている姉が、そんな名誉を与えられるなど……！

なにかの間違いとしか、華代には思えなかった。

そう、例えば。

初音と自分を間違えた、としか。

考えてみれば、ありそうなことだ。「無能」の姉とはいえ、姉は姉。血がつながっていて、華代よりずいぶん落ちるとはいえ、面立ちも似ている。

だからこの世に来臨した鬼神たちが、先に初音を見て、あれを自分の花嫁だと思ったとしても、まぁ納得はできる。「無能」の姉と間違えられるなど、ふだんであれば許しはしないが、相手はこの世に慣れぬ神だ。一度の間違いは大目に見てやろう、そう言うつもりだったのだ。

だが、冷えた高雄のまなざしにさらされて、華代は続く言葉を失った。

恐ろしい。

これは、自分が相対できるものではない。

そう身体の奥から、本能が訴える。

逃げ出したい気持ちを抑えつけ、華代が言葉を続けられたのは、ひとえに馬鹿にしている姉への対抗心からだった。

「ええ、そうですわ、鬼神様！　あなた様の隣に座る女は、わたくしの姉。彼女のことは、わたくしがよぉく存じております。その女は『無能』。異能も持たぬ弱き者。美貌だって、社交や、知識だって、彼女とわたくしとでは比べ物になりません。あなた様はわたくしの血縁であるその女を花嫁だと勘違いされたのかもしれませんが、わたくしたちを比べてご覧ください。そうすれば、どちらがあなた様の花嫁にふさわしいかおわかりになるはず……」

立て板に水とばかりにまくしたてる華代に、高雄の目はどんどん冷たくなる。

だが高雄たちの威光にさらされた華代には、雪姫の術の助けがあるといっても、彼らの反応に気づくほどの余裕はなかった。

自らの口が動く間に、言うべきことは言わねばならない。

そう思って、一生懸命に考えていることを口に出す華代は、高雄だけでなく他の鬼神たちも自分を白い目で見ていることに気づけなかった。

「ようしゃべるな、娘。して、話はそれで終わりか」

華代がとうとう話す気力を手放し、その場に膝をつくと、高雄は怒りに燃える目で彼女を睨みつけた。

そこでようやく華代は目の前の鬼神たちが発する怒りに気づく。

気づいてしまえば、恐ろしさに今まで奮い立たせていた気力も萎え、言葉も失くし、しおしおと顔を下げるしかなかった。

高雄は憎々しげに華代を睨み、一転して優しく初音に囁いた。

「愚かな虫が、汚い音をたててお前の耳を汚したな。さて、この女、どうしてほしい？」

初音は、きょとんと首をかしげた。

華代の言いざまは確かに美しいとは言い難かったが、初音を罵り、むやみに驕り高ぶるのはいつものことだ。

華代が、いつもは見下している初音と自分を取り違えていると言ってまで、高雄との縁を望んだのは意外であったが、華代が気に入れば取り上げられるのもいつものことだった。

　ということは、高雄は、華代を嫁にするつもりなのだろうか。

　初音の代わりに。

　それはなんだか嫌だな、と初音は思った。

　高雄が自分を見る優しい目、あまやかすような言葉。

　それは、初音がずっと欲しくて仕方なかったものだった。

　西園寺の娘として恥ずかしくないように生きろと教え込まれてきたから高雄の求婚を退けたものの、自分へ向けられる優しい言葉に、初音の心はすでにあまく浸食されていた。

　今は自分に与えられているそれらが、華代のものになるのかと思うと、胸がしくしくと痛む。

（せめて私も「ツレ」になれないかしら）

　高雄と気軽に言葉をかわす火焔たちのように、仲のいい仲間に入れてもらえたら。

　そんなことを願ってしまう。「無能」の娘はなにも望んではいけないと言い聞かされてきたのに、すぐになにかを欲してしまう。

　自分はなんと強欲なのだろう、と初音は自嘲した。

「私は、なにも……。あなたのいいようになさってください」

初音は精いっぱいの笑みを浮かべて、言う。

すると高雄は息を呑み、照れたように頬を赤らめた。

「そ、そうか。ならばこの女は灰にするか」

「お待ちください！」

恥ずかしそうに言われた言葉に、初音は驚愕して制止の言葉をかける。

完全に言葉と態度がずれている。

「灰に、とは？　彼女は、私の妹なのですが」

「だが、そなたに対するこの女の態度はひどい。腹が立たないのか？　この世から消えたらすっとしないか？」

「それは……」

物心ついたころからずっと、華代は初音を見下していた。

次第にその態度は増長し、初音のものを奪ったりひどい言葉を浴びせたりするようになった。父のように直接暴力を振るうことはなかったものの、たびたび人前で初音を嘲笑し、女学校での居場所まで奪ったのは華代だ。

腹が立つことも、悲しく思うことも、しょっちゅうだ。

華代さえいなければ、自分も両親に愛されたのではないかと考えたことも、何度もあった。

だがそれは、心の中でのひっそりとした想いだ。華代を消してほしいとは思えない。ましてそれが自分の言葉でなされることなら、なおさら。

「華代を恨んでいないとは言いません。いなくなってほしいと考えたことも、あります。ですが、本当にこの世から消したいとまでは思えません。そのように考えるのは、恐ろしいのです」

「そういうものか？」

一生懸命に初音が自分の気持ちを伝えると、高雄は不満そうではあるものの華代を塵にすることは諦めたようだ。

「人間は、か弱い生き物ものだから、お互いを大切にするって小説で読んだことがあるわ！　初音様も、そういったお優しいお心をお持ちなのでしょう」

「つっても、そっちの妹は、初音様のことをぜんぜん大切にしているように見えないけどなぁ。やっぱり燃やしといたほうがいいんじゃね？」

樹莉がなだめるように言葉を足すと、火焔は高雄を煽るように言って、華代へ視線を向ける。

「ひっ」

気のよさそうな火焔から出た恐ろしい言葉に、華代が悲鳴を呑み込む。

彼らの前から姿を隠すように、小さくまるまる華代を、初音は凪いだ気持ちで見ていた。

（いつもは権高なのに。力が強い人の前だと、あっという間に逃げを打つのね）

いつも華代には敵わないのだと思ってきた。そう思わされてきた。

けれどその華代は、高雄たちの前ではこんなにも弱く、惨めでさえある。

そんな華代を見ても、初音の心は動かなかった。

日ごろの恨みから、胸がすくような気持ちになっても不思議はないのに、おかしなものだ。

それよりも初音は、高雄が初音の代わりに華代を嫁にする気はないようだ、ということに安堵していた。

であれば、初音はまだ高雄の嫁に望んでもらえているのだろうか。

聞いてもいいのかな、と初音は高雄の横顔をこっそり見る。

高雄は火焔や樹莉と華代の処遇について議論していて気づかなかったが、雪姫はそんな初音に気づいて「ほうほう」と頬をゆるめていた。

その時、小さなベルの音がした。

「あの、鬼神様方。西園寺侯爵が到着したようです。お通ししてもよろしいですか？」

高雄たちの物騒な言葉に怯え、黙ってたたずんでいた華厳校長は、その音を聞いて言った。

「初音様の父御じゃな。入ってもらえ」

高雄よりも早く、雪姫が許可を出す。高雄は自分をうかがい見た華厳校長に小さくうなずいた。

少しして入ってきたのは、初音の父である西園寺侯爵だ。

でっぷりと太った目つきの鋭い男は、華厳校長の使いから鬼神たちの力について聞いていたのだろう、扉のところで自ら膝をついた。

「鬼神様方、この者にも術をかけていただけますか」

華厳校長が取りなすと、雪姫は「そうじゃな」と請け負って西園寺侯爵に手をかざす。

西園寺侯爵は「む」とうなりながらも立ち上がり、華厳校長の隣に腰かけた。

「わたしが西園寺侯爵、そこの初音の父です。お初にお目にかかります」

西園寺侯爵は高雄を値踏みするように見て、頭を下げる。

高雄の隣に座っている初音は、自分にまで頭を下げられたようで、そわそわと身じろいだ。

（お父様だって自分より偉い方には頭を下げるってわかってはいるけれど、家では見たことがないもの。なんだか落ち着かないわ）

めったに社交の場に連れて行ってもらえない初音は、父が彼より上位の人間といるところを見たことはなかった。

他人に礼を尽くす珍しい父の姿に、なんだか見てはいけないものを見ている気持ちになる。

だが、高雄は自分よりずっと年長の男に頭を下げられることにも慣れているのだろう。微塵も気にした様子はなく、「うむ」と軽くうなずいて、その礼を受ける。

初音も合わせて小さく礼を返し、不安と期待を抱えながらうつむいた。

その話はすぐに切り出された。

「初音を、俺の嫁に欲しい」

挨拶も駆け引きもなく単刀直入に言われ、西園寺侯爵は「は」と小さく息を吐いた。

「これはこれは。唐突なことですな」

「善は急げと言うだろう。俺はこのまま初音を連れて戻ろうかと思ったが、初音は家の許可がないとできぬと言う。だから、お前に命じる。初音を、俺の嫁にくれ」

「命じる、ですか……」

少しも自分を敬したところのない高雄の態度に、西園寺侯爵は口ごもった。

これでは駆け引きしようにも、取り付く島もない。

かわいい娘を手放すのだからと言って代価を要求するつもりだったが、おそらくこの男は自分が初音をどのように扱っていたのか知っているのだろう。

口の軽い娘だ、と西園寺侯爵は初音を睨む。

曲がりなりにも自分の血のつながった娘だからと「無能」の娘を十七歳になるまで育てたというのに、よい男を見つけたとなれば恩ある父を売るようなことをする。

これだから「無能」のような低俗な人間に関わるのは嫌なのだ。

初音などどうせ手元に置いていても、金持ちの妾として売り、支援金と引き換えにするのがせいぜいの駒だ。「無能」の娘であっても、若い侯爵令嬢ならば、年寄りの平民には高く売れる。

別に金に困っているわけではないが、金はいくらあっても困るものではない。

それに初音をこれ以上手元に置いておくつもりもなかったから、早晩相手を見つけて売り飛ばすつもりではあった。

だから初音は、目の前のこの男に売ってもいいのだ。

校長は鬼神とか言っていたが、確かに尋常ではない力を感じる。

この自分が、気を抜くと膝をついて頭を下げたいという衝動に負けそうになるほどの相手だ。金と引き換えにできなくとも、恩を売っておいて損はないだろう。

だが、どんなに敵わぬ相手だと思えても、こんな若造にいいようにされるのは業腹だった。

さて、どうするか。

思案しつつ部屋中に視線を巡らせて、暖炉の横に、もうひとりの自慢の娘がぐったりと倒れているのに気づいた。

「華代……！」

華代は、ぼんやりとした目で父を見た。

「お父様……！」

華代は、父の姿に元気を取り戻した。

父は、いつだって華代の味方だ。初音よりも華代のほうが愛らしく、頭がよく、術も上手だと小さいころから褒めちぎった。

初音のようなどんくさく辛気くさい姉がいてかわいそうにと言っては、そんないたらぬ姉を持ちながらも西園寺のために力を尽くす華代を誇らしく思う、と繰り返し言った。

わたくしよりお姉様がいいなんて、鬼神たちは趣味が悪すぎる。

人間でないのだから、人と好みが違うのは仕方ないけれど、お姉様の旦那様があんなに素敵な方だなんて許せない。

お姉様にふさわしいのは、もっと醜くて、下品な、年老いた汚らしい男のはず。お金だけはふんだんに持っていてもいいわね。そしてそのお金をわたくしたちへの御礼として、西園寺の家に贈らせるの。お姉様にふさわしいのは、そういう生き方よ！

父の姿にはげまされた華代は、そんなことを力強く思った。

「わたくし、お姉様が鬼神様に花嫁にと望まれたと聞いて、驚いてこちらにやってきたのです。だって鬼神様たちはとても素敵な方ですし、お姉様には不釣り合いでしょう？　なにかの誤解で、わたくしと取り違えられたのかと思ったのです」

「おぉ、おぉ、そうか。それはありそうなことだ」

西園寺侯爵は、華代の言葉でようやく腑に落ちたと言わんばかりに大袈裟にうなずいた。

「言っておくが、俺はその女と初音を間違えたわけではない。俺が花嫁にと望むのは、初音だけだ」

うんざりした顔で、高雄は言う。

その言葉に驚いた様子の西園寺侯爵に、華代は涙目で訴えた。

「そうなんですの、お父様。どうやら鬼神様たちは、人とは異なる審美眼をお持ちのようですの。ですが、お姉様は『無能』ですもの。鬼神様はご自分のお城へお姉様を連れて帰るとおっしゃったようですけれど、お姉様に耐えられますでしょうか。わたくし、心配で心配で……」

せつせつと訴える華代に、西園寺侯爵は何度もうなずく。

「おぉ、そうか。華代は優しいのぅ。あのような『無能』の姉のことまで気遣って。さて、そうだな。『無能』が、鬼神様のような力の強い方とご一緒するのは大変だろう。我らでさえ、お力をいただかねば立つことすらままならんのだ。初音では、四六時中、鬼神様たちのお力を借りなければならないだろう。それでは本人も心苦しかろう。なぁ、初音」

「わ、私は……」

初音が否定しようとすると、西園寺侯爵はぎらりと睨んで、その口を閉じさせた。

「あぁ、なにも言わなくていい。お前の気持ちはわかっている。鬼神様に望まれるのはありがたいが、お前には過ぎた話だし、『無能』が鬼神様と生活するなぞ無理に決まっている。そうだろう？」

私の気持ちをわかっている？

初音は、父の言葉に泣きたくなった。

確かに、高雄は初音にはもったいない人だ。優しく、あたたかく、力も強く、見目も麗しい。

過ぎた縁談だと言われれば、うなずくしかない。けれど高雄は、花嫁にと望むのは初音だけだと言ってくれた。初音を無能ではないとも言ってくれた。

初音は、自分の将来の夫は、父が初音にふさわしいと思う相手になるとあきらめていた。初音を悪鬼にとりつかれた「無能」の娘だと信じている父が選ぶ夫は、初音にとって望ましい相手ではないだろうと。

けれど決して叶うことはないと思いながらも、唯一無二の存在として初音を望んでくれる旦那様に娶られることを、夢見ることはやめられなかった……。

高雄は、初音が思い描いた以上の言葉を与えてくれる。初音の理想以上に、理想の人だ。

(でも、そんな夢みたいな話が本当にあるのかしら)

初音は父の言葉を否定しようとしたが、できなかった。

初音が「無能」で、見た目や社交においても華代に劣るのは事実だ。勉強に関しては初音のほうが優れていることもあるが、全体でみれば華代のほうに軍配が上がる。

悔しいけれど、華代が先ほど高雄に言っていたことは間違いではない。

初音は華代に似た、けれど華代には及ばない存在――劣化版なのだ。

なのにどうして、高雄は初音がいいなんて言いきれるんだろう。

まだ出会ったばかりなのに。

初音は戸惑いを隠せないまま、じっと高雄を見つめた。高雄は初音の視線に気づき、頬をゆるめた。その愛しそうなまなざしに、初音の心が騒ぐ。

はしたないと思われてもいい。

高雄の花嫁になりたいと、言わなければ。

西園寺の娘としてふさわしくないなんて、今さらだ。

自分にはもったいない人だとわかっているけど、高雄が望んでくれるのなら、自分も彼とともにありたい。

そう思っているのに、初音は口を開けなかった。

父や華代の、当然のように初音を見下すまなざしが怖い。今は自分を優しく見つめている高雄の目が、この父や華代のようになったらと思うと、その一言が言えなかった。

だって自分には、高雄が望んでくれるような「なにか」なんてない。

そんな初音のことを高雄はほとんど知らないから、求婚してくれたのだろうから……。

　口ごもる初音を、西園寺侯爵が怒鳴りつけようとした。

　その怒気に、反射的に初音が身をすくませる。高雄は初音をかばうように西園寺侯爵を睨みつけた。

「なんじゃ不快じゃのう。……そこの、初音様の父御よ。嫁取りなんじゃから、愛娘を奪おうという男を一発殴っておきたいというのはわからんでもないのじゃが、その若造は我らの統領でな。そう簡単に殴らせてやるわけにはいかんのじゃよ」

　緊迫した雰囲気を拒むように、雪姫がのんきな口調で口を挟んだ。

「雪姫……」

　高雄がいらだったように真っ白な髪の少女を睨むが、雪姫は素知らぬ顔で初音に笑いかけた。

「父御よ、いろいろ心配事はあろうが、初音様の能力については心配いらぬよ。彼女は鬼神であり、あやかしの統領でもある高雄様の対の娘、運命の娘じゃ。その証拠に、ほれ。初音様にはなんの術もかけておらんが、ごく普通に高雄様の隣にいるじゃろう？」

「初音が、鬼神様の運命の娘……？　馬鹿な。無能の初音なぞが、そのように選ばれた立場を得るはずなどあるまい……！　聞いたことがない！」

「人の子が知ることは少ない。我らと人では、それこそ立場が違うのじゃ。恥じることはないぞ」

西園寺侯爵の怒りも、雪姫は困り顔ひとつでいなし、自分たちとお前では立場が違うのだと、嗤ってみせる。

「で、どうじゃ。初音様の妹君の話じゃと、高雄様は人間の娘にとっても悪くない婿なのじゃろ。初音様が結婚するには親の許可がいると言うから話し合いの場を設けたが、よもや人の身で、我らが統領の求婚を退けるつもりではあるまいな」

楽しげな口調で、雪姫は凄みのある笑みを浮かべる。

鬼神の中でもいちばん若く、自分の娘ほどの年齢に見える少女の笑みに気圧された西園寺侯爵は、雪姫がついと手をかざした瞬間、ソファから転げ落ち、膝をついてこうべをたれた。

「ぐっ」

必死で抵抗するものの、勝手に体が動いて床に頭をこすりつける。ひたいには脂汗がにじんだ。

初めに相対した時から雪姫の術に助けられていた西園寺侯爵は、初めて鬼神たちと自分たちとの違いを体で感じ、自分のこれまでの言いようを撤回したくなった。

「も、もちろんでございます。初音を、高雄様の嫁にしてください……！　西園寺の当主として、初音の父として、喜んで娘を鬼神様に捧げます！」

「よし、よし」

雪姫は満足げに言うと、もう一度西園寺侯爵に手をかざす。

西園寺侯爵は大きく息をつき、その場で頭を抱えた。

「お父様……」

いつも嫌な目にあわせられているとはいえ、実の父が目の前で蹂躙されている様を見て、初音は心配そうに父を呼ぶ。

そんな初音を、華代は苦々しげに睨みつけていた。

「初音様、強引で申し訳ないのぅ。しかしこのままでは話が進まぬと思うてな」

雪姫は、初音に手を合わせて謝罪する。

「いえ。それは、私のほうが……」

初音は、この幼げな少女が、きちんと自分の意見を言えなかった初音をかばって、こんなことをしたのだと気づいていた。

先ほどから、このいちばん年若く見える少女は、誰よりも冷静に動いている。

そして、その言動は強引で人を見下すようなものでありながらも、初音のために動いてくれているということを、なんとなく察していた。

「ふふふ。我は短気じゃからのう。ついつい簡単な方法をとってしまうのじゃよ」

雪姫は、うっすらと涙をためて肩をおとす初音に、優しく言う。

「さて、統領。我のおかげで初音様の結婚の許可は下りたが、のう。このままかくりよに連れていくというのは、初音様にとっても急すぎて心の準備もできぬじゃろ。今日を含めて三日ほどはこちらで過ごさんかえ」

「そ、それは。そうしていただけると、こちらとしても大変ありがたいです……！」

じっと座っていた華厳校長が、その場に膝をついて頭を下げた。

「こちらの都合で申し訳ございませんが、この世にはこの世の帝があらせられ、政府がございます。私はこの学校の校長としてそれなりの遂行権(すいこうけん)をいただいておりますが、鬼神(きしん)様方のご来臨(らいりん)は想定外のこと。しばし政府からの達しをお待ちいただければ、初音様の婚儀もこちらの世をあげてお祝いさせていただきますゆえ……」

「人間の寿(ことほ)ぎなど、俺には特に必要ない。……初音はどうだ？」

「私も、大袈裟(おおげさ)なのは好みません」

高雄に尋ねられて、初音はとっさに答える。

そしてそれが自分の婚儀の話だと気づいて、顔を真っ赤にした。

ほとんど雪姫に脅されてのことであるが、父は初音と高雄の結婚を許可した。

自分は、高雄の花嫁になるのだ。

この自分のことを大切そうに見つめてくれる人の。

それは、何度も夢見た幸せな未来で、けれど決して実現することなどないと思っていた。なのに、とつぜんそれが現実になろうとしている。

（こんなことが現実に、私の身の上に起こるなんて。夢みたい……）

このまま高雄が住むというかくりよに連れて行ってほしかった。

夢見心地で、初音はそう思う。

けれど続く樹莉の言葉に、少しだけ冷静になった。

「そうですねぇ。どうせ向こうに戻ったら盛大な婚儀になるでしょうし、初音様が望まれないのだったら、こちらでまで大騒ぎする必要はございませんわよね。でも、かくりよに行ってしまえば、そうそうこちらには戻ってこられませんもの。初音様もご挨拶したい方とか、持っていきたいものとかございますでしょうし、準備の期間は必要ですわ」

かくりよ。

そこがどんな場所なのか、初音は知らない。なにも知らないまま、自分は大きな決断をしたのではないか。

初音はそう思って、気づく。

自分から望んで、決断をしたのだと。

初音自身が、高雄の妻になりたいと口にしたわけではない。

それに初音が言ったのは、父や家の許可がいるということだけだ。

高雄は家の許可などどうとでもなる、と言っていた。実際、家の許可は下りた。

そして、初音は拒否の言葉を口にしなかった。ゆえに、初音の婚儀の話は進もうとしている。はたから見れば、そこには初音の決断などないかのように見えるかもしれない。

けれど初音は、これは自分が望んで手に入れたものなのだと知っていた。

たぶん高雄は、初音が本気で拒否すれば、今からでもこの婚儀をやめてくれる。雪姫たちも、初音の意思を尊重してくれるだろう。彼らが婚儀の話を進めるのは、初音が本心ではそれを望んでいることを気づいているからだ。

出会って間もないというのに、彼らのまなざしや言葉が、初音にこれまでとは違う世界を夢見させてくれる。

父や華代からこれまでとられてきたものとはまったく異なる彼らの言動が、初音の手を引いてくれる。

こんなふうに感じるのは、初音が今まで愛情に飢えていたからで、すべては初音の勘違い、あまい夢かもしれない。かくりよに行ったら、自分は鬼神たちの餌として食べられてしまうのかもしれないけれど。

（それでもいい、かもしれない）

ここでただ向けられる悪意をかわすために身を縮めて長く生きるよりも、信じたい人の手を取って、その結果悲惨な死を遂げるほうが、生きているという感じがするのではないか。

（かくりよ。どんなところなのかしら）

嫁入り道具をそろえなければとはりきる樹莉を見ながら、初音はもうすぐ移り住むことになる世界に想いをはせた。

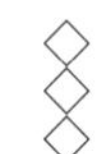

「とりあえず、こっちで住む屋敷を建てたぞ」

「初音様がこの洋館をお気に入りみたいでしたから、似た屋敷にしました！」

西園寺侯爵と華代が命じられて退室した後、初音たちには紅茶が用意された。

そして、四半刻後。

初音たちが紅茶を飲んでいる横で、なにやら華厳校長と相談していた火焔と樹莉が戻ってきて、にこにこと笑顔で報告してきた。

（……なんて？）

火焔と樹莉が、褒めてほしそうに初音を見てくるが、初音は理解が追い付かない。

高雄はさも当然という顔で、「よし」とうなずき、紅茶を飲み干した。

「では、移動するか」

「待て。屋敷に行くのであれば、初音様の持ち物を回収してからのほうがいいのではないかえ？　初音様、なにか新居にお持ちになりたいものはございますか？」

「えっと、教室に荷物がございますが……」

「教室ってのは、最初に初音様がいた場所だよな。じゃあ、ちらっと寄ってから移動するか」

「いや。火焔、お前たちは先に新居に行って、近衛（このえ）たちを配置してくれ。結界なども、お前の判断に任せる。俺と初音は、教室へ寄ってから向かう」

「あら、高雄様。初音様とおふたりで移動されるおつもりですの？」

樹莉が冷やかすように言うと、高雄は真顔でうなずいた。

「あぁ。こちらはそう人手も必要ないだろうしな。……華厳校長」

「はい」

華厳校長は引きつった笑みを浮かべて、高雄の顔色をうかがった。高雄はまっすぐに校長を見返して、言う。

「屋敷の土地は、貴殿（きでん）のものだと聞いた。世話になるな」

「とんでもございません。鬼神（きしん）様方のお役にたてましたら、光栄でございます」

　高雄の礼は簡単な言葉だけだったが、校長はこれまでの畏れに喜びの色を重ねた。

　華厳校長の、高雄に目をかけられて喜ぶ様子が本心からのものに見えて、初音は不思議に思う。

　高雄はたった一言「世話になる」と言っただけなのに。

　けれど華厳校長は感極まった様子で、さらに言葉を重ねた。

「他にもなにかお役にたてることがございましたら、申し付けください」

「そうだな。では、西園寺侯爵が俺と初音の結婚を許可したことを、お前たちの上の者や、世間にも広く伝えてもらおうか。侯爵の先ほどの態度では、後で前言を撤回する可能性もある。それで初音の名誉に傷がついては、初音に申し訳がたたないからな」

「……ありがとうございます」

　かくりよに行き、こちらの世界には簡単には戻れないのなら、名誉なんてどれほどの価値があるのだろう。

　初音は疑問に感じたが、高雄が初音に寄り添って考えてくれていることが嬉しくて、おずおずと礼を言う。

　すると高雄は「う、うむ……」と言いつつ、顔を手で覆ってしまう。

（もっとちゃんとお礼を言ったほうがよかったかしら）

初音が助言を求めて雪姫や樹莉を見ると、彼女たちは指で小さく「大丈夫！」と合図してきた。ということは、これでいいのだろうか。

これまで初音は「無能」の娘だからと社交の場にも出してもらえなかったし、学校でも遠巻きにされていて、きちんとした人間関係を築こうとしてこなかった。

だから、人とのやりとりは不慣れで、嫌われてしまわないかと不安になる。

高雄は、これから自分の夫になる人なのだから、誰よりも好かれたいと思う。なのに、うまくできていない気がする。

雪姫たちの態度を参考にしようとも思うけれど、彼女たちと高雄の関係は夫婦のそれとは違って見えた。

「それから食事などの必要なものがあれば、届けてくれ。こちらの世の金は持ってないから、これで用立ててもらえるだろうか」

高雄はそう言って、華厳校長の手にごろごろと宝石を落とした。

親指の先ほどもある宝玉の数々に、華厳校長はごくりと唾(つば)を飲む。

「こんなに透き通っていて深い色の紅玉(ルビー)や蒼玉(サファイア)なんて見たことがない。外国の人間が目の色を変えてありがたがる鳩の血色(ピジョンブラッド)や矢車菊の青色(コーンフラワー・ブルー)にさえ見える。……これでは、いただきすぎです」

「正直だな。だが手間賃だと思って受け取ればいい」

華厳校長の言葉に、高雄は満足げに言う。

するとと樹莉が横から口を挟んだ。

「高雄様。初音様のお父上たちに結納などもいるんじゃないかしら。そういうのを小説で読んだことありますわ！」

「結納……？　ふむ。なにがしかはしておくか。初音のことを大切にしてこなかったあの男に利を与えるのは業腹だが、それがこの世の定めとあれば仕方あるまい。華厳校長、場の手配を頼めるか」

「かしこまりました。数日中に、結納の場を調えます」

「手間をかけるが、よろしく頼む。だが我らがこちらに長く留まると、世界の均衡がおかしくなる。こちらにいられるのは、雪姫が言っていた通り今日も含めても三日がいいところだろう。悪いが、明日にしてくれ。あちらも我らと長く席をともにするのは辛かろうし、簡単で構わぬ」

「明日ですか……。かしこまりました」

「それに、こちらの要職者と面会する時間もとれぬゆえ、うまく調整してくれ」

頭を下げる校長に、高雄はまたひとつ頼みごとをする。

校長は難しい案件だとつぶやきながらも、高雄からの依頼を嬉しそうに引き受けた。

「では、教室へ向かうとするか。初音」

高雄は初音の手を取り、ソファから立ち上がらせた。

そして、初音の肩をそっと抱く。

肩に置かれたあたたかな手の感触に、初音は思わず目を閉じた。

（あ……）

すると次の瞬間、目の前の景色が、大きな出窓のある洋館の一室から見慣れた教室に変わっていた。

初音たちが華厳校長と洋館に移動してから、それなりの時間が経っている。

だが教室はいまだ平時の落ち着きを取り戻してはおらず、級友たちは教壇の近くにかたまって囁き合っていた。

「先生は、まだお戻りになられないのかしら」

「いつまで教室で待っていればいいのかしら。……鬼神だなんて。恐ろしいわ。早く家に帰りたい……」

疲れたようにひとりの少女が言い、周囲の少女たちも同調してうなずこうとした。

けれどその前に、彼女たちは一斉に膝をついた。

「初音様……」

初音たちに気づいた少女が、小さな声をあげた。

「初音。持っていく荷物というのはどれだい？　俺が運んでいこう」

一心にこちらを見ている少女たちの姿など目に入らないかのように、高雄は初音を見て微笑みかける。

「こちらです」

初音は、少女たちの視線を居心地悪く感じながら、教室の後ろにしつらえられた小さな木の棚に手を伸ばした。

そこには、初音が持ってきた風呂敷包み(ふろしきづつ)がそのまま入っている。初音は手早く包みを開き、机に並べたままの勉強道具をそこに仕舞(しま)った。そして手を差し出す高雄に、おずおずとその荷物を預ける。

「うむ。これだけか？」

「はい」

「では、屋敷へ向かうとするか」

高雄は片手で包みを抱えると、初音に手を伸ばす。また転移するのかと初音が思ったその時、声がかけられた。

「お待ちください……！」

百合子は顔に汗を浮かべながらも、必死の思いで初音たちを引き止めた。高雄はその様子を見て、「ふむ」とうなずき、百合子に術をかけた。百合子は、さっと着物を整えると、美しい姿勢で立ち上がった。

「御前をお許しいただき、ありがとう存じます。わたくしは初音様の級友で、東峰寺百合子と申します」

百合子は深々と頭を下げて、高雄の様子をうかがう。そしてとがめる言葉がないことに力を得て、そのまま言葉を続けた。

「先ほど、校内に伝令が走りました。鬼神様の統領であらせられる高雄様と、初音様の婚儀が決定した、と」

「ああ、そうだ。それで？　そなたは寿ぎの言葉をくれるのか？」

「ご婚約、おめでとうございます。おふたりの未来に幸あらんことをお祈りいたします」

百合子はそう言って、顔を上げ、高雄を見た。

百合子たちは教師から、高雄があやかしの統領であることを伝えられていた。

人など及びもつかぬ、強大な力を持つあやかしたちの最上位に立つ鬼神だと。

百合子はちらりと初音に気遣わしげな視線を向け、ぎゅっと一度目を閉じた。そして高雄の視線に怯えながらも、再び口を開いた。

「初音様が、数日後にはあなた方とともに、かくりよに向かわれるというのも本当でしょうか」

「そうだ」

「こちらの世では、婚約の披露目などもなさらないというのも？」

「我らには必要のない儀式だからな。初音も必要ないと言っている」

百合子の視線に気づいたのか、初音が微笑んだ。

控えめなその笑みは、いつものなにかを耐えるような笑みよりもずっと幸福そうに百合子の目に映った。

「初音様は、とてもお幸せそうにお見受けします。本当におめでたいことだと存じます。……ですが。婚約の披露目や婚儀の式は、女子にとって一生に一度の華やかな舞台。ふだんは屋敷の奥に押し込められ、父や夫に逆らうことなど許されず、ただただ家のために尽くすことを強いられる女子が、唯一輝ける場です。楽しみにしている女子は多いのです。初音様は必要ないとおっしゃったそうですが……」

百合子は、その先の言葉を呑み込んだ。

初音の言葉は、本心なのか。それとも高雄の力を恐れてのことなのか。力の強い華厳校長さえ、高雄には臆していた。そんな男に「披露目の式など必要ないだろう」と問われて、従うほかなかったのではないか。

これは、百合子の邪推かもしれない。

それでも、このまま彼女を見送ることは、百合子の矜持が許さなかった。式も披露目もせずに嫁いでいく級友のために、なにかしたいと思った。

「わたくしが初音様とお会いできるのも、これが最後の機会となりましょう。お祝いに、こちらを初音様にお贈りすることをお許しいただけますか？」

百合子は、震える手で懐に入れていたりぼんを取り出した。

高雄はそれを不思議そうに見た。

たいして高価でもないものをわざわざ贈ることが、不思議なのだろう。

「初音がいいのなら、俺は構わないが。どうする？」

高雄に言われて、初音は百合子の顔色をうかがった。百合子は高雄の覇気におされながらも、言葉ひとつを絞り出す。

「どうぞ、受け取ってくださいませ」

初音は恐る恐る手を出した。

「これを、私に……？」

百合子は青ざめた顔で笑顔を作り、りぼんごとぎゅっと初音の手を握ってくれた。

「海老茶色(えびちゃいろ)のりぼん、憧れていらしたんでしょう？　いつも級友たちをうらやましそうにご覧になっていましたものね」

「ええ……。ずっと憧れていたんです。ありがとうございます」

初音は、これまで級友からも避けられていて、仲のいい友もいなかった。

百合子とも挨拶くらいしかかわしたことはなく、こんなふうに長く会話をかわしたのは初めてだった。

初音の目が、喜びで潤む。

「急なことですから、立派なものではないけれど、わたくしにとっても大切なりぼんですの。東峰寺の娘が、女学生の流行にのるのははしたないと言われて、なかなか手に入りませんでしたのよ。大切にしてくださいませね」

「ええ。もちろんです！」

初音の頬が、ほんのりと色づく。

控えめだが素直に喜びをあらわにする初音に、百合子は迷ったように言葉を区切りながら続けた。

「わたくし、初音様とはどこか似た立場だと、ひそかに思っていましたの」

西園寺本家の長女でありながら、「無能」としてさげすまれる初音。

東峰寺の娘と認められており、美貌や能力は買われているものの、しょせん妾(めかけ)の子だとさげすまれる百合子。

家の者や世間からつまはじきにされぬよう必死で肩ひじ張って、あるいは身を小さく縮めることで、自分の心を守ろうとしてきたふたり。身の処し方は違っても、初音と百合子はどこか似ていた。

「だからわたくし、あなたが嫌いでしたのよ。初音様。西園寺の本家の長女という恵まれた立場にあらせられながら、他人にいいように搾取(さくしゅ)されるあなたを見ているとはがゆくてなりませんでした。……けれど、この年齢まで倦(う)むことなく諦めきることなく研鑽(けんさん)を重ねてこられたあなたのこと、認めていないわけではありませんでしたのよ」

今まで口にしたことのない称賛の言葉を、長く同じ教室で学んできた同士として、百合子は初音に贈った。

これが初音に言葉をかけられる最後の機会になるだろうから。

「おめでとうございます、初音様。あなたならきっと幸せになられると信じております」

百合子の言葉に、初音は胸があたたかくなる。

確かに、この教室にいる少女たちの群れの中で、初音と百合子は異端だった。ふたりともどこか他の少女たちに溶け込めぬ存在だった。とはいえ、百合子は女王として君臨しており、疎外されていた自分と似ているなど、初音は考えたことはなかった。

けれど、百合子は、初音を似た立場だと考え、初音のことを見ていてくれた。

初音自身は、自分が何度も倦み、恨み、諦めたことがあることを知っている。けれどすべてを諦めることができず、茫洋と流されながらも、小さな努力だけは重ねてきた。

無駄なことをしていると、自分で自分を嘲笑したことも何度もある。

諦めてしまえば、もっと楽になれるのではないかと思ったことも。

けれどその無駄な努力をしてきた自分を、百合子は認めてくれていると言う。

「ありがとうございます、百合子様」

応える声も、涙で揺れ、かすれてしまう。

そんな初音の肩を、高雄はそっと支えてくれた。

「ありがとうございます、百合子様」

そのささやかなぬくもりに力づけられて、初音は繰り返した。

初音の言葉に、百合子は微笑みで応えてくれた。

その微笑みは、今まで見たことがない親しげな感情のこもった笑みだった。


高雄は初音を連れて仮住まいに転移した。

「戻ったぞ」

高雄は、屋敷の奥に声をかける。

(戻った……?)

高雄の言葉を聞いて、初音は先ほどの洋館に戻ってきたのだと思った。

けれど窓の外から見える景色は、女学校のそばの通りではなく、整然とした庭木が植えられた庭である。

強い違和感に初音が目をしばたたくと、二階から樹莉の明るい声が聞こえた。

「おかえりなさいませ、高雄様。初音様」

樹莉は、緑の髪をなびかせて階段を駆け下りてくる。その後に火焔と雪姫が続いた。

「どうですか、初音様。先ほどの洋館とそっくりに建てられましたでしょう？　内部は少し住みやすく変えているんですけれど。一階に男性が、二階に女性が泊まれるように変えたのです。お気に召しますかしら」

樹莉ににこにこと話しかけられ、初音は驚いたように周囲を見回した。

「ここは、公爵夫人の館ではないのですか？」

「公爵夫人の館というのは、先ほどの洋館のことですわね。ええ、違いますわ。華厳校長に女学校の下のほうにある空き地をお借りして、この屋敷を建てましたの。初音様のお部屋は、二階の奥にご用意いたしましたわ！　初音様がお気に入りのようでしたから、先ほどのお部屋と同じ意匠にいたしましたのよ！」

すぐにでも初音を部屋へ連れていこうとする樹莉を、高雄が止めた。

「湖苑はどこだ？」

「湖苑なら、そちらの部屋におりますわ。まだお仕事中なのですけど、呼んでまいりますか？」

「いや、いい。だが、適当なところで起こしてくれ。あれはすぐに無理をする」

「さっき華厳校長とお話し中もずっと『探索』しておりましたものね。かしこまりました。この樹莉が、責任をもって湖苑を起こしてさしあげますわ！」

大袈裟（おおげさ）な態度で樹莉が胸を叩くと、高雄は苦笑いをうかべた。

「初音。湖苑は、ここにないものを視（み）る『探索』の能力があるんだ。今は、こちらの世界をいろいろと『視（み）て』いる。……樹莉、あまり湖苑をからかってやるなよ。あれは真面目な男なのだから」

「もちろんですわ。わたくしも真面目な鬼神ですから！」

樹莉はほがらかに笑うと、初音の手元を見て、首をかしげた。

「あら、初音様。素敵なりぼんですのね」

「……ええ。先ほど、級友からお祝いにといただいたのです。海老茶色のりぼんは女学生の間で流行していて、私もずっと憧れていました。彼女はそれを知っていて、ご自分の大切なこれをくださったのです」

初音は、先ほどの思わぬ幸せな出来事を、大切に語る。

同じ教室で長い間一緒に学んできたものの、百合子と個人的に話をしたことはない。西園寺の娘でありながら「無能」で、妹にも馬鹿にされている自分など、美しく能力も高い彼女の目には入っていないと思っていた。

なのに彼女は、初音がこのりぼんに憧れていることを知っていた。今まで初音が、初音なりに努力を重ねていたことを認めてくれた。そして、恐怖を押してまで初音にこれを贈ってくれ、寿ぎの言葉をくれたのだ。

初音にはわからないが、他の人間は高雄たち鬼神を前にすると恐れを抱くようだ。百合子も高雄に術をかけられるまでは跪いていたし、その後だっていつもどおりではなかった。

初音はなぜか、いや、おそらく高雄が初音へのいとおしさをあふれんばかりに注いでくれるから恐ろしさを感じていない。

けれど、それはむしろおかしなことなのだ。

怖いと思うのが、普通。

（やっぱり、百合子様はすごい方だわ）

きっと初音が逆の立場なら、そんなことはできない。

教室の隅で、気づかれないようにと身をひそめていただろう。

そんなすごい女性にもらった言葉とりぼんは、初音の宝物になりそうだった。

「あらあら素敵ですこと」

樹莉は、うっすらと頬を染めてその友人とのことを話す初音と、少しばかりおもしろくなさそうな高雄を、楽しげに見た。

「それにしても、初音様のお荷物はそれだけですの？　お着替えなどはお持ちにならなかったのでしょうか」

樹莉は、高雄の手にある小さな包みを見て、首をかしげた。

初音は樹莉の言葉を聞いて、持ってくる荷物というのは教室に置いてきた荷物だけでなく、着替えなども含んでいたのだと気づいて慌てた。

「着替えなどは、家に置いています。私、学校の荷物のことしか頭に浮かばなくて……」

考えてみれば、ここに三日間留まると言われていた。そしてその後は、高雄たちとかくりよに行く。

普通、嫁入りと言えば、何か月もかけて新しい着物や家具などを用意するものだ。初音の嫁入りにはそんな時間を設けることは無理だが、着替えは生活する上で必要になる。

「家に取りに戻ったほうがいいでしょうか」

だが、先ほどの父の様子を見ると、家からすんなりと着物を持ち出せるか自信がなかった。

そもそも初音が着ている着物の多くは、華代がいらないと言った着物。万が一華代がまた着たくなった時のためにと、初音の着丈に仕立て直すことすら許されていなかった。

さすがに下着や寝間着は持ち出せるだろうが、起こるであろうもめごとを考えると、気が進まない。冬のことでもあるし、それくらいなら同じ着物で数日過ごしたほうがいい。

樹莉や雪姫が着ているのは大陸風の古風な着物で、初音たちのものとは形が異なる。かくりよでそちらの着物を着るのであれば、この一枚で三日間過ごせば問題はないのではないか。

（……仕方ないことですけど、嫁入り道具もなく嫁ぐのね）

自分を大切にしてくれる相手に嫁げるのだから、道具や式などなくても構わなかった。

けれど身ひとつで嫁ぐというのは、初音の周囲ではありえないことだ。引け目を感じずにはいられない。

高雄はまったく気にした様子もないし、樹莉たちも同じである。

けれど嫁ぎ先に着物ひとつ持って行けず、すべて相手に用意させることになるのが、恥ずかしかった。

うつむきがちに言う初音に、樹莉はきょとんと首をかしげた。

「初音様は、お持ちになりたいものなどございませんの？　初音様が思い入れのあるものがあればと思ったのですけど」

「私はなにも……」

幼いころから冷遇されていた初音には、自分のものなど少しの粗末な日用品しかない。あるいは華代から下げ渡され、いつまた取り上げられるかわからないものか。

手の中のりぼんだけが、初音の宝物かもしれない。

「これさえあれば」

ぎゅっとりぼんを握りしめると、樹莉は大きく目を見開いて、「まぁ！」と声をあげた。

「ずいぶんそのりぼんをお気に召されたんですのね。でも、わたくしたちだって、負けてはいられませんわ。ねぇ、雪姫」

「そうじゃな。初音様、二階の初音様の部屋に、我と樹莉で着物やらかんざしやらをいろいろそろえてみたのじゃ！　初音様はかわいらしいから、作り出すのが楽しかったわ。なぁ、樹莉」

「そうですわ！　初音様、わたくしたちいーっぱい素敵なお着物をお作りいたしましたのよ。湖苑に最近のこの世での流行のお着物を見せてもらって、初音様に似合いそうなものを、たくさん！　あまりに作りすぎてしまったので、初音様がお気に入りのお着物をお持ちになったら、着ていただけないかと寂しく思っておりましたの。今初音様がお気に入りのものがないのでしたら、ぜひ！　わたくしたちが作ったお着物を見てくださいませ！」

意気込んだ樹莉に言われて、初音は目を白黒させた。それを見ていた高雄は、おもしろくなさそうにつぶやく。

「初音は、そのままでかわいい」

「まぁ、高雄様ったらわかっていらっしゃらないわ！　もちろん初音様はこのままでも十分おかわいらしいけれど、素敵に着飾りたいというのがおなごの心というものですわ！」

「そうじゃぞ、高雄様。初音様に贈る着物は自分で選びたかったのじゃろうが、いちいち拗ねるな。みっともないぞ」

女性たちにきゃんきゃん責め立てられて、高雄はますます渋い顔になる。

初音はそれを見て、くすくすと自然に笑い出した。

「さぁさぁ、初音様。ご覧くださいませ！」

初音の笑顔にすっかり気をよくした樹莉と雪姫は、初音の手を引き、二階へと導く。

右手のいちばん奥、いちばん日当たりがよく広い部屋を、ふたりは初音のために用意していた。

「まぁ……」

公爵夫人の館に似せて作られたというその部屋は、確かにあの館の応接室に似ていながら、若い娘の私室として使いやすいよう調えられていた。

大きな出窓やすずらん柄の壁紙はそのままに、広い寝台や衣装櫃、化粧台がすえつけられている。

「家具もこのお部屋に合わせて洋風のものにいたしました。初音様は、寝台ではなくお布団のほうがよろしいですか？」

「いいえ。とても素敵だわ」

初音は寝台など使ったことはなく、布団も薄いものしか与えられていなかった。冬の間はその上に着物を重ねて暖をとっている。

寝台に慣れてはいないが、やわらかであたたかそうな布団のかかった寝台は、いつもの寝具よりもずっと魅力的だった。

「お着物はこちらですわ！　今お召しのはっきりとした色柄のものもお似合いですけれど、初音様の雰囲気にはかわいらしいものもお似合いかと思ってご用意いたしましたの！」

「洋装も見ていて楽しくてのぅ。ほれ、このレースのドレスなどもよいじゃろう。桜色の、このハイウエストのドレスなぞ、襟（えり）の形が着物風なのがおもしろい」

「かんざしや櫛、りぼんもいくつもご用意いたしましたのよ！　……あぁ、でも。そちらのりぼんにはかないませんわね」

衣装櫃（いしょうびつ）から次々に着物やドレスを取り出し、寝台の上にぽんぽんと並べていた樹莉が、急にしょんぼりと肩を落とした。

「わたくしたち、つい初音様にお似合いだと思う着物をそろえてしまいましたけれど。初音様には初音様のお好みがございますものね」

「そうじゃのぅ。つい浮かれて押し付けてしまうところじゃったわ。まぁ、大きさは初音様に合わせて作ったからの、今日のところは間に合わせとしてこれらを着てくれるかの」

「間に合わせだなんて……！　樹莉様、雪姫様、ありがとうございます。ぜんぶとっても素敵ですわ」

初音は手の中のりぼんを握りしめたまま、樹莉と雪姫に駆け寄った。

「このりぼんは私の憧れのものでしたし、これをくださった百合子様のお心とともに私の宝物になりました。おふたりがご用意してくださったお着物も素敵ですし、私を歓迎してくださっているおふたりのお気持ちが伝わってきて、私、なんて言っていいのか……。とにかく、とても嬉しいです」

胸にわきあがる気持ちを、初音は一生懸命に口に出した。

これまで意見を求められることがなかったので、自分の気持ちを言葉にするのは苦手だ。けれど、伝えたい気持ちがたくさん生まれてくるから、つたない言葉だけど丁寧に伝える。

樹莉と雪姫は、ふふっと笑って、初音の言葉を受け入れてくれた。初音は、もうそれを不思議なことだと思わずに、ただ嬉しさを噛みしめた。

人ならぬ樹莉と雪姫が用意してくれた着物やドレスは、人間の感覚で言う上質なものと安価なものとの区別がない。

水仙が精緻（せいち）に手描きされた友禅の横に並ぶのが、茄子紺（なすこん）があざやかな銘仙（めいせん）といった具合である。

けれど奔放(ほんぽう)に「よい」と思うものだけを樹莉と雪姫の感覚で取りそろえたそれらは、とりどりに美しく、初音の心も浮き立たせる。

あれやこれやと樹莉たちと相談しながら、初音が選んだのは鳩羽色(はとばいろ)の地に白と薄桃のまんじゅう菊がぎっしりと描かれた、かわいらしい袷(あわせ)の着物。それにレースの肩掛けを合わせる。

後ろで一本の三つ編みにした髪をくるりと輪にするマーガレットという髪型に結い、百合子から贈られたりぼんを飾る。

「高雄様、見てくださいませ！　どうです、初音様のおかわいらしいこと！」

着替えると、樹莉に手を引かれ、初音はそろそろと高雄の待つ居間へと下りて行った。

高雄は火焔になにやら相談していたようだったが、入ってきた初音を見て、立ち上がる。

「あぁ、これも似合うな。さすが初音だ！　なにを着てもかわいい」

初音は、自分の頬がかっと赤くなるのを感じた。

「ありがとうございます」

礼を言ったが、恥ずかしくて高雄の顔が見られない。

そんなふたりを樹莉たちはにまにまと見守っていた。

「うふふー、そうでしょう、そうでしょう。高雄様はわたくしたちにもっと感謝なさってもよいと思いますわ。こんなにかわいい初音様を見られたのですから。しかもわたくしたち、もっといろいろな着物を作りましたのよ！」

「洋風のドレスも作ったのじゃ。初音様は今度そちらも着てくださるそうじゃぞ。楽しみだろう」

初音の後ろに立って、樹莉が胸を張れば、雪姫もいそいそと付け加える。

「そうか。それは、楽しみだな」

思わず口が滑ったというように高雄が言うと、火焔はげらげらと笑い声をあげた。

「いやぁ、樹莉や雪姫がなにを着ていても、どこが違うのかわからないって言ってた高雄様が、変われば変わるものだなぁ」

「うん……？　そうか。しかし樹莉や雪姫は、着るものもそう毎日違わないだろう」

「わたくしたちも、いろいろな着物に挑戦していましてよ、高雄様。毎日同じような着物を着たりしていませんからね」

高雄が真面目な顔で言うのを、樹莉が聞き捨てならないとばかりにすぐ否定した。

それでも高雄は不思議そうに「そうだったか？」と首をかしげる。

「まったく高雄様は朴念仁（ぼくねんじん）じゃからのぅ。けれど初音様には違うようで、よかったわ」

雪姫は呆れたように言って、「しかしな」と手を叩く。

「樹莉とふたりでせっせと用意してみたものの、全体の組み合わせやら髪型の整え方やらを考えると、わからぬことも多いんじゃよ。初音様もさしてお詳しくないということでの」

初音は申し訳なくて目を伏せる。

女学校の級友たちを見て憧れてはいたものの、どうせ自分には手に入らないのだからと詳しく知ろうとしていなかった。

それゆえ、例えばラジオ巻きと呼ばれる耳の横でくるりと三つ編みを巻いたような髪型がかわいかったと思っても、どうやってあのような髪型にするのかは知らなかった。

こんなことなら、級友たちの話にもっと耳をそばだてておけばよかった。初音がひそかに落ち込んでいると、雪姫が「そこでじゃな」と身を乗り出して言う。

「明後日にはかくりよに戻るじゃろう？　こちらにはそうそう来られぬじゃろうし、誰か詳しい者に指南してもらおうと思うのじゃよ。で、それには初音様の級友の百合子様が適役だと思うのじゃが、どうかな」

「百合子様を、指南役に……？」

百合子が指南役を引き受けてくれたら、また百合子に会える。

　初音は一瞬期待したものの、百合子に迷惑をかけるのではないかと思って言葉を呑み込んだ。

　高雄たちは、強大な力を持つあやかしである。

　今のところ大人たちは高雄たちを鬼神として貴んで遇しているが、それは目の前に彼らがいて、自分たちを圧倒する力を示しているからだと思う。

　もし高雄たちがかくりよに戻り、大人たちが願うような利益がまったく得られなかった時、高雄たちや初音の知己として扱われる百合子が、なにか不利益を被らないとは限らない。

　教室で少し言葉をかわした程度であれば、女学生の感傷だと大目に見てもらえても、改めて接触するとなれば、また別であろう。

　けれど、と初音は自らの髪に飾ったりぼんを思う。

　あの時、高雄に連れられて教室に戻った初音に声をかけてくれた百合子は、間違いなく勇敢だった。得体のしれない強大な存在とともにいる自分に、これまで親しかったわけでもないのにわざわざ声をかけ、未来を寿いでくれた。

　たぶん百合子が想像している以上に、初音は救われたし、嬉しかった。

　百合子は、初音とは比べものにならないくらい素敵な人だ。初音が勝手に百合子に

遠慮して、この話を断らなくてもいいのではないだろうか
　百合子にあまえすぎだろうか。けれど雪姫が提案してくれたから、少しだけ手を伸ばしてみたいと思ってしまう。

「もし百合子様がそれをお許しくださるのなら、お願いしたいです。けれど無理はしていただきたくないので……。あの、私、百合子様にお手紙を書きます。それをこっそりと百合子様に届けていただくことはできるでしょうか」

　誰かに手紙が見られれば、百合子が望まぬことを強要されるかもしれない。それは避けたかった。

「もちろんだ、初音。それくらい容易いことだ」

　高雄が請け負ってくれ、樹莉がいそいそと便箋を用意する。

　便箋に描かれたかわいらしいすずらんの絵柄に初音が目を惹かれると、それに気づいた樹莉が胸を張る。

「壁紙と同じお花でしょう？　初音様がお好きなのかと思ったのです！」

　すると高雄は便箋をまじまじと見つめ、うなずいた。

「なるほど。覚えておこう」

「我もそれをすすめたのじゃぞ！」

　雪姫も、笑顔で言う。

みんなが、笑顔で。

みんなが、初音のことを慮ってくれて。

優しい人たち。優しい空間だ。

彼らの言葉に、初音がどれほど勇気をもらっていることか。

彼らが初めに初音を尊重してくれていなければ、あの時の百合子の言葉も、あんなに素直に受け取れたかわからない。

（私が、与えられてばかりだという気もするけれど……）

自分も、彼らを喜ばせるためになにかしたい。

そんな気持ちが初音の中に芽生え始めていた。


初音は筆をとって、高雄たちと相談しながら丁寧に、百合子への手紙を書いた。

今、高雄たちと学校の近くの洋館に仮住まいしていること、着物などをそろえてもらっていること、けれど自分ではわからないことも多いので、指南してほしいということ。

もちろん百合子の負担になるようであれば、断ってくれて構わないこと。こっそり迎えに行くこともできるし、ものものしく迎えを出すこともできること。

それから少し考えて、初音は付け加えた。

百合子が必要であると思うのなら、信用のおける女生徒を数名ともに連れてきてくれてもいいということ。例えば、同じ学級の上村千鶴様や高田万智子様を、と。

「千鶴様や万智子様は、初音様と親しい方ですの？」

手紙を見ていた樹莉が、不思議そうに問う。

初音は首を横に振って答えた。

「いいえ。ただ千鶴様のお家は百貨店を、万智子様のお家は呉服店を経営していらっしゃるのです。おふたりとも本家の娘で、お家から大切にされていらっしゃる方ですので」

千鶴の家も、万智子の家も、商家ではあるが飛ぶ鳥を落とす勢いの富豪である。

下手な貧乏華族よりも、彼らの顔色をうかがう者も多い。

今後、高雄たちの扱いがどうなるのかはわからないが、今現在なら知見を得ておきたいと考える人間も多いはずだ。

そこで百合子が自分の采配で、千鶴や万智子を選んでここへ連れてきたという体を装えば、百合子の株も上がるかもしれない。

百合子は東峰寺の娘で家からも大切にされているが、妾の子であると侮ったり、足をひっぱったりする者もいる。

この件が少しでも百合子の一助になればという、初音の浅知恵だ。

それに高雄たちがかくりよに戻った後、万が一彼らと知己の者がとがめられることがあっても、千鶴や万智子の家も、自分たちのかわいい娘が一蓮托生とあれば、百合子をかばってくれる可能性が上がる。

千鶴の家も万智子の家も百貨店や呉服店なのだし、家に大切にされている娘なら装飾品にも詳しいだろうから、彼女たちをともに招くことが不自然に見えることもない。彼女たちの店のものをいくつか買えば、彼女たちにとっても悪くはない話のはずだ。

「百合子様は、私よりもご友人も多いので、もっと適した方をご存知かもしれません。その方たちも一緒にお招きし、お持ちいただいた品を買い上げることは可能でしょうか」

「あぁ、もちろんだ。初音はよく気が利く。心根が優しいからであろうな」

高雄は目元をゆるめて、いとおしげに言う。

初音はうつむきながら「そんなことはありません」と首を振った。

そもそも、すべて高雄の威光と高雄の支払いを期待した考えである。

しかも、どうあっても自分にはよいことしかない。

それを優しいなどと褒められては、どんなに傲岸な人間でも恥じ入るだろう。

「俺は初音を花嫁にできれば、それでいい。こちらの世でなにかするつもりはないからな。ふむ、確かに我らが帰った後、関わった人間たちが非難をあびないように考えなくてはならないか」

高雄が顎(あご)に手を当てて、考え込む。

それを見て、雪姫が困ったような笑みを浮かべた。

目の端にそれをとらえて、初音は小さな不安を覚えた。

（雪姫様……？）

陰のある雪姫の表情に気づいた初音は声をかけようとした。

けれど一瞬躊躇(ちゅうちょ)していると、火焔の腹が「ぐぅ」と大きな音を立てる。

「あー、わり。腹が減ってるみてぇだわ」

火焔は悪びれず、自分のお腹をさすりながら笑う。

「そうじゃ、昼餉(ひるげ)の時刻もとうに過ぎておるな！　我もなにか食べたいぞ！」

雪姫は先ほどのかげりをさっと顔から消して、楽しげに言う。

すると高雄も「そう言われれば」とうなずいた。

「あっ、そういえば湖苑のことを忘れていましたわ！　まだ『探索』に出たままなのかしら。起こして参ります」

樹莉もはっとした様子で、ぱたぱたと部屋を出る。

「初音も昼餉(ひるげ)にしていいか？　食べ物は華厳校長が届けてくれたこちらの世のものだ

から、口にあわぬことはないと思うが」

気遣うように高雄に言われ、初音も慌てて笑みを浮かべる。

「私もなにか食べたいと思っていたところです。ありがとうございます」

百合子への手紙は、高雄が近衛の人を通して届けてくれるという。

返事は数刻後にまた取りに行ってくれるそうだ。

それでは昼餉をということで、樹莉に呼ばれてきた湖苑もそろって六人で食堂に移動する。

華厳校長が用意してくれたのは近くの料亭の仕出し弁当のようで、見覚えのあるその料亭の名前に、初音の心は浮き立つ。

膳の蓋を開けると、目にも鮮やかなお料理が綺麗に盛り付けられていた。

海老や鯛の焼きものに、鰆の味噌焼といったひと口大の焼きものも美味しそうだが、蓮根や人参の煮物の飾り切りの美しさも心が躍るし、焼いたそら豆や黒豆を松葉に散らしてさしてあるのも目を楽しませてくれる。

菊花蕪も小さく作られていてかわいらしいし、だて巻きは定番ながらもその黄色が鮮やかだ。

「おーっ、美味そう！」

「あぁ。いただくとするか」

鬼神たちも、いそいそと箸を取る。

初音も手を合わせてそれに続いた後で、鬼神様たちも人間と同じものを召し上がるのね、と今さらながらに思う。

椀物をひと口いただくと、おすましのあたたかさが体に染みる。

おすましの具は毬をかたどった生麩で、めったに食べられない好物に、初音はうっとりと目を閉じて味わう。

もきゅっとした舌触りを楽しんでいると、小さな生麩はあっという間になくなってしまうが、続けておすましを飲むと、なんとも幸せな心地である。

「初音様は、美味そうに召し上がるなぁ！」

火焔に楽しげに指摘され、初音は頬を赤らめた。すると雪姫が、火焔が手にしたガラスのグラスに気づいて眉をひそめた。

「火焔、そなた酒を飲んでおるのか？」

火焔が手にしていたのは、食前酒として用意された果実酒であった。

青い切り子の硝子の杯は、人差し指ほどの長さしかない。中に入っている酒もほんの一口で、強いものではないのだが。

「いいじゃねーか。今日は統領が花嫁に出会ったためでたい日なんだぜ！　これっくらいの酒、飲んだうちに入らねーって」

「他の者ならそうじゃろうが。火焔、そなたは酒にはめっぽう弱いじゃろう」

一升瓶を呷(あお)ってもけろりとしてそうな大柄な男の意外な弱点に、初音は目を丸くした。

しかし火焔は、雪姫が言った通り、本当に酒に弱いのであろう。

たった一口の食前酒で頬を赤らめ、隣に座る湖苑の酒にまで手を伸ばす。

「けちけちすんなよ、祝い酒だろ！」

「あぁ、もう、火焔ったら。弱いくせにお酒に目がないんだから。湖苑、わたくしのお酒を召し上がります？」

けらけらと笑う火焔を睨(にら)みつつ、樹莉が静かに食事をとっている湖苑に杯を示す。

湖苑はふるふると頭を横に振り、それを断った。

「いい。酒はあまり好かない。そのかわり、火焔のだて巻きをもらう」

言うが早いが、湖苑はさっと火焔の膳(ぜん)からだて巻きを奪って食べる。

「あまい……。美味(うま)い……」

「おお、食え！　湖苑はいっぱい食って、もっと大きくなれよー」

火焔が笑いながら、湖苑の頭をざつにわしゃわしゃと撫でると、湖苑はうっとうしげに眉をひそめながらも、もくもくと食事を続ける。

「火焔。そなた、少しは反省しろ」

雪姫は呆れ顔で言って、自分のグラスを空にした。

「いえ。皆様が仲良しなのが伝わってきて、とても楽しいです」

にぎやかな鬼神たちを見ながら食事をしている初音に、高雄が気遣うように言う。

「うるさくてすまないな」

食事中に大声で話をするのは、あまりお行儀のよいことではない。けれど親しげにかわされる会話の中での食事は、いつもひとりで食事をとっていた初音には、ただただ楽しいものであった。

「初音様は、いい子だな！　こんな子が統領の嫁になってくれて、俺も嬉しいぜ！」

火焔は、樹莉のグラスまで飲み干しながら、上機嫌に言う。

初音はどう反応してよいのかわからず「ありがとうございます」と小声で答えた。

「いや、ほんとさぁ。統領が急に、こっちの世界に繋がる七の扉を開けた時にはどうしたのかと思ったけど、まさかこんなかわいい嫁を見つけたとはなぁ……！」

「火焔、話しすぎだ」

酔って目元を赤くした火焔がふわふわと言うと、高雄はその口元に手を当て止めた。

「あ、そか。わり」

火焔は樹莉に差し出された水をごくごくと飲み干して、高雄に頭を下げた。

「それくらいなら、大丈夫だろうが、いちおうな。……初音。気になるだろうが、こちらの世でかくりよのことを話すとよくない影響が出やすい。そなたを連れていくというのに、詳しい話ができずにすまないが、こちらの世と大きく違うこともないし、悪いところでもない。申し訳ないが、承知してほしい」

火焔にかるくうなずいてみせた高雄は、初音に向き合って真面目な顔で言う。

（あぁ、なるほど）

いろいろなことが急速に決まって、初音はただ目の前のことについていくのに精いっぱいだった。

けれど確かに彼らから、数日後には住むことになるというかくりよについて、詳しい説明を受けたことはなかった。

普通ならばそれを不安に思うのだろうが、どうせ初音に拒否するすべはない。

それに女学校に長年通っていれば、結婚後にどういう暮らしをするのかわからないというのは、わりとよく聞く話だ。

さすがにかくりよに嫁に行った同級生はいなかったが、聞いたこともない異国に赴く外交官と結婚し、彼とともに異国にわたった者、同じ大統国内ではあるものの言葉も通じないような田舎へ嫁いだ者、さまざまな同級生を見てきた。

そうでなくとも「女は三界に家なし」、嫁げば実家とは異なる家の習慣にどっぷりと従うのが女子の生きる道だ。

かくりよという未知の場所に不安はあれど、高雄や雪姫たちとともに行く場所であれば、そう恐れることはないのではないか、と初音は割り切っていた。

「はい。私なら大丈夫です」

初音は高雄たちへの信頼を込めて、うなずく。だが高雄は少し悲しげに眉をひそめ、初音の頭をそっと撫でる。

「本来なら、もっとわがままを言ってくれと言いたいところなのだが。すまないな」

「ところで、初音様。僕は湖苑と申します。あやかしの統領である高雄様の側近をつとめております」

しみじみと高雄が言う横で、とつぜん湖苑が自己紹介をして、頭を下げた。

「急にどうしたんだ、湖苑」

高雄が驚いて問うと、湖苑は首をかしげて言う。

「僕は先ほどから席を外していましたので、初音様にご挨拶できていませんでしたから。遅ればせながら、ご挨拶しようと思っただけです」

「あ……！　湖苑様、ご挨拶ありがとうございます。私は、初音。西園寺侯爵の長女、西園寺初音です」

初音が慌てて湖苑に頭を下げると、雪姫が箸を置いて立ち上がった。

「そうじゃ！　うっかりしておったが、我も初音様にご挨拶しておらんかったわ！」

「わたくしもですわ！」

樹莉も立ち上がって「まぁ、どうしましょう」と頬に両手を当てる。

そしてふたりは初音へ向き直り、美しい礼をとる。

「遅れましたが、初音様。わたくしも高雄様の側近のひとりで、樹莉と申します」

「我も高雄様の側近のひとりで、雪姫と申す。こんななりじゃがいちばんの年長で、高雄様の祖母のようなものでもある。昔はこちらの世に住んでおったこともあるから、なにかあれば気軽に相談してくれ」

「それで言うなら、俺は高雄様の兄貴分かな。火焔だ。俺も高雄様の側近で、幼馴染だ。高雄様がなにかやらかしたらぶっ飛ばしてやるから、その時には相談してくれ」

火焔が真面目な顔で言うので、初音は困ってしまって苦笑でごまかす。

(側近……。でも前に火焔様が「ツレ」とおっしゃっていた通り、単なる部下ではなく幼馴染だったり、家族のような存在だったりもするということなのかしら)

湖苑と樹莉は、高雄との個人的な関係を言わなかったが、彼らの親しげな雰囲気を見ていれば、なんとなく察するものはある。

自分も、この人たちの仲間になれたらいいなと思いながら、初音は「よろしくお願いいたします」と頭を下げた。

和やかに昼餉（ひるげ）を終える。

「さて」と高雄は改めて切り出した。

「華厳校長から連絡が来た。この後、少しの間でいいので、この世の政府関係者に会ってほしいということだ。俺としては、受けようと思うが、よいか？」

高雄の問いに、火焔と樹莉はあっさりと首肯（しゅこう）する。

けれど湖苑は少し困り顔で雪姫を見た。

雪姫はそれにうなずいて、高雄に言う。

「統領。この世の政府関係者に挨拶するのは、我も反対せぬよ。じゃが、ひとつ、提案がある。我はこの世の弱きあやかしたちの一部をかくりよへ連れて行ってやりたいと思うておる。彼奴（きゃつ）らは人間に使役されておるあやかしたちじゃから、おそらくこの世の人間から反感を買うじゃろうが」

苦い顔で言う雪姫に、高雄は目を見張った。

「この世のあやかしをかくりよに連れていくのか？　俺は構わぬが、七百年前に門を閉ざす時、この地に残ることを選んだ者たちだろう？　弱きあやかしは、生まれた地を離れたがらないものだ。今さら別の世に住まいを移したがるとは思えぬが……」

「いや。我が調べた限りでは、今では彼奴（きゃつ）らもこの世を去りたがっておる。さっきちらりと湖苑に見せてもらった探索結果でも、同じようじゃった。……湖苑、高雄様たちにもあれを見せてたもれ」

雪姫に促（うなが）され、湖苑は高雄に許可を求める。

高雄は初音にしばし待ってほしいと言って、湖苑に許可を出した。

「……」

高雄たちは一斉に目を閉じ、なにかに耳を澄ませているようだった。

初音は、高雄の隣で、同じように目を閉じる。

高雄たちは、なにを見ているのだろうか。

初音には、なにも感じられない。

ただ耳の奥に、かすかに悲鳴のような声が聞こえた気がして、初音は慌てて目を開けた。

そこは、先ほどと変わらぬ洋館の食堂だった。

高雄たちも目を閉じたまま、まだそこにいる。

初音は高雄たちの集中を妨げないように気を付けながら、小さく息を吐く。

そして、雪姫の言ったことを考えた。

雪姫がこの世から連れていきたいと言っていた弱きあやかしというのは、おそらく四家が使役するあやかしのことだ。

四家においても、〈使役の術〉を使う者は少なく、その多くは代々〈使役の術〉の強化にはげんできた西園寺の一門だ。他家でも数名、〈使役の術〉を使う者がいると聞くが、初音が直接知るのは百合子だけだ。

「無能」の初音は、使役されているあやかしをはっきりとした姿で見たことはない。だが、うすぼんやりと見える「小鬼」たちを華代がとらえ、術で縛って、命令に従うように躾(しつ)けていたのは見たことがある。

華代が具体的になにをしていたのか、初音にはよくわからない。

けれど術式の合間に華代があげる罵声が、それらの「小鬼」に対するものだと知っていた。であれば、彼らがふだんどのような扱いを受けているのかなど明白だ。

そんなことを知ったなら、雪姫たちが弱いあやかしたちを助けたいと思うのは当たり前だ。彼らが解放されるのは、初音としても喜ばしい。

けれど使役されるあやかしたちがこの世から消えたなら、四家の威光はさらに弱くなるだろう。

(百合子様……)

もしそんなことになれば、と初音は考える。

百合子が東峰寺の娘として重んじられているのは、異能が強いからだ。

そのために彼女がどれほど努力を重ねてきたのか、初音は察していた。

百合子は、異能のうち、自ら作った式神を呼び出して操る〈式神の術〉を得意としている。式神は、術者が作った命や感情を持たない道具のようなもので、自然から生まれたあやかしとは別物だ。

彼女が、華代のようにあやかしを使役する術を使うところを、初音は見たことがなかった。

〈使役の術〉を使うのは、四家の中でも西園寺家の者が圧倒的に多い。西園寺には、あやかしを隷属的に従えるための秘伝の術式が多く残されているからだ。

東峰寺の人間である百合子が〈使役の術〉を使えるのは、百合子のもともとの異能の強さと、彼女の努力の成果だろう。

百合子や、初音が知らない誰かが、自分の居場所を作るために一生懸命に習得してきた〈使役の術〉は、もうすぐ使えなくなるかもしれない。

……これまで初音は、術者に使役される小鬼たちのことなど深く考えたことはなかった。

華代の罵る言葉を聞いて自分を重ね、哀れに思うことはあっても、彼らを助けるためになにかしようと考えたこともない。むしろ「無能」でなければ、初音だって喜んで〈使役の術〉を学び、彼らを使役しただろう。初音は、そんな勝手な人間だ。

だから初音は、小鬼たちの解放を喜びながらも、これまでの努力が無になる人間のことを悲しく思う。

(きっと百合子様は、このことを知ったら高雄様たちをお恨みになるでしょうね)

出したばかりの手紙が恨めしい。

あんなもの、出さなければよかった。

初音が暗い気持ちで時が過ぎるのを待っていると、高雄がふっと目を開けた。

「なるほど。これは看過しがたいな……」

高雄は、ふるりと頭を振った。

続いて目を開けた火焔、樹莉も重々しくうなずく。

「わたくしは今初めてここで暮らすあやかしの実情を知りましたけれど、仲間があんなひどい目にあっているなんて。このままにはしておけませんわ」

「もちろん、今でもあやかしと協力関係にある者たちもいる。昔はあやかしたちと人間は術を介した協力関係に過ぎなかったが、今見た者の中には、あやかしと友のように過ごす者も見えた。じゃが、一部の者のあやかしのへ扱いはひどい。術で縛り、体罰を与え、消える寸前までこきつかい、あやかしの自我を抑えつけている。あれでは、ここで暮らすあやかしとて長く持たず、消えてしまう者も多かろう。それを見て見ぬふりはできぬのじゃ」

雪姫は、目に涙をためて言った。

「昔もあやかしたちの扱いが悪い術者はおった。じゃが、そういうやつらは我らが粛清してやっていたから、そうひどいことにはならんかった。なのに、我らが七百年もこちらの世に来ておらんかったから、あやつらはあんな扱いを……」

「俺らが頻繁にこっちに来られないのは、世界の理だろ。雪姫が責任を感じることじゃねぇと思うけど、俺もあいつらが望むのなら、かくりよに連れていくのに同意かな。あんなもん見せられたら、胸糞悪いわ」

火焔が憤然とした思いを隠さずに言うと、高雄は「ふむ」とうなずいた。

「湖苑はどう思う？」

「僕？　僕は今みんなに見せたものよりたくさんのあやかしたちを見てきました。術者と仲のいい者たちも、それなりにいます。仲のいい者たちを引き裂くのでなければ、かくりよに連れて行ってもいいと思います」

「もちろん、ここに残りたいというあやかしは残す。術者と仲がよく、離れたくないと言うのなら、なおさらじゃ」

雪姫は白い指で涙をぬぐうと、少し気を取り直して笑みを浮かべた。

「そうじゃな！　ついついひどい仕打ちを受けている小鬼に気を取られたが、仲良うやっているあやかしたちは幸せそうじゃった。あやつらはもちろん、残してやるぞ！本人たちもそれを望むじゃろうしなぁ」

湖苑はそれを聞いて、にこと笑った。

湖苑は白い肌と藍色の長い髪が印象的な、どこか冷たく見える青年だが、時折とても幼く見える。

この時の湖苑の笑顔もひどく無垢に見えて、断罪されるような心地で彼らの話を聞いていた初音は、びくりと震えてしまった。

けれど湖苑はどこまでも邪気なく、初音に言う。

「よかったですね、初音様。初音様のお友達の百合子様は、使役しているあやかし……小鬼と引き離されませんよ。あんなに仲良しなのに離れ離れになるのは、かわいそうですしね」

「え……」

湖苑の言葉に、初音は驚く。

湖苑は、初音の反応の大きさを気にした様子もなく、のんびりとした口調で続けた。

「初音様のお父様や妹さんが使役しているあやかしは、連れていくことになると思います。ひどい扱いでしたし、彼らも逃げたいと泣いていましたから。……初音様も、賛成してくださるでしょう？」

湖苑にじっと見つめられ、初音はぎゅっと胸を押さえた。

使役しているあやかしと仲良く協力関係にある術者には、あやかしは残される。反対にあやかしたちをひどく扱っていた術者からは、あやかしたちは取り上げられる。

初音の脳裏に、華代の罵声がよみがえる。

あの子たちは、救われるのだ。

初音が高雄に助けてもらえたように、雪姫たちがあの子たちを助けてくれる。仲のいいあやかしと術者は、今のままでいられる。

そんな都合のいい解決法があるなんて。

西園寺の家で生まれ育った初音には、あやかしは使役するものだという意識はある。けれどそれでも、華代や父のあやかしへの態度はひどいと思っていた。自分なら、使役したとしてもあんなひどいことはしないのに、と。

湖苑の言葉は、初音の西園寺の娘としての自我と、初音としての想いを両方救ってくれるものだった。

だから、初音は迷わず答えられた。

「もちろんです。辛い思いをしているあやかしたちを救えるのなら、私にもお手伝いさせてください！」

「無能」の初音にできることなどないだろう。

それでも。

今までずっと見て見ぬふりをしてきたあやかしたち。

彼らを救えるならばなにかしたい、と心から初音は思った。

「よし。意見はまとまったな。もちろん俺も、希望するあやかしをかくりよに連れていくことに賛成だ」

高雄が言うと、火焔が「おっしゃ！」と拳を上げた。

雪姫は涙目でぱちぱちと手を叩き、樹莉は湖苑にぎゅうぎゅうと抱き着きながら喜びの声をあげる。

「ただ今回、俺たちがこちらに渡ってきたのは異例のことだからな。なのに相当数のあやかしを急に動かすとなると、弱いあやかしとはいえ、世界の均衡に影響しかねない」

「統領、とつぜんこっちに来たもんなぁ。まぁこんなかわいい嫁さんがいることに気づいたら、仕方ねぇけどな」

「火焔、黙れ」

「そうですわよ、火焔。愛ゆえの暴走はすべて許されるって、前に読んだ小説に書いてありましたわ！」

「樹莉も黙ってくれ。で、だ。均衡を保つためにも、こちらの術者の式神を操る能力は強化しようと思う。湖苑の探索結果を見ても、彼らの能力を少しずつ上乗せすれば、世界の均衡がうまくとれそうだ。……という解決方法は、どうだろう」

火焔と樹莉は、しばし黙考して、うなずいた。

「いいんじゃねぇのかな。式神ってのは、術者が作った影みたいなもんだよな？　生命も意思もないあのふわっとしたやつ。あれはあやかしとは別もんだし、好きにさせればいいんじゃね？」

「ですわね。あまりにも強い力があるのでしたら、それはそれで恐ろしいことになりそうですけれど。見ていた感じですと、こちらにいるあやかしたちのできることってほんとにささやかでしたもの。あれに等しい能力になるよう上乗せしても、さほど影響はないと思いますわ」

雪姫も「うむ！」とうなずく。

「我は、我の仲間であるあやかしたちが幸せになれるのなら、それでよい。もちろんこの地の人間にも幸せになってほしいが……」

「誰もかれも幸せになるというのは難しいでしょうが、大局では問題ないでしょう。僕もそれでいいと思います」

湖苑もうなずいて、同意した。

そして、五人は初音のほうを見る。

「初音の意見は？」

五人のあやかしを代表して、高雄が問う。

初音は、まさか人間である自分の意見を聞かれるなんて思わなかった。これでは、まるで初音が彼らの仲間のようではないか。

否。

初音は、もう彼らの仲間なのだ。高雄の花嫁として、彼らのあやかしの一員なのだ。少なくとも、この五人はそう、初音を自分たちの「ツレ」だと認めてくれている。

高揚する気持ちを抑えて、初音はつとめて冷静に答えた。

「私も、それでいいと思います。その、〈使役の術〉を使うのは、西園寺の人間がほとんどです。他家で使われる方はめったにいません。……だから強く反発するのは、西園寺。私の実家だけだと思います」

言いながら、はたと初音は気づいた。

異能を誇る四家の中で、この策をとられて困るのは、実質西園寺だけだ。そしてその西園寺は、初音をずっと疎み、さげすんできた相手だ。

もうすぐ自分がかくりよに嫁に行くという今、高雄が提案してきたように、父や華代を灰にしたいとまでは思わない。いくら恨みがあっても、人の生死を左右するほどの気持ちは、初音にはなかった。

これから先もずっと彼らと顔を合わせて生きていくのであれば、また違うかもしれない。けれど、どうせ初音がかくりよに行けば、彼らと顔を合わすこともなくなるのに、そこまでの気持ちにはなれない。

それでも、彼らに一矢報いたいという気持ちも、初音の中にはあって……。

（偶然なのかしら……）

小鬼がかくりよに去ってしまい、〈使役の術〉が使えなくなれば、西園寺は力を落とす。華代などはほとんど式神を使えなかったから、一気に「無能」に近くなるだろう。

対して他の三家はもともと式神を使うことを得意としているから、その力が強化されれば、わずかとはいえ力を増す。それは初音にとって、ちょうどいい仕返しである気がした。

初音は、ちらっと自分に求婚したあやかしを見る。

高雄はその端麗な顔に悪い笑みを浮かべて、言った。

「因果はめぐる歯車。悪いことをした人間に、悪いことが起きるだけだよ、初音。……では全員の総意も得られたことだし、華厳校長からこちらの世の上役たちに周知してもらおうか」

高雄の言葉に、火焔たちは次々とうなずいた。

「了解。忙しくなりそうだな！」

第二章

「初音様、朝じゃぞ。そろそろ起きないと、百合子様たちが来られる時間になるぞ」

「ん……？」

ぽんぽんと布団の上からかるく肩を叩かれて、初音は重い瞼を開けた。

朝の光のまぶしさをこらえて目を開けると、飛び込んできたのは真っ白な髪の美少女の満面の笑み。

「お、おはようございます、雪姫様……！」

初音は反射的に身を起こし、かけていた布団を胸の前で抱えて、目の前の少女を見た。

雪姫は「んふー」と楽しげに笑い、「おはようございます、じゃな」と挨拶を返す。

寝ぼけて混乱する頭で、初音は周囲を見回して、昨日のことを思い出した。

昨日、学校の藤が光り、門のように変形した光の中から鬼神(きしん)たちが現れたこと。あやかしの統領の高雄に花嫁にと望まれ、西園寺の家や政府にも了承を得たこと。明日にも、高雄たちが住むかくりよへ移り住むということ……。

「あ、百合子様……！　もういらっしゃるようなお時間なのですか？」

百合子に出した指南依頼の手紙の返事は、昨日の夕方に届いた。

百合子の返事は、諾。

同級生である千鶴や万智子も一緒に連れてくるという。

百合子からの返事が届く前に、華厳校長から結納は今日の午後三時からと指定されていたので、百合子たちには午前十時ごろに来てもらうことになった。

せわしない予定になって申し訳ないが、話だけでも聞かせてほしいと手紙をやると、百合子からは千鶴や万智子がはりきっているから心配ないと、かろやかな筆の手紙が届いた。

手紙の中の百合子は終始ほがらかで、使役している小鬼の話はなかった。

昨日、高雄たちは政府の人間にあやかしたちを引きあげる旨を伝えた。その後すぐ、かくりよに行くことを希望するあやかしたちを集めた。

手をあげた小鬼を始めとするあやかしたちは、昨日のうちにこの屋敷に集まった。

火焔の結界の中にあるこの洋館では、初音もあやかしたちの姿がはっきりと見えた。

使役されているあやかしは、圧倒的に人に似た姿の小さなあやかし……小鬼が多かった。彼らの体は一様に傷だらけで、初音はその姿を目の当たりにして、涙がこぼれそうになる。もし初音が昔から彼らの姿がはっきりと見えていれば、小鬼たちが華代にいじめられるのを、あんなふうに見過ごすことはなかったかもしれない。

小鬼たちの大多数は人の姿に怯（おび）え、家具などの隙間に隠れたり、隅っこでお互いに身を寄せ合って震えたりしている。

今回かくりよに渡ることを希望して集まったあやかしたちの中には、人間に使役されたことがないあやかしもいた。それらのあやかしは、使役されていたあやかしたちよりも力は弱かったが、人の姿に怯（おび）える様子はなく、のびのびとしている。

その姿は、とても対照的だった。使役されていた小鬼たちは、その小さな体に大小の傷がつけられ、手当てを受けた様子もなく、化膿したり、ただれたりしていることも少なくない。見るからに痛ましく、こんなものを見過ごせる人間がいるなんて信じられなかった。

雪姫についてきたのか、彼女のまわりをうろちょろする小鬼を見て胸を痛めながらも初音が時間を問うと、雪姫は衣装櫃（いしょうびつ）から白のサテンと青の絹のストライプのドレスを取り出して、広げてみせた。

「まだ百合子様たちが来られるまでには、時間があるがのぅ。朝餉（あさげ）を食べて、着替えて、かわいくせねばならんじゃろ。それに、今日は我が作ったドレスを着てほしいと思って、樹莉が来る前にこっそり初音様を起こしに来たのじゃよ」

「まぁ……」

いたずらっぽく笑う雪姫に、初音も笑顔を返した。

けれどこの幼げな言い方をする少女が、初音を気遣って、夜中に何度もこっそりと様子を見に来てくれていたことを初音は知っていた。

(樹莉様もだけれど、雪姫様は特に私を気遣ってくださっているのよね)

もとから初音のことも気にかけてくれていた雪姫だが、小鬼のことがあってから、余計に初音を気遣ってくれている気がする。

初音としては、異能を重視する家で育ったため、〈使役の術〉が実質失われることに感慨がないわけではない。けれど、それで傷つけられている小鬼たちが救われるなら、そのほうがいいと思っている。

その思いは、この館で小鬼たちの傷ついた姿を目の当たりにしてから一層強くなり、今では雪姫があれほど怒っていたことを嬉しいとさえ思っていた。

初音も、傷ついた彼らに手を差し伸べたいと思う。

そして真っ先に彼らを助けようとした雪姫に、深い信用と尊敬の念を抱くようになっていた。初音にあまえているように見えて、初音をあまやかしてくれる雪姫と一緒にいるのは、とても居心地がいい。

初音は雪姫に促されるまま、青と白のドレスに着替える。簡単に髪を結い、初音と雪姫はそろって部屋を出た。

けれど廊下に出てすぐ、雪姫は立ち止まる。

「雪姫様？　どうかされましたか？」

「んん、ちょっと忘れ物をしたようじゃ。我は自分の部屋に寄ってくるわ。初音様は先に食堂に向かってくれんかの？」

「忘れものですか？　私も一緒に雪姫様のお部屋に寄っていきますよ？」

同じフロアにある雪姫の部屋に寄るくらい、大した手間でもない。

初音が言うと、雪姫は「いや！」と妙にきっぱりと拒絶する。

「これは我ひとりで取りに行かねばならぬのじゃ！　だから！　初音様は先に下に行っておいてくれんかの」

「わかりました」

初音は雪姫の演技めいた態度を気にしつつも、廊下を先に行く。

階段を下りたところで、そこに高雄がいるのに気がついた。

「おはよう、初音」

高雄は初音に気がつくと、その黄金の瞳をとろりと溶けさせて笑う。

朝の光のせいだろうか。そんな高雄が輝いて見えて、初音は「おはようございます」と口ごもりながら応える。

「今日はドレスにしたのか。なるほど、初音は手足が長いから、洋装もよく似合うな」

「そんな……。気を遣っていただかなくていいんですよ。ひょろひょろしてみっともないとよく言われます」

高雄は、今日は漆黒のフロックコートを着ていた。

偶然なのか雪姫が気を利かせたのか、初音の洋装と合わせたようだ。

けれど鍛えられて均整のとれた体躯を持つ高雄の洋装は、肖像から抜け出た外国の王子様のようで、小柄で細すぎる体躯の自分が並ぶのは気が引けた。

(雪姫様が選んでくださったこのドレスはかわいらしいけれど、着るのが私じゃ台無しね。洋装は、お着物よりも体型がわかりやすいんだもの……)

慣れた自嘲の言葉を吐いた初音は、次の瞬間、ぎくりとした。

こちらを見る高雄のまなざしに昏いものを感じたのだ。

「誰がそなたにそんな無礼なことを？」

高雄の声音は落ち着いていたが、目が妙にすわっている。

初音は自分がなにかまずいことを言ってしまったのだと気づき、笑ってごまかそうとした。

「誰というわけでもありません。自分でも、そう思いますから」

「ふうん……」

高雄は一歩下がって、じっと初音を見た。そしてまっすぐに初音を見たまま、熱っぽく言う。

「俺の目には、そなたは誰よりもかわいらしく見える。そなたに自覚がないのは、不思議なことだ」

高雄のまなざしは熱を帯び、その言葉が偽りでないことを示している。じっと見つめられると焼かれてしまいそうだ。初音はこれまで、そんなふうに男の人に見つめられたことはなかった。恥ずかしくて仕方ないのに、心がぽかぽかと熱くなる。

赤くなる頬を両手で押さえて初音がうつむく。高雄はその手を取ろうとしかけたが、ぐっと自分の手を握りしめて伸ばした手を下ろす。

「昨日、火焔に言われたんだ。こちらの世の女性は、夫以外の男性に触れられることを好まないと。俺は昨日からそなたになれなれしく触りすぎだと。このままでは嫌われてしまうかもしれない、せめて今日の結納が終わるまでは軽々しく触るなと。……だから、気をつけようと思っていたのだが」

言いながら、高雄は初音の前に跪く。

「そなたを見ていると、触れたくてたまらなくなる。そなたに嫌われたくはないのに。……お願いだ、初音。せめてその手に触れさせてくれないか」

跪いて、初音の手を取ることを乞う高雄は、見た目もきらきらしい。だから初音は胸をときめかせながらも、怖くなる。

初音は、自分がどんな人間だか知っている。

いいのは血筋だけ。

異能を持たない「無能」で、がんばっても勉学もそれなりにしかできなかった。

子どものころから食事にも恵まれていなかったので、体型も同じ年齢の女子に比べて小柄で少年のように平らな体型で、女性らしい魅力にとぼしい。

毎日歩いて登校していたので級友たちよりも日に焼け、手入れする余裕もなかったから髪にも艶がない。

ピアノやお琴、舞といったたしなみも学校で学ぶだけだったので、お稽古にはげむ他の少女たちほど上手ではない。

家族にも愛されず、父には悪鬼に呪われているとまで思われている。

この世には、自分よりもっと貧しく苦労している人がいっぱいいることを知っているから、自分がかわいそうだとか、恵まれていないだとかは口に出さない。

けれど、自分は取るに足りない人間で、どんなに努力しても欲しいものには手が届かないと、ずっと思ってきた。

　そんな初音の前に膝をつく高雄は、あやかしの統領だという。

　初音にはよくわからないが、それはすごいことなのだろう。強い力を持ち、初音の父どころか華厳校長や政府の偉い人を相手にしても、当たり前のように自分の欲求を押し通せる人だ。

「ツレ」だという火焔たちとも仲がよく、友にも恵まれている。顔も体躯も整い、振る舞いは型からはずれてもどこか上品で、育ちのよさを感じる。きっとどんな美しく才能にあふれた女性でも、彼に望まれれば喜んで彼の手を取るだろう。

　なのに、高雄が望むのは、初音なのだ。

　ありふれた、取るに足りない初音なのだ。

　信じられないことなのに、高雄の視線は言葉を裏切らない。

　ひとえに初音をかわいいと、いとおしいと思っていると伝えてくれる。

　初音はそれを信じたい。

　いや、一度は信じると腹を決めたはずだった。

　けれどこれまでずっと人から嘲られて生きてきた初音は、高雄が自分をかわいいと言ってくれるたびに、信じたいという気持ちと、そんなはずがないという気持ちで、胸がざわついて仕方がない。

（私が百合子様みたいに美人で賢ければ、こんなふうに思わないのかしら）

それでも跪(ひざまず)いたまま、期待に満ちた目で自分を見つめてくる高雄に、初音はおずおずと手を伸ばす。

高雄は目を輝かせて、うやうやしく初音の手を取って立ち上がると、初音の隣に並んだ。

「昨日は、よく眠れたか？」

「はい。お気遣い、ありがとうございます」

「俺も様子を見に行きたかったのだが、雪姫に二階は男子禁制だと止められたんだ。それがこちらの世のならいなら従わなければいけないとは思うが、俺がそなたに会えないうちに、雪姫や樹莉ばかりが初音と仲良くなるようで……妬けてしまう」

「雪姫様や樹莉様に、ですか？　ですがおふたりは女性ですし」

「わかっている。だが、初音といちばん親しいのは、俺でありたい。できることなら、初音をひとりじめして、誰にも会わせずに屋敷に閉じ込めておきたいくらいだ」

「まぁ……」

初音は、高雄の住まいに閉じ込められ、彼だけと過ごす生活を想像してみた。

「それも素敵かもしれません」

何気なく口にして、こういう社交性のなさもよくないのではないかと思い直す。

昨日、百合子が歩み寄ってくれた時に、初音は思ったのだ。

自分がもっと勇気を出して踏み込んでいけば、女学校で友人ができたのではないかと。

家で、自分と親しくしたがる人間などいないと教え込まれ、ずっとそうだと信じてきた。けれど百合子は、そんな初音を嫌いだと言いながらも、認めてくれていた。初音が勇気を出してさえいれば、百合子とはもっと違った関係を築けていたかもしれない……。他の級友たちとも、同様に。

（だって雪姫様や樹莉様、火焔様や湖苑様だって、私のことをおもんぱかってくださるもの）

高雄とだけ閉じこもってしまえば、雪姫たちにも会えなくなる。それは寂しいし、きっとそれではだめなのだということを、初音は学んだばかりではなかったか。

「やっぱり、そんなのはだめですね。雪姫様たちと会えないのは、寂しいですし」

少しずつでも、変わっていきたい。

高雄たちからの愛情を感じるたびに、そう思う。

反省しつつ初音が言うと、高雄は立ち止まって、大きなため息をついた。

「どうかされましたか？」

「……なんでもない。一瞬、あらぬ期待をしてしまっただけだ」

自分がなにか粗相をしたかと初音が問えば、高雄は顔を手で覆い隠すようにして答えた。

　その顔が、なぜか赤い。

「期待、ですか？」

　初音は、高雄の顔を見つめて、高雄の言葉を繰り返した。

「もし高雄様が私になにかを期待してくださったのなら、教えてください。私にできることなら、お応えしたいと思います」

「あぁ。そなたは心からそう言ってくれているのだろうが。……うかつなことを言ってすまなかった。今の言葉は忘れてほしい」


　通りがかった火焔になぜか爆笑されながら、階段を下りてきた雪姫と合流し、初音と高雄は食堂へ移動した。

　食堂ではすでに樹莉と湖苑が並んで座っていたが、初音たちが入ってくるのを見て、席を立つ。

「おはようございます、統領。おはようございます、初音様。雪姫、火焔」

「はよーっす」

　火焔はにやにや笑いながらふたりに手を振り、彼らの隣に腰かけた。

「おはよう。ふたりとも早いのぅ」

雪姫もふたりに声をかけつつ、火焔の隣に腰かける。

雪姫の足元でちょろちょろしていた小鬼たちは、さっと食堂の隅まで走っていき、仲間たちとくっついた。

傷だらけの体を寄せ合う小鬼たちは痛々しいが、仲間同士で顔を寄せ合っていると、次第に表情が明るく変わってきているようで、横目で見ていた初音はほっとする。

そんな初音をまなじりを下げて見ていた高雄は、火焔が笑いを噛み殺した声を耳にして、こほんと小さく咳払いをした。

「では、いただくとするか」

昨日から六人で食事をとる時はいつもこの並びとはいえ、四人の前に高雄とふたり並んで座るのは、初音には緊張する並び方だ。

とはいえ、初音の前に座る彼らは和やかに談笑していて、その緊張はいつもすぐに解けるのだけど。

高雄が箱膳（はこぜん）を開けるのを見て、初音もそれに続いた。

朝食は、焼鮭とお野菜の炊き合わせがいくつかと、紅白なます、卵焼きだ。

初音はまずお味噌汁に手をつけて、そのあたたかさにほっこりとする。

「美味（うま）いな」

高雄は卵焼きを食べてそう言うと、初音の顔を見て笑う。

「はい。美味しいです」

初音はそう返事して、それから、こんなふうに誰かと笑い合って食べるごはんはすごく美味しく感じるなと思った。

しばし鬼神たちは、あれが美味しい、これも美味いと言いながら、食事を楽しんでいた。

やがてお膳が綺麗に空になると、火焔が「そういやさ」と口火を切る。

「今日の予定は、午前中は初音様の同級生をお招きして、足りない着物や装飾品を買い足す。三時からは結納。それが終わったら夕餉を食べて、寝て、明日の朝にはかくりよに行く。で、よかったのか？」

「あぁ。その予定だ」

高雄は火焔にうなずき、初音に顔を向けて、小首をかしげた。

「という予定なのだが、よかっただろうか。明日の出立が速くなったのは申し訳ないが、小鬼たちを連れていく関係上、早朝でなければ難しくなってしまったんだ。だがもし初音に会いたい人がいるなら、今日の夕餉に招くこともできる。行きたいところがあるのなら、少しであれば出立を遅らせることも可能だが」

「いいえ。大丈夫です」

申し訳なさそうに言う高雄に、初音はきっぱりと答える。

「会いたい人も、行きたいところもありませんから……」

「そうか」

初音の言い方に、なにかを察したのだろう。高雄はそれ以上話を重ねず、あっさりとうなずいた。

「今日、百合子様にまたお会いできますし、それで十分です。あ、ですけれど、学校の教室にはもう一度行っておきたいかもしれません」

女学校とて、そんなにいい思い出はなかったものの、あそこには多少の自由があった。

授業で知らないことを学ぶのは楽しかったし、級友のかわいい服装や髪型を見るのは華代のそれを目にするのとは違って純粋な気持ちで憧れられ、垣間見る（かいまみる）のを楽しみにしていた。

初音自身も口に出すまで意識していなかったが、二度と行くことがないと思えば、もう一度足を運びたいというほどには、愛着があったようだ。

「もちろん、お時間があればですけれど」

初音が慌てて付け加えると、高雄は無意識に初音の頬に触れそうになっていた手を、はっとしたように下ろして、「いや」と言う。

「俺も、もう一度あそこには行きたいと思っていたんだ。初音と初めて会った思い出の場所だからね」

優しい顔で、高雄が言う。初音は、その言葉にはっとした。

「そうですね。あの教室は、高雄様と出会った場所ですね」

それはまだ、昨日のこと。だから思い出と言うには、あまりに近しい。

けれどこのままずっと高雄と暮らしていくことができたなら、あの教室はきっと、初音にとって、とても大切な思い出の場所になるのだろう。

「……お邪魔をするようで申し訳ございませんけど、初音様。そろそろ百合子様たちをお迎えする準備をいたしませんか？」

樹莉がにまにまと初音たちを見ながら、声をかけた。

無意識のうちに高雄と見つめあっていたことに気づいた初音は頬を赤くし、高雄は「そんな時間か」と言いながらも、顔がにやけているのを隠せていない。

「俺としては、高雄様のにやにや顔をずっと見ていたい気もするけどなぁ」

笑いながら火焔が席を立ち、湖苑と食堂を出る。

樹莉と雪姫はささっと初音のそばに歩み寄り、高雄に「それでは、後ほど」と言い置いて、初音の手を取って連れ出す。

高雄は、初音が連れていかれるのを未練がましく目で追っていた。

　初音はそんなふうに自分を見てくれる人を置いていくのが申し訳なくて、扉のところで振り返り、声をかける。

「高雄様、また後ほど！」

　すると高雄は一瞬目を見張り、それから、ふにゃりと笑う。

「あぁ。また後で、な」

　それを見ていた樹莉と雪姫は、くすくすと小声で笑った。

「あらあら高雄様ったら、めろめろのふにゃふにゃですわねー」

「まぁ、まだ婚儀はあげていないとはいえ、新婚というやつじゃからな。めろめろでふにゃふにゃでもいいじゃろう」

　新婚。

　初音は、その言葉の威力にさらに顔を赤くする。

　高雄に求婚され、それを受けたとはいえ、昨日の今日だ。結納もこれからだし、結婚式はかくりよに行ってからになる。

　人間の理でいえば、高雄と初音はまだ結婚していないし、火焔は今日の結納が済むまでは初音にあまり触れるなと高雄に釘を刺したというから、あやかしの理でもふたりはまだ未婚のはずだ。

　とはいえ、あやかしたちの理は、人間である初音には理解しがたいところがある。

雪姫が、高雄と初音を新婚というのなら、あやかしの理では、初音はもう高雄と結婚しているということになるのだろうか。

自分が新婚だなんて、ぜんぜん実感はわかないけれど。

「新婚って素敵な響きですわよね！」

「じゃろう！　じゃろう！　初音様と高雄様は新婚。間違いない！」

きゃっきゃとはしゃぐふたりに、初音は苦笑する。

（結婚、するんだなぁ……。あの人と）

初音の言葉に、いちいち顔を輝かす高雄を思い出す。

初音に触れたいと、膝をついて乞う彼も。

とても、大切にされている。

とても、愛されている、と思う。

たぶん、初音の勘違いや思い込みではないはずだ。

ずっと誰からも愛されなかった、どこにでもいる「無能」のはずなのに。

初音は、初音なのに。

（高雄様は、私は「無能」ではないと言ってくれたけれど……）

そのことや、雪姫が口にしていた「高雄の対の娘」という言葉も、初音の胸にひっかかっている。けれどあまりに長く虐げられてきた初音は、その言葉を確認したいと思いつつも、ずっと聞けずにいた。

初音が尋ねれば、高雄も雪姫もきっとすんなりと答えてくれると思う。そしてふたりなら、初音にとって辛いことは言わないだろう、とも思う。

それなのになぜか、初音は尋ねることができていない。

自分でも、それがなぜなのかはわからないけれど……。

まただ。

高雄に愛されているはずだという気持ちと、それを信じ切れない気持ち。喜びと不安が、ないまぜになって初音の心をかき乱す。

こんな優柔不断な自分が、初音は大嫌いだ。

だけど、それでも。

(あの人が旦那様というのは、すごく幸せなことだと思う)

百合子たちに出すお菓子を確認して、樹莉が「かわいいですわ！」と目を輝かすのを見ながら、初音はそれだけは自信をもって断言できる、と思っていた。

百合子たちが、初音たちの仮住まいを訪れたのは、十時ちょうどのことだった。

「ごめんください」

華厳校長に案内されてきた百合子は、戸口でにこりと笑う。

初音は、小鬼たちがぴゅっと奥の部屋に隠れたのに気づいた。

知らない人が来たからだろうか、それとも百合子が〈使役の術〉を使える術者だからだろうか。小鬼たちが望まなければ、彼らが人間のもとに戻されることはない。それでも沁みついた恐怖が、小鬼たちにそうさせているのだろうか。

初音はそんな小鬼たちに胸を痛め、雪姫の顔を覗き見る。

雪姫は初音の視線に気づいて、「大丈夫じゃよ」と言うように、にこっと笑った。そのおかげで初音は少し落ち着きを取り戻す。

(百合子様は、今日もお綺麗だな)

今日の百合子は紋入りの茄子紺の着物をすっきりと着付け、髪は夜会結びでまとめている。

落ち着いた風合いでまとめているけれど、金糸で刺繍された帯や、象牙に大粒の真珠が飾られた帯留めが、いかにも名家の令嬢らしく、百合子の清楚な美しさを引き立てている。

正式な訪問にふさわしい服装だ。

(あら、でも……)

百合子と一緒に、級友の上村千鶴と高田万智子も屋敷を訪れてくれた。

大ぶりの紅白の梅が描かれた振袖を着ている万智子はともかく、千鶴は矢絣の着物に海老茶色の女袴という、人の家を訪問するのにふさわしいとは言えない軽装だった。

千鶴の装いに目くじらを立てるつもりはないけれど、百合子と一緒に訪ねてきたとは思えない服装の違いに、初音は心の中で首をかしげる。

けれど樹莉や雪姫は「まぁ、素敵！」と、それぞれにかわいらしい三人の姿に目を輝かせた。

雪姫などは二階から彼女たちがこちらへ向かっている姿を見て、あんなに着飾った少女を跪かせてなるものかと、まだ彼女たちが遠くにいるうちに、いつもの術をかけていたほどだ。

出迎えに戸口まで来ていた高雄は、初音の級友たちに愛想よく笑いかける。

「今日は初音をよろしく頼む」

「かしこまりました」

間近に見る高雄の艶めいた美貌に声もなく顔を赤くする千鶴と万智子をよそに、百合子は優雅に礼をする。

それを横でうずうずしながら見ていた雪姫は、ふたりが挨拶を終えると、待ちきれないとばかりに声をあげた。

「さて、では、二階に行こうぞ！　昨日、我と樹莉が初音様のためにたくさん着物やらドレスやらを作ったのじゃ。それに合わせた帯や半襟（はんえり）を見せてほしくてな」

自分たちよりも年下に見える雪姫が満面の笑みを浮かべて言うと、緊張に顔をこわばらせていた万智子もにこっと笑う。

千鶴は百合子に目配せし、了承を得ると口を開いた。

「お屋敷の前まで、うちの者に荷物を持たせています。彼らもこちらに伺ってもよろしいでしょうか。なにぶん、いろいろなものをお持ちいたしましたので、わたくしひとりでは持ちきれなかったのです」

「わたくしも、これはという反物（たんもの）などをお持ちしたのですけれど、うちの者に持たせているのです。彼らを呼んでもよろしいでしょうか」

千鶴と万智子の言葉に、高雄は「いや」と首を横に振る。

「この館には、結界が張ってある。あまり多くの人間を招くわけにはいかない。だが……」

ちらりと高雄は、雪姫を見る。

雪姫は「うむ！」と胸を張って、千鶴と万智子に笑いかけた。

「先ほど、そなたたちの荷物は、うちの近衛（このえ）に預けてもろうた。すぐ彼奴（きゃつ）らが運んでくるゆえ、心配は無用じゃ！」

雪姫は「ほれ」と吹き抜けの広間から見える二階の廊下を手で示した。

初音がそちらを見ると、そろいの服を着た近衛たちが、大きな櫃を持って、初音の部屋のほうへ歩いていくのが見えた。

「いつの間に……？」

万智子は思わず声をあげ、口元を手で押さえる。

初音も彼らがいつの間にか屋敷に戻っていたことにも、二階にいたことにも驚いたが、昨日から何度も転移を経験したため、万智子たちほどの驚きはない。

「ずいぶんたくさん用意してくれたのだな」

高雄は柔和な微笑みを浮かべながら、万智子たちに言う。

頬を赤らめたまま下を向いてしまった万智子の隣で、千鶴ははきはきと答えた。

「百合子様から昨日お話をいただいて、考えたのです。この『ご指南』が、初音様の嫁入り道具になるのではないかって。その、このたびのご結婚は尋常ではないご結婚ですので……」

初音はそっと目を伏せた。

確かにこの結婚は、尋常ではない結婚だ。

わかっていても、他人にそれと口にされると、胸が痛かった。

普通の結婚なら、花嫁は着物や日用品などは自身の生家で用意してもらう。貧しい庶民はいざ知らず、青都女学校に通う女学生なら、衣装箪笥にぎっしりと着物を詰めたものをいくつも用意される。その上で鏡台などの家具や、お茶のお道具、花器など、高価なお道具も持たされることが当たり前だ。

けれど初音は、生家からはなにひとつ嫁入り道具を用意してもらえなかった。父は、初音に嫁入り道具を持たせるということすら思いつかないようで、今のところそのような話は一切ない。

雪姫たちが楽しそうに初音に着物やドレスを用意してくれるから気が紛れてはいるものの、結婚して家を出るという最後の最後まで、家族にかえりみられない自分のことが悲しくないわけではなかった。

(私が家族に愛されていないのは、わかりきっているのに。それでも、悲しいなんて……)

別に豪華な嫁入り道具が欲しいというわけではない。

ただ初音のことを少しでも気にかけてほしいと願ってしまう気持ちが、心の奥底にはまだ横たわっていた。

千鶴が、彼女の家族に愛されているのは、学校での様子を見ていれば明らかだった。だからこそ、千鶴と万智子を巻き込むことにしたのだけれど、そんな彼女の目には、実家から見放された初音の姿は、どんなふうに映っているのだろうと思わずにはいられない。

うつむいてしまった初音を見て、千鶴は慌てて言葉を続けた。

「わたくしが尋常ではないと申し上げましたのは、初音様がご婚約者様にとてもとても愛されているということですわ！　そしてそのご婚約者様が、とてもとても素敵な方だということです！」

「え……？」

きょとりと目を上げた初音に、千鶴は興奮したように頬を紅潮させて言う。

「あぁ、誤解なさらないでくださいね。初音様のご婚約者様に邪心などございません。ただわたくし、芝居小屋に通って素敵な役者を見るのが大好きなのですけれど、初音様のご婚約者ほど素晴らしく見目麗しい男性なんて、これまで見たこともございませんん！　見てください、このすっきりと整った上品な面立ち。このお顔だけでも、絵にして飾っておきたいほど素敵なのに、立ち姿や振る舞いも威厳があって、かつ優雅！本当に素敵です！」

「そ、そうですね……」

初音は、ちらりと高雄を見て、赤い顔でうなずいた。

それを見た高雄は、金色の目をとろけさせて、初音を見る。

無礼なほどあからさまな言葉を続けながら、千鶴はしっかりとふたりの反応を見ていた。そして、とがめられるどころかあまい雰囲気を作り出す初音たちを見て、さらに言葉を続けた。

「でも、いちばん素敵なのは、ご婚約者様の目ですわ。金色の瞳なんて、わたくしは初めて拝見しましたけれど、初音様をご覧になるご婚約者様の瞳のあまいことといったら……。初音様をいとおしくお思いなのがとてもよくわかります。ご婚約者様にそんなふうに愛されるなんて、未婚の女子としては憧れずにはいられませんわ……！」

千鶴の言葉に、初音はまた高雄の顔をちらりと見る。

高雄は、千鶴の言葉に満足そうにうなずきながら、あまいあまい金色の目で初音を見ている。これ以上ないほどあまい視線を送られているのに、高雄は初音と目が合うと、ふっと唇をほころばせ、さらにあまい表情になる。

初音の胸の奥に、あたたかなものが生まれる。

それは心の奥底に眠る冷たい悲しみを覆うように、ふわふわと初音の心に広がっていく。

千鶴はそんなふたりをうっとりとした目で見つめながら、力強くうなずいた。

「結婚する前より、結婚した後のほうが人生は長いのです。素敵な旦那様が自分のことをとてもとても愛してくれるなんて、尋常ではない幸福だと思います。お嫁入りのお道具だって、初音様を愛してやまないご婚約者様やそのお身内の方が喜んで、たくさんご用意したいとおっしゃっているのでしょう？　それはとても素敵で、幸せなことだと思います」

千鶴に断言されて、初音は目を見開いた。

そんなふうに千鶴が考えているとは、思わなかった。

自分は家族に愛されておらず、千鶴は家族に愛されている。だから千鶴からすれば、初音があわれにもみじめにも見えているのだろうと思っていた。

けれど千鶴は、それよりも初音が高雄に愛されていることがうらやましいと言う。

本来なら家族が用意するはずの嫁入り道具さえ用意してもらえない初音に、高雄たちが用意してくれることが幸せなことだと。

初音自身、高雄たちの好意をありがたく思っていたが、どうしても自分をみじめに思う気持ちがぬぐい切れなかった。けれど千鶴が心底うらやましそうに言うので、自分の心に沁みついているみじめさが薄れる気がした。

初音がそっと胸を押さえると、高雄は初音の心を見透かしたように「あぁ」と楽しげに声をあげた。

そして初音をいとおしそうに見た後、千鶴にしみじみと言う。

「そうだな。俺の初音への愛は、常で語られる愛よりもずっと強い気がする。尋常ではないのだろうが、初音の身にまとうもの、触れるもの、目に入るもの、すべて俺が用意できれば嬉しいと思ってしまうな」

あけすけな言葉に、千鶴は「まぁ……！」と歓声をあげた。

すると黙って見ていた樹莉が、不服そうに声をあげた。

「まぁ、高雄様ったら、図々しいですわ。初音様には、わたくしたちだっていろいろご用意させていただきますもの。ねぇ、雪姫」

「そうじゃぞ。まったく高雄様ときたら、すぐに初音様をひとりじめしようとするのじゃから。……さぁ、お客人。戸口で長々と話して、すまないな。男どもは置いて、二階へ行こうぞ！」

雪姫はこれ以上高雄に引きとめられては時間ばかりが過ぎてしまうと言って、百合子たちを促(うなが)す。

百合子は高雄に礼をすると、雪姫の後に続いた。千鶴と万智子も、樹莉に連れられて、階段へ向かう。

「えっと、その……。行ってきますね」

級友たちの前であまい言葉をたくさんかけられた初音は、恥ずかしくてたまらなかった。けれどそれ以上に、心が浮き立つ。

高雄に対するこの気持ちは、なんなのだろう。

今まで感じたことのない、心がそわそわして、いてもたってもいられない気持ち。

込み上げてくる感情が少し怖くて、初音は高雄をそっと見上げて言う。

「うん、楽しんでおいで」

高雄は、おだやかに初音の視線を受けとめた。

そして高雄のそばを去りがたく思う初音の背を押すように、雪姫たちのほうを手で示す。高雄は初音のとまどいに気づいているようなのに、問いただすようなことはしなかった。

(私の心が落ち着くのを待ってくれているの……？)

高雄のまなざしは優しい。高雄が与えてくれる愛情に戸惑う初音の心が追いつくのを、待ってくれているようだ。

初音は安堵して、級友たちをおいかけ、二階の自室へと小走りで向かった。


初音が遅れて二階の自室の前に着いた時、雪姫たちはまだ部屋の外にいた。

「どうかなさったんですか？」

「それが、のぅ。思うたより荷物が多うて、入りきらんのじゃ」

「ごめんなさい。あれもこれもと選びきれなくて。初音様にお選びいただけばいいかと思って、気になるものをすべて持って参りましたの。でも、さすがに多すぎでしたわね」

千鶴が恥ずかしげに言うと、万智子も悄然とうなずく。

雪姫はそんなふたりに微笑んで、「いや」と首を横に振った。

「初音様のために、いっぱい用意してくれたんじゃろ？　それはありがたいことじゃ。統領の花嫁のための嫁入り支度じゃもの。多すぎるなど、ありえぬよ。蔵を十戸前新しく建てることになろうとも、初音様のお気に召すものをたくさんお贈りできるのなら、統領も喜ぶじゃろうし」

雪姫が真顔で言ったことに、初音は驚いて目を見張る。

蔵十戸前にもなる嫁入り道具など、想像もつかない。大袈裟に言っているのだろうと思うけれども、雪姫はごく当然のような顔をしているので、本当のことのように聞こえて怖くなる。

けれども千鶴はうっとりとした顔で「素敵ですこと」と微笑んでおり、樹莉も同意を示すように何度もうなずいている。

雪姫は、千鶴と万智子が持ち込んだ多量の荷物を楽しそうに見た。

「ただこの中に荷物をすべて入れて、我々が六人も入るとなると、手狭じゃな。ようよう荷物も広げられんじゃろうから……」

「なので、皆様には部屋の前でお待ちいただいていたんです。ここはわたくしの出番なのですわ、初音様」

樹莉は、初音にぱちんと片目を閉じ、手を部屋の戸口にふわりとかざした。

「そうれ」

すると部屋はさっと左右に広がり、一呼吸の間に元の部屋の三倍ほどの大きさになった。

「どうです？　このくらいの広さがあれば、お衣装を広げて見やすいでしょう？」

家具などは以前の大きさのままなので、部屋はがらんとした印象である。

「そうじゃな！　このくらい広ければ、持ってきてくれたお衣装もらくらく広げられるな！」

雪姫は嬉しそうに言うが、平生は落ち着いている百合子も「あら、まぁ」とつぶやいて絶句した。万智子にいたっては震えながら千鶴に抱き着き、目に涙を浮かべている。

「こ、怖いです。怖すぎです……。だ、だから、わたくしは乗り気ではなかったのです。なんなのですか、このお屋敷は。だいたい、昨日の朝、前の道を通った時は、ここは空き地だったはずです。なのに今日伺ったら、とつぜん公爵夫人の館そっくりの屋敷が建っているなんて……。こんなこと、ぜったいに普通ではありません……！　あやしすぎですし、怖すぎです……！」

「落ち着きなさいませ、万智子様」

　動揺して言ってはいけないことを口走る万智子を見て、百合子は落ち着きを取り戻した。そして万智子に近づき、肩を抱くふりをして、耳元で小声で諭した。

「お屋敷の方の前で、失礼が過ぎますよ。この方たちは鬼神様なのです。わたくしたちの常識では考えられないお力をお持ちなのは、昨日のことでもわかっていたはずでしょう」

「そ、それはそうですが……」

「わたくしがお誘いしたとはいえ、こちらのお屋敷に来ると決められた以上、お屋敷の方々への失礼は慎みましょう?」

　百合子に言われて、万智子はうなずいた。けれども、体の震えは止まらないようだった。

　初音はそれを見て、万智子に親近感を抱いた。

　初音はなぜか、高雄たちには恐れを感じないが、もしも高雄が初音のことを特別にあまやかしてくれなければ、強大な力を持つ高雄たちのことを恐ろしいと思っていたかもしれない。

　そんな彼らの屋敷に招かれ、目の前で大規模な術を使われれば、たとえ屋敷の方に失礼だと理解してはいても、恐怖で体が震え、軽挙な言葉を吐いてしまうかもしれない。

百合子のように失礼だからといって少しの驚きで受け止められるほうが、初音には不思議に思えた。

（やはり百合子様は特別な方だわ）

初音はまぶしいものを見る心地で、百合子を見つめた。

比べれば、高雄たちを恐れ、それを隠すこともできない万智子は、初音に近しい感性の持ち主なのだろう。

噂で聞いたところでは、万智子の家は江戸から続く老舗（しにせ）の呉服店で、万智子の父も商売はやり手らしい。だが私生活ではおっとりとした上品な人物で、優しい妻との仲もむつまじいと聞く。

そんなふたりの愛情を一身に受けて育ったであろう万智子の家庭環境は、初音とは対極だ。

控えめで大人しい万智子は、教室でも百合子のように目立った存在ではない。けれども上品でかわいらしい万智子の周囲には、同じように大人しい女学生が集まっており、これも友達もいない初音とは対極だ。

初音とは長く同じ教室で学んできたものの、万智子たちは初音を「近づかないほうがいい方」だと周知しているようで、友というよりは、顔を知っているだけの人だ。

それなのに、初音が鬼神と結婚する祝いの場に万智子が恐ろしさを堪えて来てくれたのは、おそらく百合子の頼みを断れなかったからだろう。

よく見ると、万智子の目の下にはうっすらと隈がある。きっと昨夜は、今日の訪問が恐ろしくて眠れなかったのだろう。

教室の女王である百合子に頼まれて断れなかっただけか、華厳校長が圧力をかけたのか、それとも家のためか。いずれにしても、万智子の言葉通り、本心ではここに来たくはなかったのだろう。

百合子は、震える万智子をはげますようにぎゅっと抱きしめた。

けれども一瞬で抱擁を解き、雪姫と樹莉ににこりと笑った。

「さようでございますわね、これでお衣装が見やすくなりました。ありがとう存じます、樹莉様」

「礼を言うのは、こちらのほうじゃ。なぁ、初音様」

雪姫はどこか満足そうに百合子を見て、初音に声をかける。

初音は、樹莉の不思議な術に驚き、恐れおののく万智子に共感していたので、自分が雪姫や樹莉と同じ側……百合子たちを招いた側なのだということをすっかり忘れてしまっていた。

雪姫の言葉でそれを思い出し、慌てて百合子たちに頭を下げた。

「は、はい！　百合子様、万智子様、千鶴様。急なお話でしたのに、こんなにたくさんのご用意をいただき、恐縮です」

　初音がかしこまって言うと、百合子は鷹揚にうなずいた。

「わたくしは、千鶴様と万智子様にお声がけしただけですもの。お礼には及びませんわ。おふたりは、さすが上村百貨店と高田呉服店のご令嬢ですわね。昨日の今日で、これほどのお品をそろえてくださるんですもの」

　さりげなく百合子が千鶴と万智子を立ててみせると、千鶴は目をきらきらさせて、胸の前でこぶしを握る。

「過分なお言葉をありがとう存じます。ですが、そのお言葉は中をご覧になられてから伺いたいですわ。わたくし、家の者と一緒にこれぞと思うお品をたっぷりと持って参ったんですもの！」

　力強く言う千鶴は、先ほどの恐怖をすでに忘れたようである。

　ひとり、万智子だけは恐ろしさを捨てきれないようで、ぎこちなく追従の笑みを浮かべながらも、涙目である。

　それでも千鶴に置いていかれてはいけないと思ったのか、自分が持ち込んだ荷物を確認するために動き始めた。

（千鶴様も、万智子様もすごい……）

百合子が、特別なのは以前から感じていた。

けれど、巻き込んだだけのつもりだった千鶴や万智子の反応にも、初音は感服した。

鬼神である高雄たちを恐れる様子もなく、おおらかに自説を述べた千鶴。

怯えながらもすべきことをしようとする万智子。

万智子の怯えようを見た時は、自分に似ていると思ったけれど、怖さを隠して自分の仕事に取りかかった万智子は、初音よりも出来のよい人間だと思う。

（やっぱり万智子様はご両親に愛されて育ったから……。私のような誰からも愛されない人間とは、胆力が違うのかもしれない）

人がなにかをなす時、誰かのためにという気持ちが力を与えてくれるのだと、初音は本で読んだことがあった。

初音には、誰かのためにと思える「誰か」がいない。

誰も初音に優しくしてはくれなかった。

そして初音も、誰かを特別に愛せなかった。

けれど。

「初音様。さぁさぁ、皆様がご用意してくださったお衣装を拝見いたしましょう！」

楽しげに笑う樹莉が、初音の右手を引く。

「初音様にいちばん似合う衣装は、我が見つけてやるのじゃ！」

左手を引くのは、雪姫だ。

ふたりとも、親しげな優しい笑みを、初音に向けてくれる。

そのふたりの笑顔を見て、初音は高雄が自分の名をいとおしげに呼ぶ声を聴いた気がした。

（あぁ。私にも、できたんだわ。私を愛してくれる人。私の「誰か」になってくれる人が……！）

「はい！」

初音は雪姫と樹莉に笑い返し、手を引かれるままに、たくさんの衣装であふれかえる部屋に入った。


まだ怯えている様子の万智子をよそに、千鶴は意気込んで言った。

「お着物やドレスはもういくつも作っておいでだと伺いましたし、反物は老舗の呉服店の万智子様がお持ちになるものに敵うはずもございません。ですから、わたくしはちょっと違ったものを持って参りましたの。わたくしどもの百貨店は、種々さまざまなお品を扱っておりますのよ」

初音や百合子が座っているソファの前で、千鶴は興味津々の雪姫や樹莉の手を借りて、持ち込んだ衣装櫃から品々を取り出そうとした。

「待て待て、置き場を作らんとな」

雪姫はさっと手をかざし、部屋の奥に大きな螺鈿の卓を作った。自分たちの前はざっと二十畳ほどの畳敷きにする。

術に身をすくませる万智子をよそに、千鶴は「いい置き場ができた」とばかりに靴を脱いで上がり、初音たちに見えやすいように、衣装櫃の中身を取り出した。

はじめに千鶴が取り出したのは、幅広のつばのある帽子だ。つばの上は、サテンの造花や真っ白な大きな羽根が優美に飾られている。

「お帽子もたくさんお持ちかもしれないと思ったのですけれど、こちらは西の大陸から先日輸入したばかりの最高のお品なんですよ。かさばりますけど、西の大陸では、ドレスに帽子はかかせないそうなんです」

千鶴はそう言いながら、つばのない帽子や、ヘッドドレスなどを次々に出してみせ、螺鈿の卓に飾る。

あっという間に卓の上は、花を散らしたように華やかになった。

「この帽子は、今、初音様がお召しのドレスにも合うと思います」

千鶴は初音に断って、白い造花と青いサテンのりぼんが美しい帽子を初音の頭にのせる。

「まぁ、まぁ、本当だわ！　とっても素敵！」

「うむ。なるほど、帽子があると一段とよいな！」

次の櫃に入っていたのは、靴だった。

ヒールのあるパンプスや、なめらかな革で作られた室内履き、艶やかな茶色の編み上げブーツ。

「あっ」

千鶴がブーツを取り出した時、思わず初音は声をあげた。

千鶴は、にんまりと初音に笑いかける。

「あぁ、やっぱり。初音様も、こういった品にご興味がおありなんですね。昨日の百合子様とのお話を聞いていたので、もしかしたらと思いましたの。今日も両親には止められたのですけど、あえて袴で参りましたのよ」

昨日のことを思い出し、初音は頬に朱を注いだ。

「ええ、お恥ずかしいのですけれど。千鶴様のお召しになっている矢絣のお着物や袴、海老茶や白の幅広のりぼん、それに編み上げブーツや自転車には憧れがあって……」

「恥ずかしいだなんて。皇后様も、宮中では昔から女袴の女官がいたとおっしゃって、女学生の袴をよしとされているではありませんか」

「それはそうですけれども……。女が袴をはくのは堕落だと、眉をひそめる方も多いでしょう？　流行の矢絣の着物やブーツなどは特に、厳しい目を向け、声高に批判する方も……」

にここと笑って袴をすすめる千鶴に、初音は申し訳なく思いながら言った。なお、その批判ばかり口にする人間のひとりは、初音の父である。

だから初音も、平素は興味がないというふりをしていた。

心底興味がない少女もいるだろうが、同じようにひそかな憧れを抱く女学生は多いのではないだろうか。

「なにも恥じることではないとわかってはいても、他の方の批判にさらされるとなれば、つい萎縮してしまいますわよね」

百合子は恥ずかしげに、けれど初音をはげますように声をかける。

「わたくしも、これまで人前では口にできませんでしたもの。昨日は初音様にお会いできるのも最後だと思いましたから、親愛のしるしにと海老茶色のりぼんをお贈りしましたけれど、もし時間があれば、別のものを用意いたしましたわ。初音様はきっとわたくしと同じに、こういったものもお好きだろうとは思っていましたけれど、それを表立ってお伝えすることはなかったでしょう」

にこりと笑う百合子の目はあたたかい。

「級友たちに、わたくしがこうした流行のものに憧れていることが知られたことは、恥ずかしいですわ。ですが、こうして初音様にお声をかけていただけたのは、とても嬉しく存じます」

「実は、お着物は万智子様にお譲りしましたけれど、袴はお持ちいたしましたのよ」

千鶴は、初音と百合子が手を取り合っているのを見て、いそいそと衣装櫃から袴を取り出した。

「素敵……」

「わぁ……」

初音と百合子が声をあげると、樹莉が微笑みながら、初音が目にとめた品を新たに出した卓の上に置いた。

「これと、これ。これも初音様にはお似合いでしょうね」

「この袴や矢絣に合わせるのでしたら、こういったパンプスや日傘も素敵ですよ」

「いいわね。ぜんぶいただくわ」

樹莉は初音が欲しそうにした袴や矢絣の反物だけでなく、千鶴にすすめられるままに、帽子やブーツ、パンプスや日傘、扇子、ハンカチやストッキングなどを、卓に並べた。

あっという間に卓の上は華やかになっていく。

それを見ていた万智子は気を取り直したのか、自分が持ち込んだ衣装櫃を開けた。

「初音様。こちらもご覧くださいませ！」

万智子が持ち込んだ衣装櫃には、万智子が昨夜、父や母と厳選した反物や帯、半襟などがぎっしりと詰まっていた。

万智子は決然として、それらを次々に取り出した。

万智子も今時の女学生なので、流行のものや洋装への憧れはあるし、見ていて楽しい。けれど老舗の呉服店の娘として生まれ育った万智子は、伝統的な着物の美しさも、それに勝るとも劣らないものだと確信していた。

万智子が取り出す美しい反物に、初音たちは目を輝かす。

「袴やブーツは、素敵ですし、わたくしだって憧れます。ですが、初音様が今まで毎日着ていらしたのは昔ながらのお着物ですもの。初音様は、かくりよという遠いところへお嫁に行かれ、なかなかこちらへは戻れないと伺いました。でしたら、気慣れたお着物を恋しく思うことも多いはず。そしてその時には、お着物を手に入れるのは難しいでしょう」

万智子はせっせと衣装櫃から取り出した品々を、初音たちの目の前に広げてみせた。

万智子の声はまだ恐れで震えていたが、その言葉に、初音ははっと息を呑む。

今まで手に入れることができなかった袴やブーツを前にして、舞い上がっていた。

高雄も、樹莉も、雪姫も、初音が欲しいと思うものを嫁入り道具にしてよいと言っしてくれた。人の世の常識など気にかけない彼らは、初音が欲しいと思うものだけをよしとしてくれる。

けれど、この先もずっとこちらに帰ることができないのなら。初音は、きっと袴やブーツだけでなく、慣れた着物を着たいと思うこともあるだろう。

「そうですね。万智子様のおっしゃる通りです」

「それに……、こう申してはなんですが、初音様がお召しのお着物は、少しお体に合っていないと思います。お品自体はよいと思うのですが」

言いにくそうに、けれどきっぱりと万智子が言う。

初音が着ていた着物は華代のもので、仕立て直しも許されなかった。だから、初音は自分には色や柄が似合わず、大きさも合わない着物を着ていたのだが、万智子はそうした事情を知らない。

美しく豪奢だが似合わぬ着物を身に着けている初音のことが、気に障っていたのかもしれない、と初音は思った。

そう言う万智子は、いつもよく似合う着物を着ている。品自体もいいものだが、万智子の体にぴったりと合い、万智子のかわいらしさを引き立てる絶妙な色柄の、仕立てのよい着物だ。

さすがは老舗の呉服店の娘というだけでなく、そこには万智子への家族の愛情が見て取れた。

そんな万智子は、着物には一家言あるのだろう。

とても気まずそうなのに、躊躇しながらも、さらに言葉を重ねた。

「それに、着物の着こなしというのは、着物や帯だけではなく、半襟や帯締め、帯留め、草履の鼻緒にいたるまで、すべての調和が必要なのです。特にお気をつけていただきたいのは、足袋です。白い足袋の汚れほど、人に侮られるものはございませんわ」

言いながら、万智子は衣装櫃から次々に白足袋を取り出した。

「初音様に合う大きさがわかりませんでしたので、あらゆる種類の足袋をお持ちいたしました。こればかりは、必ずきちんとしたものをそろえていただきたいです」

迫力のある笑顔で、万智子が言う。

初音はその圧に呑み込まれるように、うなずいた。

「お作りになったというお着物を拝見できますか？」

話している間に使命感に燃えだしたのか、万智子はそれまで百合子たちの陰に隠れて息をひそめていたのが嘘のように積極的に、初音に尋ねた。

「こっちじゃぞー」

雪姫はそんな万智子を楽しげに見ていたが、部屋の隅に置いてある衣装櫃を開けてみせた。

「まぁ、これは友禅の手染めですわね。なんて繊細な……。こちらの刺繍も見事です。たった一日でこれほどのお支度をされるなんて……」

取り出される色とりどりの着物に、万智子はほぅっと息を吐いた。

「高価な着物は、職人の技と魂が込められた芸術品でもあります。わたくし、初音様のご婚約者様は素敵な方だとは思いましたが、人間ではない方とご結婚されるなんて、恐ろしかったのです。ですが、これほどの支度をしてくださるお相手なら、正体不明の相手からの求婚でも、ほだされて承知してしまうのも無理はございませんわね……」

友禅の帯の上の刺繍をなぞって、うっとりと言う万智子に、初音は困ってしまった。

（ほだされた、だなんて。高雄様に失礼にならないかしら）

初音は、雪姫や樹莉が気分を害していないか心配になってふたりの顔をうかがった。

けれどふたりは嬉しそうに、にこにこと笑っている。

「あらあら。高雄様は、ただ初音様に贈り物をできることが嬉しいだけだと思いますわ。けれど、初音様がそれで好意を持ってくださるのなら、一石二鳥ですわね」

「うむ。これはさらに張り切って、嫁入り道具をそろえねばならぬなぁ」

雪姫たちの言葉に、千鶴と万智子は「それならば、これも！」と張り切って衣装櫃から品を取り出す。

次々に積まれていく衣装を見て、初音は嬉しいような怖いような気がしていた。

「本来なら小柄な初音様には、こういった大柄なお着物はあまりおすすめできないのですけれど、お仕立てがいいからでしょうか、よくお似合いですわね」

万智子が、樹莉が用意した着物を初音に当て、うなずく。

みんなの視線が初音に向けられているので、初音は恥ずかしく思いながらも、真剣に万智子の言葉を聞いていた。

「帯は……、あら、帯もたくさんお持ちですのね。それも素敵なものばかり。……ですが、これだけですと、帯だけで華やかなものが多いですから、こういった落ち着いたものもお持ちになるとお着物に合わせやすいと思います」

万智子はそう言って、淡い金色の生地に濃い金色で花の刺繍が施された帯を取り出す。

一見派手に見えたそれは、樹莉が用意してくれた着物に合わせると、意外なほどしっくり落ち着いて見えた。

万智子は他にも黒地に熨斗が控えめに刺繍された帯や、向かい蝶文の複雑な織のものなども取り出し、着物に合わせながら、そこに半襟や帯締めなども取り替えてみせる。

「いかがです？　初音様には、こうした取り合わせもお似合いかと思いますが」

「まぁ。帯や襟でずいぶん雰囲気が変わりますのね」

「今の初音様はおかわいらしいものがお似合いですけれど、落ち着いた色の帯揚げを合わせますと、年を重ねてもこちらのお着物を着られそうですわね」

　樹莉が手を叩いて喜ぶと、千鶴も興味深く見ながら、自分の持ち込んだ櫃に手を伸ばす。

「万智子様がご用意くださった半襟とこの帯に合わせて、こう、お帽子や手袋を合わせるのも素敵じゃありませんか？」

「……わぁ」

「いいですわね。モダンな感じがしますわ」

「わたくしは、こちらを合わせるのも素敵だと思います！」

　あれやこれや畳の上に広げて、みんなで衣装を合わせる。

　先ほどまではソファで落ち着いて見ていた百合子も、いつの間にか畳の上に上がって、参加していた。

（なんだか、すごく楽しい……）

　それは今まで初音が知らない世界だった。

　級友たちと、こうして屈託なく会話をかわすことが、こんなに楽しいことだなんて、初音は知らなかった。

お勉強のことや必要事項の伝達ではなく、ただ楽しむためだけの他愛もない会話。教室でそれをかわす級友たちを見ても、自分には縁遠いものだとしか思っていなかったけれど。

百合子たちと同じように目を輝かせて着物を見る雪姫や樹莉に、初音は心から感謝した。

雪姫が百合子たちをここに招いたのは、初音が百合子と会いたいと思いながらも、言い出せないのを察してくれたからだろう、と初音は今朝、気づいた。

そしてそのことに気づけなかった自分を恥じ、ふたりのさりげない心遣いに感謝していた。

けれど雪姫たちの考えはそれだけではなく、初音が憧れていたけれど得られなかった輝ける娘時代の思い出を作ってくれようとしているのではないか。

あたたかく包み込まれるようなふたりの愛情に、初音ができるのは感謝だけだ。

（雪姫様、樹莉様。それに、高雄様……）

ここにはいない、優しく自分を見つめてくれる鬼神（きしん）のことを、初音は心に思い浮かべた。

高雄は、たぶん誰よりも、初音を愛してくれている。

彼が自分を花嫁にと言ってくれたのが、すべての始まり。

彼と、彼を介して知り合ったあやかしたちの優しさが、初音をこれまで知らなかった優しい世界へと連れ出してくれる。

たくさんの「ありがとう」が、初音の心に積もる。

そしてそれは、少しずつ形を変えて、胸に芽生えている初音の想いを育てていく。

さっき別れたばかりなのに、今、もう高雄に会いたい。

けれど百合子たちと会えるのは、これが最後だから。

初音は、優しいあやかしたちがくれた大切な時間を、ぞんぶんに味わうことにした。


ひとしきりはしゃいだ後で、初音たちは同時に「ふぅ」と息をついた。

着物やドレス、それに合わせた品々を見終わると、千鶴が取り出したのは化粧品だった。香油やおしろいなど触ったこともない初音は、どきどきしながらそれの使い方を聞いた。

すると万智子が張り合うように、上質な腰巻などをすすめてくる。友人と下着のような腰巻を見るのは恥ずかしかったが、その手触りやあたたかさには感動した。

その後は、鏡台の前で髪型の結い方をいくつも教えてもらい、はしゃぎすぎた少女たちがさすがに疲れを感じ始めたころ、樹莉が「さて」と声をかけた。

「昼餉（ひるげ）の用意ができたみたいだわ。食堂に向かいましょう」

その言葉に、百合子と万智子が困ったように眉をひそめた。

「ご厚意をいただき、ありがとう存じます。けれどわたくしは、知らない男性とお食事の席を同じくすることはできませんわ」

断りの言葉を口にできない万智子をかばうように、百合子は樹莉にはっきりと告げた。

樹莉はくすりと笑って、「大丈夫ですわ」と応える。

「わたくし、こちらの世界の少女小説を読みましたから、そのあたりの配慮は完璧ですわ。今日の食堂は、わたくしたち女性だけの占有です。それならご一緒してもよろしいでしょう?」

「……ええ。それでしたら、お言葉にあまえさせていただきます」

招いてくれた者の厚意を無下（むげ）にするのは、失礼にあたる。

それにお茶とお菓子はいただいていたものの、長い間話し込んでいたので、なにかを口にしたい気持ちもあった。

鬼神（きしん）と食事をともにするのは恐ろしくないわけではないが、食事そのものは華厳校長が料亭に手配したものだというし、ここは覚悟を決めるべきだろう。

百合子が承知すると、万智子は涙目になったが、先ほどの衣装談義で樹莉や雪姫には馴染んできていたので、表情をこわばらせながらも、食堂へ案内する雪姫の後に続く。

「さぁ、どうぞ。召し上がってくださいな」

樹莉に促され、少女たちはおのおの膳を開けた。

昼膳は近くの料亭の心づくしで、豪奢ではあるけれど、裕福な家で大切に育てられている彼女たちには慣れ親しんだものだった。

お膳の内容は昨日のものとそう違いはなかったが、青桃の甘露煮や、くるみの甘露煮など、あまいものが多いのは百合子たちに配慮したからなのだろうか。

美味しい食事を口にすると、また先ほどの和やかな雰囲気が戻ってくる。

樹莉がお気に入りの少女小説について話せば、千鶴はそれにちなんだハンカチも家で取り扱っているので後で届けようなどと言い、樹莉を喜ばせていた。

すっかりほのぼのとした食堂の雰囲気に、気がゆるんだのだろうか。

百合子たちが屋敷を訪れてからずっと姿を消していた小鬼がひとり、ふらふらと雪姫のほうへ近寄ってきた。

「きゃぁっ」

万智子が、甲高い悲鳴をあげる。

よりにもよって、小鬼の存在に真っ先に気づいたのは、この場でいちばん怖がりの万智子だった。

小鬼は、見るからにあやかしらしい姿をしている。

手のひらほどの大きさの、幼児のような顔と体躯(たいく)。その頭には小さな角があり、腰布を巻いただけの体のあちこちに大きな怪我をしており、見るも痛ましい。

「あぁ、小鬼じゃよ。ちぃっと傷ついておるからのぅ、保護しておるのじゃ」

雪姫は足元に歩いてきた小鬼を手ですくいあげ、そっと自分の胸の前で抱きしめた。

万智子は初めて見る小鬼を恐ろしく思いながらも、その痛々しい様子にあわれを感じ、悲鳴を呑み込んで、小鬼を和ませるようにぎこちなく微笑んだ。

「そうなのですね。わたくし、小鬼を見るのは初めてで、つい声をあげてしまいました。驚かせてしまって、申し訳ございません」

「わたくしも、初めて見ました。百合子様や初音様のお家では、小鬼とよばれるあやかしを使役しているとは聞いていましたが……」

千鶴は、初めて見る小鬼の痛々しい様子が衝撃的で、声に怒りが混じるのを隠せなかった。

異能を持つ四家の者は、あやかしを使役したり、式神（しきがみ）を作って自分の思うままに操ると知識では知っていても、その術を目の当たりにするのは初めてだった。

あやかしなんて見たこともなかった千鶴には、それは現実的なことではなかった。

ただ、周囲の人間の反応から、それは素晴らしい能力なのだろうと思っていた。……まぁ素晴らしいと褒めそやされるわりに、できることといったら、手のひらほどの水を出したり、小さな火種を作ったりというのが関の山らしいので、実際にはさほど役に立たなそうだとも思っていたが。

それでも、異能というのは素晴らしいもので、その力を自在に扱える術者はすごい方なのだと、千鶴は無邪気に信じていたのだ。

けれど、目の前にいる傷だらけの小鬼の姿は、漠然と抱いていた術者への尊敬を吹き飛ばすものだった。

これが、あやかしを使役する術か。

異能の発揮なのか。

それは、素晴らしいものではなかったのか。

異能を使えるのは、四家の方々だけ。

それゆえ、東峰寺様や西園寺様は侯爵の地位にあられるのだと、聞いたことがあったはずだ。

帝やお偉い方々は、異能を使える人間を珍重していると。

だけど、と千鶴は思う。

いくら目の前の小鬼があやかしとはいえ、小さな子どものような姿のものを、こんなにも痛めつける術なんて、ぜんぜん素晴らしいとは思えない。

確かに小鬼は人間ではないし、見た目は子どものようでも、実際にはそうではないのだろう。放っておいたら、悪いことをするのかもしれない。自分は、小鬼の見た目に騙されているだけかもしれない。

けれど、だからといって、こんなふうに、相手を痛めつけるなんて。

それを素晴らしいことだなんて、千鶴には思えなかった。

初音が「無能」だと妹に嗤われているのを、何度も学校で見かけた。

お偉い方々も、「無能」の初音を疎んでいると聞いていた。

だから、千鶴は初音と距離を置いていた。

初音はお貴族様で、性格も大人しい。

あまり仲良くなれそうにもないし、ただ同級生だというだけで、お偉い方々に「無能」と厭われる貴族のお嬢様に声をかけるほど、千鶴は考えなしにはなれなかった。

自分の正義感で行動し、お偉い方々の勘気に触れて、家の商売に差し障れば、苦しむのは自分や自分の家族だけではない。

千鶴は家族にあまやかされて育ったが、同時に上村百貨店を経営する一家の娘として、百貨店で働く従業員やその家族の生活に責任があると教えられて育ってきた。

だから初音が孤独そうにしているのが気にかかりながらも、遠巻きにしていた。

「無能」とは、きっと悪いことなのだと信じて、彼女が嗤われているのも仕方ないことなのだと目をつむってきた。

今日のこの訪問だって、東峰寺侯爵の愛娘である百合子の誘いであり、華厳校長も推奨していると言われたので、来られたのだ。そうでなければ、どんなに興味をひかれて行ってみたいと思っても、千鶴は笑顔で諦めただろう。

けれど、あやかしを使役する術がこんなむごい術だと知ってしまった今、千鶴は術を使えないことが悪いことだとは思えなくなった。

今日初めて話をした初音は、大人しくて控えめだけど、楽しくてかわいいところもあった。きっと悪い子じゃないし、仲良くなれたかもしれない子だったと思う。

「無能」であるせいで初音が苦しんできたのは知っているけれど、もし彼女が小鬼たちを長年「使役」してきたら、今日見たようなかわいい笑顔で今も笑えていただろうか。

そう。

あやかしを使役する術が、こんな非道な術だと知ってしまった今、「無能」であることが悪いことだとは、千鶴には思えない。
むしろ、こんな術が使えるなんて、そのことのほうが恐ろしい……。
そろりと、千鶴は百合子を見た。
異能の術を使うのが上手だと聞く百合子。
彼女も、こんなことをしているのだろうか、と。
千鶴の批判的な視線に気づいて、百合子はにこりと笑った。
百合子は可憐に笑っただけなのに、千鶴にはそれすら恐ろしく見える。
千鶴はごくりと喉を鳴らし、目を伏せた。

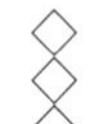

その時、雪姫が「あぁ、これこれ」とむずがる小鬼の背を撫でて、かろやかに笑った。
「自分で姿を現したというのに、知らぬ人間がたくさんいて驚いているようじゃな。千鶴様と万智子様は、小鬼を見るのは初めてか。……この屋敷は、火焔が結界を張っておってのぅ。人の世とかくりよ、それぞれの霊気が混ざっておるんで、普通なら見えない人間にも、小鬼が見えやすくなっておるのじゃよ」

「な、なるほど……？」

千鶴はさっぱり理解できないという表情のまま、雪姫の言葉にうなずく。

隣で聞いていた初音も、結界の初めて聞く効果に驚いていた。

（火焔様の結界の中だからはっきり小鬼が見えるというのは伺っていたけれど、単にそういう結界なのだと思っていたわ。人の世とかくりよの霊気が混ざっているからという理由があったのね。でも、霊気ってなんなのかしら）

「それぞれの世界で、大気などに溶け込んでいる霊力が違うのですわ。それだけじゃなく、人は人の、鳥は鳥の、あやかしはあやかしの霊力を持っているのですけど、人と鳥がお話しできないように、本来であればあやかしと人もお話しできないものなんですの。……いえ、あやかしと人ですと、波長が合わないと触れることも見たりすることもできないですから、人と鳥よりも遠いものなのかしら」

樹莉は千鶴に噛み砕いて説明しようとして、自分でもわからなくなったのか、首をかしげて口を閉ざした。

「説明するのって、難しいですわね。……こほん。とにかく。このお屋敷では、遠い世界にいる人とあやかしがぎゅっと近くなるのですわ。もちろんわたくしのように鬼神ともなれば、自分たちの意思で、ふだんから好きに姿を現せますけど」

樹莉は胸を張って、曖昧にしか説明できない不明をごまかそうとした。そんな樹莉を雪姫は呆れたように見る。

ゆったりとみんなを見ていた百合子は、「ふふっ」と笑い声をあげた。

「そして四家は、波長が合わなくとも、あやかしと人を結び付ける術を昔から受け継いできた、というわけですわ。……そうですね、ここがそんな特殊な場であるのならば、この子を皆様にもご覧いただけるのかしら」

百合子はそう言って、自分の着物の袖にすっと手を入れ、そぅっと出した。

初音は、百合子が見せようとしているのが彼女の小鬼であることに気づき、体をこわばらせた。けれど、現れた小鬼は、初音の予想したものとはまったく違う様子だった。

「まぁっ……！」

万智子が声をあげるが、それは恐怖ではなく、あまりにもかわいらしいものを見た喜びからくるものだった。

百合子が着物の袖口から手を出すと、その人差し指に、ちょこんと小鬼がしがみついていた。万智子の声に「ん？」と視線を向けるその小鬼は、ふくふくとしたかわいらしい幼児が手のひらほどの大きさに縮められたような、なんともかわいらしい姿だった。

くりくりとした大きな目は、興味津々に居並ぶ人間やあやかしを見ている。桃色の頬は、まんまるであどけない。もちろん見る限り体に傷はなく、菫色の着物に赤い帯を合わせた姿は、ひとめ見ただけで大切にされているとわかった。

百合子に指で促されて、小鬼はちょこんと頭を下げてみせる。万智子は小鬼の頭についた角など気にならないようで、「なんてかわいらしい！」と大興奮である。

「その子が、百合子様の小鬼なのですか？」

初音は、先ほどの小鬼との違いに愕然としながら、百合子に尋ねた。

「ええ。かわいいでしょう。わたくしが物心ついたころからそばにいてくれるの。名前は、撫子。わたくしと姉妹のようでしょう？」

百合子は、撫子というその小鬼をいとおしげに見て、嬉しそうに笑った。

「東峰寺では、〈使役の術〉に関する術式はほとんど失われています。残っているのは、小鬼のようにはっきりと自分の意志があるあやかしと対等の契約を結ぶ、『使役』と言うには強制力の弱い、おだやかな術式だけです。ですから撫子は、わたくしのお友達のような、妹のような存在です。あまり力も強くありませんから、いつもならこの子を見られるのはある程度力の強い術者だけなのです。けれど、そういう方に限ってあやかしをひどく扱う方が多かったので、家族以外にこの子をお披露目したのは初めてですの。かわいいと褒めていただいて、嬉しいわ」

百合子はとろけるように笑って、撫子を見た。

撫子は百合子の手のひらにすりすりと頬を寄せ、ちらりと雪姫のそばにいる小鬼を見た。そして、ふりふりと手を振る。

雪姫のそばにいた傷だらけの小鬼は、一瞬びくりと身を震わせたが、おずおずと手を振り返した。すると撫子は大はしゃぎして、さらに手を振る。

なんともほのぼのとした空気に初音の心も和む。

百合子も同じように、にこにこと笑って見ていたが、やがてすっと居ずまいを正し、初音たちへ深々と礼をした。

「御礼申し上げます、初音様。雪姫様。樹莉様。あなた方が、非道に扱われているあやかしたちを救ってくださったこと、そして、わたくしの撫子を手元に残してくださったこと……。どんなに感謝の言葉を重ねても足りません」

百合子は頭を下げたまま動かない。

初音は息を呑んだ。

雪姫は優しい声で、百合子に声をかける。

「頭を上げよ。小鬼らあやかしは、我らの仲間じゃ。ひどく扱われれば腹が立つし、庇護してやりたくなる。そして幸せそうにしておれば、嬉しいものなのじゃ。百合子様の小鬼は、そなたとともにいたいと願うておった。これからも大切にしておくれ」

「はい……、はい。もちろんです。撫子は、わたくしの大切な子ですから」

百合子は頭を上げて、にこりと笑う。その目には、涙が光っていた。

「遅くなりましたが、後で高雄様たちにも御礼をさせていただければと存じます」

「気にせずともよいのじゃぞ。それに高雄様は力が強すぎて、普通のあやかしたちは高雄様の前に姿を現すのを嫌がるのじゃ」

「まぁ。そうなのですね」

百合子が逡巡（しゅんじゅん）すると、雪姫はちらりと初音を見た。雪姫と視線が合って、初音はわずかに目を伏せた。

初音は、百合子の気持ちを応援したかった。

けれど、小鬼の撫子が恐ろしい思いをするのはかわいそうだし、高雄たちにも無理はさせたくない。

「まぁこの屋敷でなら、高雄様の力の圧も多少は抑えられておる。ふだんほどは怖がられていないがのぅ」

雪姫が思案げに言うと、樹莉が唇をとがらせた。

「こんなにかわいい撫子ちゃんを、高雄様の前に出すなんて、かわいそうじゃないかしら。箱入り娘ちゃんですもの、高雄様のような鬼神（きしん）を見たら、びっくりして泣いてしまうかもしれませんわ。高雄様は、鬼神（きしん）の中でもまれに見るほどお力の強い方ですもの。湖苑や火焔になら、お会いいただけるでしょうけど」

「そうじゃな。ここで保護している小鬼たちも、我がともにあっても、高雄様の気配を感じると部屋の隅に隠れてしまうものなぁ」

「まぁ……。雪姫様も、樹莉様も、とても大きなお力をお持ちであることを感じますのに。高雄様は、そんなにもお力がお強いのですね」

百合子が目を丸くして言うと、雪姫は首肯した。

「そりゃあな。統領じゃもの」

「高雄様は、特別ですわ」

「そうなのですね。人の身では、鬼神様たちのお力は、皆様一様に強いように感じます。皆様方の差まではわからず、失礼なことを申しました」

百合子はため息まじりに言い、雪姫たちに詫びた。

撫子は「大丈夫だよ」と言うように、百合子に両手を向けて、笑いかける。顔を上げた百合子は、困ったように撫子の頭を撫でた。

「初音様がご結婚される方は、類稀な方なのだと、改めて知った気分です」

百合子は、初音を見て、小さくうなずいた。

「高雄様は、初音様を深く愛していらっしゃるご様子でした。見知らぬ地に嫁がれる初音様にとって、それはとてもお心強いことでしょう」

「それに関しては、心配せずともよい。我らも初音様をお守りするが、高雄様は目に入れても痛くないほど、初音様を愛しておられるようじゃ」

「もともと高雄様は恋や愛には無理解な方でしたのよ。それが、初音様に出会われてからは別人のようですの。きっと全力で初音様を守られますわ」

「そうですか……」

　百合子は、にこりと笑った。

「でしたら、やはり一度ご挨拶をさせていただければと思います。撫子は隠しておきますので、わたくしだけで高雄様に御礼できますでしょうか」

「百合子様がそうしたいならよいぞ。どうせ階段の近くをうろちょろして、初音様が下りてくるのを待っておるじゃろうし。百合子様たちが帰る時に時間を作れるじゃろう」

「ありがとうございます」

　安堵したように、百合子が微笑んだ。その微笑みは、いつも通り匂い立つように美しい。

　けれど、初音は少し違和感を抱いた。百合子の様子が、どことなく切羽詰まって見えたのだ。

　朝、百合子たちがこの館まで足を運んでくれた時、高雄は、百合子たちに挨拶をしに出てきていた。礼を言いたいのであれば、その時でもよかったはずだ。

けれどその時は、百合子はなにも言わなかった。改めてきちんとした場で言いたかったにしても、時間を欲しいとは伝えられたと思う。

（高雄様たちの様子を見ていらしたのかしら）

初音は高雄たちに心を許している。けれどそれは、たぶん普通のことではない。高雄たちと知り合ってからの時間も短いし、相手は人ですらない。警戒し、相手の言動をうかがうのは当たり前のことなのだろう。

初音がそう納得していると、百合子は千鶴や万智子にも声をかけた。

「千鶴様、万智子様。わたくしの事情にお時間を割いていただくことになりますが、よろしいでしょうか」

「百合子様。もちろん大丈夫ですわ」

「撫子ちゃんを見せていただいたのですもの。お安い御用ですわ」

千鶴は笑って応え、万智子は食い気味に続いた。

万智子は、うっとりと撫子を見つめながら、早口で語り始める。

「あぁ、このお屋敷の外に出てもずっと撫子ちゃんが見られたらよろしいのに。このまんまるのほっぺのかわいらしいこと。桃色のお着物にふわふわの兵児帯（へこおび）や、百合子様とおそろいのお着物というのも素敵だと思うのです。撫子ちゃんに合わせたお着物をたくさんたくさんお作りしたいですわ……」

万智子は撫子を見てからずっと興奮状態で、ふだんの控えめな態度が嘘のようだ。

百合子は困惑しつつも笑みを返したが、千鶴はそっと万智子から距離をとった。

千鶴や百合子の態度に、初音は苦笑いした。

万智子は撫子に夢中になるあまり、自分の態度がふだんとは違いすぎることにも気づいていないようで、そんなところもおかしかった。

けれど千鶴は初音と目が合うと、ふと表情を改めて、口を開いた。

「初音様。わたくしも、今日は貴重な体験をさせていただき、とても嬉しかったです。撫子ちゃんやこのお屋敷も不思議がいっぱいで、けれどとても素敵で。雪姫様、樹莉様にも優しくしていただきましたし、百合子様や万智子様と親しくお話しできたのも楽しかったです。……それに、初音様」

千鶴は、初音をまっすぐに見つめて、言う。

「初音様とお話しできたことも、とても楽しかったです。……正直に申し上げますと、初音様は教室でもずっとお静かにお過ごしでしたし、こちらからお声かけするのははばかられておりました。わたくしとはご身分も違いますし。でも今日、ここでご一緒させていただいて、とても心地よく過ごせました。もっと早くお話しできていればと思いましたわ」

初音は、千鶴の言葉に息を呑んだ。

同じことを、初音も思っていた。

「私も、皆様と今日、ご一緒できてとても楽しく過ごせました。私ももっと早く、皆様にお声がけできればよかったのにと、何度も思いましたわ」

初音は幸福に、ぎゅうっと胸が締め付けられた。

千鶴だけでなく、百合子や万智子も、初音にあたたかな視線を向ける。

そして雪姫と樹莉が、見守ってくれていた。

「この先、皆様にお会いできる機会はきっとないでしょう。ですが、今日のこの日のことを、私はずっとよき思い出として大切に胸にしまっておきますわ」


初音たちが階下に下りていくと、ちょうど高雄が姿を現した。

「あぁ、初音。友との時間は楽しかったか？」

高雄は初音に笑いかける。

さりげなさを装って尋ねる高雄に、千鶴と万智子は目を丸くし、雪姫と樹莉が笑い声をあげた。

（高雄様……、雪姫様がおっしゃった通り、本当に階段の下で私を待っていてくださったみたい）

高雄は雪姫たちが笑うのを不思議そうに見ていたが、初音が「はい、楽しかったです」と答えると、満足げにうなずいた。

「そうか。それならよかった」

「高雄様。百合子様が、高雄様や火焔様、湖苑様に御礼をお伝えしたいとおっしゃっているのですが、お時間をいただけますでしょうか」

初音は、勇気を出して、高雄にお願いをしてみた。

百合子の話は、雪姫や樹莉に任せたほうがいいかもしれない。けれど、自分のために勇気を出してくれた百合子のために、初音もなにかしたいと思ったのだ。

だけど、それも高雄が自分に寄せてくれている好意を利用するようで、できれば高雄の負担にもならなければいいと不安に思いながら。

けれど初音の言葉を聞いた高雄は、ぱっと喜びに顔を輝かせた。

「もちろんだ。初音、そなたが望むなら、なんだって」

「そ、そんな大袈裟（おおげさ）なことではないのですが」

「そうだな。確かに些細（ささい）なことではあるが、初音に頼られたことは俺にとっては大きな幸せだ。すぐにそこの居間で話を聞こう。雪姫、樹莉。火焔と湖苑を呼んできてくれ」

「かしこまりました」

ふたりが火焔たちを呼びにいくと、高雄は自ら居間へと少女たちを案内した。

「来たぞー」

少女たちがソファに腰かけるとすぐ、火焔たちが雪姫たちと居間へ入ってきた。

そして、いつものように高雄と初音の後ろに立つ。

「では、そこの娘。なにか俺たちに言いたいことがあるのだな?」

百合子のことを「そこの娘」などと呼ぶ者は、これまでいなかっただろう。

初音は思わず百合子の顔を見たが、百合子はそんな呼ばれ方をしたのに動揺する様子も見せず、高雄に深々と頭を下げた。

「あやかしの統領、高雄様。並びに側近であらせられる火焔様、湖苑様。こちらの世で酷使されていたあやかしを解放してくださり、ありがとう存じます。そして、わたくしの小鬼を手元に残してくださったことにも、心より御礼申し上げます」

「顔を上げよ。それはこちらの都合で、人間に礼を言われることではない。だが、礼をと言うのなら受け取ろう。……で、本題はなんだ?」

高雄は、淡々と言った。

(本題? 百合子様は、高雄様たちに御礼を言いたいとだけおっしゃっていたけれど……?)

初音は首をかしげたが、百合子は落ち着いた声音で応えた。

「あやかしの統領様たちに御礼を申し上げたいというのが、わたくしの本題でございます。けれどお許しいただけるのならば、わたくしが姉のように慕っております親類から預かりましたこちらの品を、このたびのことの御礼としてお納めいただけると嬉しゅう存じます」

百合子はそう言って、小さな包みを机に載せ、解いた。

中には一尺半ほどの大きさの桐の箱が入っており、その箱の上蓋には複雑な模様が描かれていた。ただの模様ではなく、術式だろう。

「こちらを開けてもよろしいでしょうか」

「気配隠しの術がかけられた箱か。人間はおもしろいものを考える。あぁ。その箱を開けて、術を解いても構わぬ」

百合子は、高雄に許可を得ると、その木箱を開けた。

中には、赤地の錦で包まれた細長いものが入っていた。

百合子は、錦に包まれたそれを取り出して机の上に置き、中のものを露わにした。

「短刀か。装飾のない白木の鞘の短刀を、赤地の錦で包んで持ってこようとは。……これは、初音にか？」

「はい。こちらの世では、花嫁は婚儀の折に懐剣を身に着けるのです。こちらの懐剣は、わたくしの親類である斎王からお預かりいたしました。このたび、非道な扱いをされていたあやかしを救ってくださったことへの御礼と、行きすぎた術者を止められなかったこちらの不手際のお詫び、そしておふたりの婚儀へのお祝いとして捧げるようにと」

初音は、息を吞んだ。

今の斎王は、今上帝の長女、大姫である。

初音にとっては、雲の上の人のひとりだった。

「ふむ……」

高雄は短刀を取り出し、すらりと抜いた。一尺ほどの平造りの短刀は、美しい刃文を持っていた。さえざえとした輝きは、刀を見る目などない少女たちの目をも惹きつける。

「これは、さぞ腕のいい刀工が鍛えた刀だな。それに、その斎王のよき祈りが込められている。これならば、初音を守る懐剣としてふさわしいだろう」

高雄は短刀を鞘に戻すと、初音を見た。

いつもの、あのあまく優しい視線だ。

「初音は、どう思う?」

「私は……」

初音は、高雄を見て、百合子を見た。

高雄は、初音をいとおしげに見てくれている。

百合子は真剣で、切実な表情だったが、初音の負担にならないようにと微笑んでくれた。

百合子は、斎王のことを姉のように慕っている親類だと言った。

けれど、初音にとって、斎王は雲の上の人だ。

初音が幼いころに斎宮に入られた斎王とは、面識もない。

その斎王が、初音の婚儀を祝ってこの刀を下賜されるというのなら、それは相手があやかしの統領である高雄だからだ。

小鬼たちを救った御礼と、監督不行届きのお詫びを兼ねた品でもあるようだけれど、その件でも初音はなんの働きもしていない。

「美しい刀だと思います。けれど、私にはいただく理由がございません」

初音が言うと、百合子の微笑が崩れそうになる。

けれど百合子は一瞬で表情を立て直した。

初音は、百合子に申し訳なくて、短刀を受け取ると言いたくなる。

けれど、それはできなかった。

この短刀は、斎王からの賜りものだ。

そして、斎王は今上帝の長女。

この刀を初音が受け取れば、あやかしの統領である高雄が、今上帝から賜りものをしたととられかねない。

皇族からの贈り物だなんて、本来であれば光栄なことであるけれど……。

（高雄様たちは、今回、帝や皇族の方々にはお会いにならないとおっしゃられた。小鬼さんたちを連れて帰らなければならないから、かの方たちにお会いする時間が取れないのだと。でも、お会いにならない理由はそれだけなのかしら）

高雄たちを知れば知るほど、初音は、幼いころから聞かされてきた「強いあやかし」たちの伝承と実際の彼らのあり方に、隔たりを感じていた。

高雄たちは、確かに人間では敵わない強い力を持っているし、かなり勝手な行動もしている。けれど初音のことは尊重してくれるし、初音以外の人間に対する配慮もしばしば見せる。伝承のように、豊かな資源を根こそぎ奪った上、災害の原因を作った後かくりよに消えた、という恐ろしいだけの存在とはとても思えなかった。

ならばなぜ、そのようなあやかしの恐ろしさを強調した伝承が、こんなにも巷間に広まっているのか。

初音は、そこに意図があると感じた。

あやかしたちと似て非なる大いなる力を持つ「神」の末裔、この地を治める帝の意図を。

だからこんなふうに初音の婚儀を理由に、高雄たちに譲歩を迫るような贈り物は受け取れないと思ったのだ。

高雄や雪姫たちには、百合子に感じている以上のもっと大きな好意がある。これまでの人生でいちばんの愛情と優しさをたくさんもらった。自分のせいで、彼らに不利益を強いるようなことはしたくなかった。

けれど百合子には申し訳なくて、初音は頭を下げた。

すると、百合子も恥じ入るように目を伏せ、頭を下げた。

「申し訳ございません。出すぎた真似をいたしました」

「百合子様に、謝罪いただくようなことではございません……」

「いいえ、初音様。あなたの友人としてお招きいただいた場に、親族からの頼まれごとを持ち込んでしまい、申し訳ないことをいたしました。ですが……、我ら四家のものとは異なりますが、斎王のお力はとてもお強いのです。斎王の澄んだ祈りを込めたこちらの短刀は、初音様の御身をお守りする力がある。だからこそ、お持ちいただきたいと思ったのも本当なのです」

「百合子様……」

「このようなことをお伝えすれば、初音様をさらに恐縮させるだけですわよね。本当に申し訳ございません」

百合子はつとめて笑顔を作り、改めて初音や高雄に頭を下げた。

けれど、高雄はため息交じりに口を挟んだ。

「初音。俺は、初音の言葉を大切にしたいと思っている。だからこのようなことを口にするのは本意ではない。だが、初音のことだから遠慮して本心を口にしていないのではないかと思えて仕方ない。だからあえて、口を挟ませてもらおう」

「は、はい……」

百合子のほうを嫌そうに見た後、初音に向かって困った顔をして、高雄が言う。

「その短刀。もし初音があってもなくてもよいと思うのであれば、受け取っておけばよい。この短刀には、確かにその女が述べたように清らかな祈りが込められている。きっと初音を守る力になろう」

「……え？」

初音と百合子は、そろって驚きの声をあげた。

高雄は、心底嫌そうな顔で、その声を受け止めた。

「いや！　刀なんていらぬと言うのなら、もちろんそれでいい。こんな刀などなくとも、初音は俺が完璧に守ってみせる。……ただ、何事にも万が一ということもある。だからこそ万全の備えとして、受け取ってもよいのではないかと思っただけだ」

「高雄様は、斎王様（さいおうさま）からこの短刀をいただくことは気にされませんか？」

初音は百合子を気遣って、言葉を濁して尋ねた。

しかし高雄だけでなく、雪姫たちもそろって不思議そうな表情でこちらを見ている。

「その……、こちらの世では、強きあやかしたちは、海や山をも支配する大きな力で資源の数々を持ってかくりよに去ったと言われているのです。地が揺れるのも、川が氾濫するのも、この時に地が荒らされたからだと言われており、それらを四家と、『神』の末裔である帝が治めてきたのだ、と」

高雄たちが悲しまないように、けれど知らぬまま短刀を受け取って、皇族がしてきた情報操作を許すことにならないように、初音は過分なく自分が知ることを伝えた。

「あぁ、そのようだね。湖苑から情報は得ているよ。けれど、この地を治める者が必要だと思ったのなら、それはそれでいいのだ。我らは七百年前からこの地の住人ではない。なんと思われようとも構わぬ。これは、小鬼たちを虐げられたこととは別なのだ」

高雄はきっぱりと言うと、初音の頬を撫でようとして、またその手をぐっと握りしめた。そしてごまかすように笑って、続ける。

「それに、我らの祖先がかくりよに移り住むようになったのは、彼らの力が強すぎて、こちらの世がその霊力に耐えられなくなりつつあったからだ。そもそもが我らあやかしの霊力は、こちらの世とは相性が悪い。こちらの世ではうまく力を操れず、問題を起こした先祖もいたと聞くので、完全に偽りだとも言えないのだよ」

「そ、そうなのですか……」

初音は高雄たちを傷つけずに済んで喜べばいいのか、彼らの祖先たるあやかしたちの所業を怒ればいいのか悩み、曖昧にうなずいた。

高雄はそう言うが、すべての恐ろしい伝承が真実というわけではないのだろう。百合子の反応を見ても、おそらく皇族は真実と彼らが作った伝承の差を知っているのではないか。

それなのに高雄がこう言ってくれるのは、たぶん初音が遠慮せずにこの短刀を受け取れるように、だ。

初音は迷って、他のあやかしたちを見た。

火焔、湖苑、樹莉。みんな目が合うと微笑んで、促してくれる。そして、七百年前もこの地にいたという雪姫も。

それならば。

初音は心を決める。

「では、恐れ多いことではございますが……、この懐剣。ちょうだいいたします」

百合子は、ほうっと息を吐いた。

「ありがとう存じます。あなた方の行く末が幸多きものであることをお祈り申し上げます」

「あぁ。初音へのよき祈り、ありがたく受け取ろう」

高雄は上機嫌に応え、初音を愛おしげに見る。

初音はほっとして百合子に微笑み、高雄に感謝した。


百合子たちを見送ると、樹莉がいそいそと初音に駆け寄った。

「楽しい時間でしたわね、初音様」

あでやかに笑う樹莉に、初音は心から感謝を伝える。

「樹莉様と雪姫様のおかげです。おふたりが一緒にいてくださったから、なんだかすごく自然な気持ちで百合子様や万智子様、千鶴様とお話しできた気がします」

「百合子様もですけれど、万智子様も千鶴様も素敵な方でしたわね」

「はい。けれど、今までの私はそんなことも知らなかったんです。長い間同じ教室でお勉強してきましたのに、これまで共に過ごした何年間もの会話をすべて足しても、今日、皆様とお話ししたほどにはなりませんわ」

初音は自分の胸の前でぎゅっと手を握りしめた。

昨日の百合子の言葉も、先ほどの千鶴の言葉も嬉しかった。

誰かのことを思って口にする言葉は、誰かを喜ばせる力がある。

初音はまだ、本当には自分が誰かを喜ばせられるとは思えていない。

けれど百合子や千鶴だって、あの言葉を口にする時、なんの勇気も必要なく口にしたとも思わない。

ひたすら強い人だと思っていた百合子や、なにもとらわれていないように見えていた千鶴にも、きっと自分の気持ちを口にする時、相手にどう思われるか不安になることもあるのではないかと、今の初音は思う。

だから、自分も勇気を出して、自分の気持ちを口にする。

「それに、私が今まで生きてきた十七年間のうちでいちばん、昨日、皆様にお会いしてからの時間が幸せです。本当にありがとうございます」

「まぁ、初音様ったら！」

樹莉は「きゃぁっ」と叫んで、初音に抱き着いた。

「なんて嬉しくなることをおっしゃるんですの！　わたくしも初音様とお会いできて幸せですわ！」

「そうじゃな。初音が喜んでくれたなら、我も嬉しい。……じゃが、初音様。ちと、横の男を見てやってくれ」

「え？」

初音は、雪姫に示されたほうへ顔を向ける。

そこには、初音に抱き着く樹莉を妬ましそうに見る、あやかしの統領の情けない顔があった。

「高雄様。仮にも我らあやかしの統領なんじゃから、そこまで情けない顔をするでないわ。心配せんでも、初音様がおっしゃる『皆様』の中には高雄様も入っておる。なぁ、初音様」

「は、はい。もちろんです！　高雄様にお会いできて、本当に幸せです！」

「初音！」

高雄の顔があまりにも悲愴だったので、初音は雪姫に誘導されるように気持ちを口にする。けれど口にした直後、なんだかとても恥ずかしくなって、顔がかぁっと熱くなる。

口にした言葉は間違いなく真実で、先ほど言った『皆様』の中にも高雄は含まれていたし、口にしたことも内容は同じはずだ。

なのに、なぜだろう。

(高雄様に会えて、幸せ……。それは本当の気持ちなのに、どうしてそれを口にしただけで、こんなに恥ずかしいのかしら。私の修行が足りないの？)

だとすれば、自分の心を少しずつ他人に伝えていこうと決めた初音は、恥ずかしくともこれからも気持ちを口にしていかなくてはいけないだろう、と思う。

高雄も、樹莉も、雪姫も、初音の言葉で喜んでくれたようだから、今回の試みは成功したようだし、回数を重ねていけば、もっと自分の心を口にするのも上手になるはずだ。

だがそんな決意も、一瞬で頭から消えた。

樹莉を押しのけるようにして、高雄が初音に抱き着いてきたからだ。初音自身よりも、さっきまで抱き着いていた樹莉よりも、ずっと大きな体の高雄が、ぎゅうっと大切そうに初音を抱きしめる。

「俺もだ、初音！　そなたに会えて、俺も本当に幸せだ……！」

モーニングコート越しに、高雄の体の熱を感じる。

大きな体にすっぽり抱きしめられると、初音の心臓が大きな音を立てる。けれど、ぎゅっと押し付けられた高雄の胸からも、大きな鼓動が聞こえた。

（高雄様も、どきどきしていらっしゃるの？　私と同じように……？）

初音の言葉に、いつも大喜びしてくれる高雄。

だが彼は、初音が知る大人の偉い人……父や、華厳校長ですらあっさりと抑えつけられるほどの能力の持ち主で、その内心は余裕があるのだと思っていた。

だって初音のようなただの少女に、誰よりも強いあやかしの統領が本気で感情を左右されるだなんて、すんなりと信じられるはずはないではないか。

けれど、痛いくらい大きな音を立てている初音の心臓と同じくらい、高雄の心臓の音も大きく聞こえる。

（本当の本当に、高雄様は私のことを想ってくださっているの……？）

きっと言葉だけでは信じられなかった。

だけど言葉以上に、この耳に伝わる高雄の鼓動は、初音の心に深く染み込む。

初音にとって、高雄は謎の多いあやかしの統領であり、初音が知る誰よりも強い力を持つ人であり、初音に優しい想いをくれる恩人でもある。

だから無意識に、高雄は自分とは遠いところ、触れられない上のほうにいるような気がしていた。

だけど、今、高雄は初音を抱きしめて、初音と同じように心臓を高鳴らせている。

初音が気づいていなかっただけで百合子や千鶴にも悩みや葛藤があったのと同様に、高雄にも不安や喜びといった当たり前の感情があるのだと、ようやく初音は心で感じられた気がした。

高雄が初音のことを、本当に特別だと思ってくれていると、この心臓が伝えてくれているようだ。

初音は、高雄に抱きしめられたまま、目を閉じた。

　そうすると、高雄の心臓の鼓動がよく聞こえて、すごく幸せな気持ちになる。

「うわっ、なにやってんだ、統領！　ちょっと近衛（このえ）への指示出しで離れたとたん、初音様を襲っている統領を見つけるとか、悲しすぎて涙が出てきたわ。せめて結納（ゆいのう）が終わるまでは、べたべたするなって言っただろうが！」

　高雄の心臓の音をじっと聞いていた初音は、背後からかけられた火焔の大声にびくりと体を震わせた。

　すると高雄が、慌てて初音を抱きしめていた腕をバンザイするように上げた。

「す、すまない。初音があまりにもかわいすぎて、つい……」

「はぁ？　自分が欲望を制止できなかったのを、初音様のせいにしているんじゃねーよ。犯罪者の思考だぞ、それ。そんなんが俺らの統領だとか、情けねえだろ」

　顔を赤くして言い訳する高雄に、めずらしく火焔が本気で厳しい言葉を吐く。

　高雄は「う」とうめき、初音に頭を下げた。

「すまないことをした、初音。その、抱きしめてしまったのもだが、そなたのかわいさを言い訳にした。初音がかわいいのは当然なのだから、それを理由に不埒（ふらち）な行動に出てよいはずがないのに……」

　しおしおと、高雄は言う。

　初音は、高雄に抱きしめられていた肩にそっと触れた。

先ほどまでのぬくもりが消えたことが、少し寂しい。

「謝らなくていいです。嫌ではなかったので」

初音は、自身の心を素直に伝えた。

だが、言われた高雄は顔を真っ赤にして、初音に尋ねる。

「ならば、もう一度抱きしめてもよいか？」

初音は「はい」と答えかけて、こちらをにこやかに見守る樹莉と雪姫、呆れた顔の火焔と湖苑に気づいて、口を閉じた。

そして赤い顔でうつむきながら、小声で断る。

「いえ、それは、だめです」

いくらなんでも、恥ずかしすぎる。はしたないにもほどがある、と考えて、初音は気づいた。

そういえば「はしたない」と思ったのは、今日初めてのことではないだろうか。

いつもなら日に十回や二十回は考えていたというのに。

なにをしていても、自分は西園寺の娘としてふさわしくない「無能」だから、なにかを望んだり、楽しいことをしたり、喜んだりすると、すぐに「はしたない」と思った。けれど、今は。

初音が幸せを感じると、高雄も雪姫も樹莉も嬉しそうにしてくれる。百合子や千鶴や万智子は、ともに楽しく過ごしてくれた。

自分の望むことをすること、幸せになろうとすることとは、決して「はしたない」ことではないと知った。それは、ずっと初音が教えられてきたような「はしたない」ことでも「傲慢」なことでもなかった。

初音が幸せになれば、初音を大切に思ってくれている人は喜んでくれるし、ともに幸せになることもできる。

（いつの間に、私はこんなにも自由な考え方ができるようになったんだろう）

とはいえ、人前で男の人と抱き合うのは、今の初音が考えても、さすがにはしたなく思えた。しかもまだ正式に高雄と婚約したわけでもないのに……。

冷静になると、恥ずかしさが襲ってきた。

だから初音は、高雄が綺麗な顔をへにょりとさせて「だ、だめか……？」と未練がましく見てきても、揺らぐ心を抑えてきっぱりと「だめです」という。

高雄は肩を落とし、あろうことかその場にしゃがみ込んだ。

「だめか……」

哀愁（あいしゅう）を漂わせて高雄が言うと、火焔が爆笑した。

初音はおろおろして、高雄を見る。

だがその時、高雄が座り込んだとたん、床を歩いていた小鬼たちが、ぱっと棚などの物陰に隠れたのを目撃してしまい、目を丸くした。

そして先ほど雪姫と樹莉が、高雄は力が強すぎるので、小鬼たちは高雄の前に姿を現すのを嫌がる、と言っていたことを思い出す。

あの時はよくわからなかったが、言われてみれば、かくりよ行きを希望して集まったあやかしは、高雄のそばに近寄ってこない。

（でも、雪姫様も、強いお力をお持ちのようなのに……）

高雄に次ぐ力の持ち主はおそらく雪姫だと、初音は思っていた。しかしその雪姫に、小鬼たちはいちばん懐いているように見える。

不思議に思って雪姫に目を向けると、座り込む高雄を見て苦笑を押し殺していた雪姫は「なんじゃ？」と初音に視線を向けてくれた。

「高雄様のお力が強いので、小鬼さんたちが避けがちだと伺ったことを思い出していました。けれど、小鬼さんたちは力のお強い雪姫様のおそばにははべりたがっているようなので、なぜかと思っていたのです」

「あぁ」

雪姫は「なるほどな」と、ひとつうなずいた。

「我は昔、こちらの世にいたからなぁ。こちらの世の霊気に合わせるのも慣れておるし、霊気を抑えるのもわりと得意なのじゃ」

雪姫が言うには、あやかしの力は、もともとこちらの世にはあまり合わないそうだ。そのため、あやかしたちはこちらの世に自分たちを馴染ませるすべや、自分の霊気を抑えるすべを受け継いできたという。

けれど、力が強いあやかしは、だんだん自分たちの力をこちらの世に適応させられなくなったので、かくりよに居を移したそうだ。

とはいえ、そこまで強い力を持たないあやかしの一部には、人ならぬ身でありながら人のふりをして、こちらの世で生きていた者もいたらしい。彼らは徐々に力を失い、あるいは意図的に力を削り、この世に順応しながら、今も生きているという。

中には人と結婚し、子どもを成す者もいたそうだ。

「だから初音様も、高雄様との子について、案じる必要はないぞ。人とあやかしであっても、想いを重ねていれば、子に恵まれることもある。恵まれないこともあるが、それは人同士、あやかし同士であっても同じじゃからなぁ」

当たり前のように雪姫が言った「子」という言葉に、初音はぽかんとした。

子。

誰の？

高雄と、自分の。

……そうか、結婚するのだから、自分が子を産むということもあるのか。

世間一般のこととして考えれば、それは不思議なことではない。けれど、あまりにも縁遠いことだったので、考えもしなかった。

自分が子を産み、母となる。

そんなこと、想像もつかない。

初音は、自身の母のことを思い出した。

母の顔を思い出そうとすると、華代の顔に重なる。似ているのだ、華代と。けれど、母はどこか影のある大人しい人なので、こうして思い出そうとしても華代の陰に隠れてしまう。きっと他の人から見れば、華代より目立たない初音のほうが母に似ているのだろう。

けれど母は、ある意味では父や華代よりも、初音にとって遠い人だった。

父のように初音を殴ったり、華代のように罵声を浴びせたりということを、されたことは一度もない。母はいつも、初音をどこか暗い、冷たく倦（うん）じた目で見てくるだけだ。

初音が殴られているのを見ても、ひとりだけ食事を別に食べさせられても、蔵に閉じ込められ高熱を出しても、母は初音を助けたり、会いに来てくれたりはしなかった。

家でふと顔を合わせた時、あの冷たい目で、じっと初音を見てくるだけ。

それが初音と母の関係のすべてだった。

（私は、自分の子を愛せるのかしら……）

十七年間、家族に愛されてこなかった。きっとこれから先も、彼らが自分を愛してくれることはないだろう。

それに自分も、家族を愛していたとは言えない。幼いころには確かにあったはずの家族の愛情を望む心は、殴られ、そしられるうちに、かすかにあったはずの愛情とともに砕け散った。

そんな自分が、高雄と結婚し、子を産み、母となって、子を愛せるのだろうか。

不安を感じて、初音は無意識のうちに高雄を目で探した。高雄はすでに立ち上がっており、「子」という言葉に少し顔をゆるめながら、初音を見つめている。

その目が、とても優しくて。

冷たい目にさらされすぎて凝った初音の心に残る不安を、優しく溶かしていくようだ。

初音は、なんだかすごく安心した。

この人となら、大丈夫だ。

もし自分に子ができても、自分は母のようにはならない、と思う。

この優しいまなざしが与えてくれたものを、人に与えられる自分になりたいから。

「初音が欲しくなければ、子はいなくても構わぬ」

初音の顔色が悪かったのだろう、高雄は気遣うように言う。

初音は目をまたたかせ、神妙な顔の高雄をじっと見た。

「きっと高雄様のお子は、凛々しくて優しい子になるでしょう。……私は、まだお子のことなど考えたこともありませんでしたが、高雄様のお子なら、さぞかわいいだろうと思います」

「そうか」

高雄は、小さく笑った。

「考えてみれば、まだ結納もしていないのに、子の話は早すぎるな。俺も初音とふたりきりの新婚生活を楽しみたいと思う」

「そうじゃな。初音様が人間とあやかしの体の違いを気にするかと思って、先回りして安心させようとしたのじゃが、いらぬおせっかいだったな。今はまず、高雄様と初音様が仲良くなられることのほうが大事じゃ」

雪姫は「すまぬ」と頭を下げる。

初音は慌てて、それを押しとどめた。

「いいえ、お気遣いいただきありがとうございます、雪姫様。雪姫様が七百年以上お年を重ねていらっしゃると聞いて、高雄様はどこまでが人間と同じようで、どこまでが人間と異なるのか、気になっておりました」

初音が言うと、雪姫は力強くうなずく。

「そうか。ならば安心するがいい。あやかしは見た目も生態も千差万別じゃが、鬼神が人と違うのは、霊力の強さと種類だけじゃ。高雄様は鬼神じゃし、そう人間と違わぬよ。初音様とは、特にの」

「私とは……？」

雪姫の言葉に、初音は思い当たることがあった。

「それは昨日、私のことを高雄様の対の娘だとおっしゃっていたことと関係があるのでしょうか」

少し前には尋ねられなかった疑問がするりと言葉になった。初音は自身の心の変化に驚く。

雪姫はそんな初音の心には気づかなかったようで、高雄へ視線を向けた。

「初音様。我は、初音様の父御の言いように腹が立ってなぁ。つい口が滑ったのじゃ。高雄様とそなたが対の存在なのか、運命の相手なのか、我にはわからぬよ。じゃが、すべてが嘘というわけではない。なぁ、高雄様？」

「あぁ。そこから先は、俺が説明しよう。そなたが『無能』だと言った時、俺は驚いた。そなたは、あやかしの統領である俺と同じくらい力が強い。それこそ、この世界に影響を与えるほどに。それは、普通のことではない。統領である俺と同じくらい力が強い者など、あやかしの中にもいない。だから初音が俺と対の娘だと、雪姫は言ったのだろう。そう、俺がこの世界に来たのは……初音、そなたの強い力を感じたから
なんだ」
「私の……強い力？」
初音は、高雄がなにを言っているのかわからなかった。
初音には強い力などあるはずない。西園寺の家で、ずっと小鬼を使役する術を練習
してきたが、小鬼を見ることすらほとんどできなかったのだ。
いくら高雄や雪姫の言うことでも、それは信じられなかった。
だが高雄は、迷いなくうなずく。
「そうだ。昨日、かくりよの執務室で雪姫たちと話していた時、こちらの世界から強
い力を感じた。おそらく昨日、かくりよとこちらの世界を隔てる『扉』が、少し弱く
なる日だったのだろう。そういったことは時々あるんだ。だが昨日感じた初音の力は、
これまで感じたことがないほど強く、このままそなたがこちらの世界にいても過ごし
にくいだろうと思い、迎えに来たのだが……」
高雄はそこまで言うと、頬を赤らめた。
「俺の力は強い。力を抑えなければ、火焰でさえ今のように気安い関係でいてくれは
しないだろう。だから、昨日初音の力に気づいた時、この力の持ち主なら、俺が全力

をさらけ出しても対等でいられるんじゃないかと思った。それで……」

高雄は、とろりとした笑みを浮かべて、初音に言う。

「胸が躍ったのだ。初めて知る、俺と同じくらい強い者。この力の持ち主はどんな者なのだろうか、頼めば俺と全力で戦ってくれるだろうか、友人になれるだろうか、と。けれど、こちらの世界に入る寸前、初音が俺の力に触れた時、悲しいほど澄み渡る、切ない、けれど悲しみに目をふさいで諦めることもない、美しい心を映す力が流れ込んできて……。この力の持ち主に、ただ会いたいと思った」

「高雄様の力……？」

「『扉』が開いた時、初音は『扉』から漏れる藤色の光に触れただろう？　あれが、俺の力だ」

初音は、はっと息を呑んだ。

藤の花が学校の広場を埋め尽くすように大きな円を描いて広がり、藤色に輝いた。恐れなければならないはずのあやしいその光はとても綺麗で、とても心惹かれた。

思わず手を伸ばし、うっとりと眺めてしまうほどに。

あれが、高雄の力なのか。

あの美しい光が。

初音は、とても美しい贈り物をもらったような気持ちになった。

胸に抱いた小さな光を大切に包むように、そっと胸に手を当てる。

「初めはただかくりよに連れていくだけのつもりだった。だがその気持ちも、初音を見た瞬間、俺の花嫁にしたいと……、いや、俺の花嫁になってほしいと、請い願う想いへと変わった。そなたが俺の花嫁になることを承諾してくれた時の幸せは、どれほど言葉を尽くしても語り切れぬほどだ」

「つまり単純に言えば、ひとめぼれしたんだろ。初音様に」

せっせつと訴える高雄の隣で、火焔が呆れ気味に言う。

だが高雄は「そうだ」と、しごく真面目にうなずいた。

「初めに力の強さで初音を知り、次に力に触れたときに感じた心の美しさ、切なさ、強さに惹かれた。最後に初音のかわいらしさや愛くるしさに、心を奪われた。それからは初音のことを知るたび、俺の心は初音が与えてくれたものであふれそうだ。何度も、何度も、そなたを好きになってしまう」

「まるで、伝説の『番の花嫁』みてぇだな」

「伝説の……？　それって確か、あやかしの統領に並ぶ力を持つ者はいないが、ただ唯一『統領の番の花嫁』だけは例外だ、というお話でしたわよね。浪漫だと思ったことを覚えていますわ。それで雪姫は『対の娘』とか『運命の娘』っておっしゃっていましたのね。確かに、強い力をお持ちの初音様にはぴったりですわ！　でも、火焔が覚えていたなんて、意外ですけど」

初音への好意を語る高雄の声と表情のあまさに、初音の顔は赤くなる。

けれど火焔と樹莉が楽しげに話しているのを聞いて、心がすっと冷えた。

（番の花嫁、対の娘、運命の娘……。それはすごく特別みたいだけど、私がそんな特別な存在のはずがない）

どうして高雄はこれほど自分に好意的なのだろうと、ずっと不思議だった。

高雄は強い力で初音に気づき、心の在り方を好み、外見で求婚したという。

心は……、初音自身には、自分の心がそんなに綺麗なものだとは思えない。

初音はすぐに落ち込むし、人を妬むし、悩んでばかりでなかなか行動にも移せない。

それを自分の「無能」や家族の冷遇のせいにして、自分の心を守っていたこともある。自分なりに努力して生きてきたつもりだが、百合子や千鶴たちと話をすることで、もっと別の方法で努力すべきだったのではと考えることもあった。

ただ、高雄が言う「力に触れた時感じた心」には、初音自身も心当たりがあった。

あの藤色の光、高雄の力だというあの光に触れた時、初音の心も確かになにかを感じた。

とても綺麗で、惹かれずにはいられない、あの感覚。

同じようなものを高雄も自分に感じてくれたのだろうか。

自信などない自分の心に、高雄が惹かれてくれたと言うのなら、とても不思議なのに、腑に落ちる。初音自身、惹かれたのだから。

（だけど……。そんなの勘違いかもしれない。高雄様がその伝説の存在になぞらえて私に心を寄せてくださったのなら、なおさら。だって私がそんな特別な存在であるはずないもの）

初音は、怖くなった。逃げ出したくなる気持ちを奮い立たせ、高雄に問う。

「高雄様。高雄様は私の外見もお好きだとおっしゃいました。私と華代は、そっくりだと思います。むしろあの子のほうが、髪も肌もつやつやしていていてかわいいでしょう？　……高雄様は、華代のことを好ましく思われませんでしたか？」

高雄は、初音の言葉に目を丸くした。考えてもみないことを言われた、と高雄の顔に書いてあるようだ。

そんなに驚くことだろうか。

顔の造作だけなら、初音と華代はよく似ているのに。

初音そっくりで、美しく整えられた容貌の持ち主である華代にも、高雄は顔を合わせている。

あの時高雄は、華代には興味がないように見えたが。

「私と華代の顔はよく似ていると思いますが……」

「ぜんぜん違う！」

高雄は、初音の言葉に被せるように叫んだ。その声の大きさに、初音はびくりと体を震わせる。高雄はすぐに声を落とした。

「すまない、怖がらせるつもりはなかった。だが、なぜそんなことを言う？　そなたの妹と、そなたでは、まったく似ていないだろう」

「そうですか……？　私たちは、よく似ていると言われました。もちろん、私は目ばかりがぎょろぎょろと目立ち餓鬼（がき）のようだけれど、華代は黒真珠のような大きな日が愛らしい、という比べ方はよくされましたが……」

社交界では姉妹の容姿も様々に比べられたが、その総評をまとめるなら、華代は美しいが初音はみすぼらしい、というものだった。けれども、あの華代でさえ、自分と初音が似た容姿であることは認めていた。

高雄は、顔をしかめた。

「本当に、どこのどいつがそんなことを言ったんだ……」

「あ、あの……。誰と言うわけではなく、よく言われていたので」

高雄がまき散らす不穏な雰囲気を察して、初音は慌てて話をそらした。

「で、では。高雄様は、華代ではなく、私の外見がお好みなのですか」

言って、初音は赤くなる。

慌てていたとはいえ、なんということを言ってしまったのか。

だが高雄は、当たり前のように首肯した。

「あぁ。そうだな。……いや、外見という言い方は、少し違うか」

高雄は顎に手をかけて、真剣に考える。

「どこが好きなのかを言葉で伝えるのは、案外難しいものだな。初音を見ると、かわいらしいと思う。綺麗だと思う。この世にこんないとおしい存在がいたのかと思う。だが、それは顔だけの話ではない。かといって初音の顔がかわいくないというわけでもなく……」

初音をじっくりと見つめながら、高雄は言葉を探す。

それを聞いている初音は、どうしようもなく顔が熱くなった。

こうまで言われては、安堵や喜びよりも羞恥が勝り、逃げ出したいような心地になる。

「例えば初音と同じ顔の人形があったとしても、俺はさほど心惹かれないだろう。初音の笑顔や、こちらを見る時の表情、気品がありながらも控えめな所作、初音を構成するすべてのものに惹かれているのだから」

「ありがとうございます。十分承知いたしました……」

初音は、悟った。

高雄にこの手の話をうかつに振ってはいけない。

羞恥心で死にそうになるという体験を、そう何度もしてたまるものか。

「む。そうか……」

高雄はまだまだ語りたいとばかりに、初音をうかがい見る。「対の娘」の話はまだ気になるが、初音はこれ以上の褒め殺しは耐えられそうになく、ふるふると首を振った。

おもしろそうにその様子を見ていた雪姫は、そこで制止をかけた。

「そこまでじゃ、高雄様。初音様のお顔が真っ赤じゃ。初音様のおかわいらしさを語り尽くしたい気持ちはわからんではないが、先は長い。少しずつ、初音様に初音様のよいところをお教えすればよい」

「む……」

「だな。それがいい。高雄様、焦って初音様の嫌がることをしたんじゃ意味ねーだろ」

「……そうだな」

火焔にも止められて、高雄は不承不承(ふしょうぶしょう)という態度を隠しもせずにうなずいた。

初音は、頬を両手で押さえた。顔が熱くて仕方がない。けれど、初音にはもうひとつ、そしてもっと気になっていることがあった。

「それに、高雄様は私の力を見つけてこちらに来られたとおっしゃいますが、私に強い力などありません。小鬼さんたちですら、火焔様の結界が張られたこのお屋敷の中でしか見られないほどです」

「いや、初音に力があるのは明らかだ。そもそも、俺といる時になんの術の助けがなくても顔を上げて立っていられる人間は、初音くらいのものだろう」

高雄は、初音の言葉をきっぱりと否定した。雪姫たちも、次々に首肯（しゅこう）する。

「今もはっきりと初音様の力は見えておる。確かに、我よりも強く見える」

「だな。初音様に、すげぇ力があるのは感じる。……けど、なんか。揺らぎがあるよな」

「ええ。わたくしも不思議だったのです。初音様のお力はお強いですし、そこから読み取れるお心は、繊細でありながら若芽のように力強い。なのに、時折、他の力の影響を強く感じるのです。それも、ふたつも。精霊のように澄みきったよきものと、悪意の塊（かたまり）のような悪しきものの」

「樹莉はいつもよく見ている。僕の見立ても同じです、高雄様。おそらく高雄様が初音様のお力をこれまで感じ取れなかったのは、『扉』の力の強弱だけの問題でなく、そのふたつの力のせいでしょう。初音様のお力は、それらによって抑えられている。けれど、初音様がご成長され、そのお力が初音様のお力を抑えてきた者を上回ったことで、かくりよにいた高雄様にまで届いたのだと思います」

湖苑は初音にというよりも、高雄に言う。

けれど初音は、湖苑の言葉に聞き入った。

「私の力を、抑える者……」

だから初音は「無能」だったのだろうか。

自分に力があるなんて信じられないのに、信じたいと思ってしまう。

「悪意の塊(かたまり)に力を抑えられていたというのは、わかります。けれど、なぜ、よきものまでも私の力を抑えていたのでしょう……」

初音は、思わずこぼした。

胸に去来するのは、昨日までの苦しい日々。力を抑えられていなければ、あるいはもう少しまともな扱いをされていたのではないか。

「初音の力は、強く、美しい。だがそれだけに、解放していればこの世では生きにくかっただろう。それこそ、七百年前この世を去ったあやかしたちのように」

高雄は、初音を気遣うように、そっと髪を撫でた。雪姫も、いたわしげに初音を見た。

「それだけが理由ではない。今の初音様は身も心も十分に育っておるから、その力を受け止められる。じゃが、幼子の時にその力をむきだしで体に宿しておったら、心か体が力にむしばまれて、今の年齢まで生きられた可能性は低かったじゃろう」

「……そんな」

狼狽する初音に、湖苑が静かに語りかけた。

「初音様。今、僕は高雄様の命令で、こちらの世のさまざまなことを『視て』おります」

「視る……？」

「距離でも、時間でも、今ここにないものでも。遠きものも『視る』こと。それが僕の力なのです」

「湖苑様には、そのようなお力が……」

そういえば、と初音は思い出す。昨日、高雄がそんなことをちらりと言っていた。

「はい。こちらの世に、僕たちのような力の強いあやかしが渡ることはめったにないですし、初音様のお育ちになった環境を知っておけば、この先初音様がかくりよにいらしてからもきっとお役に立てる。高雄様は、そうお考えです」

「私の役に立つために……？　ありがとうございます」

その言葉に、初音の胸が、とくんと音を立てる。

湖苑と高雄に礼を言うと、高雄は嬉しげに目を細めた。

湖苑は、むしろ申し訳なさそうに、首を横に振る。

「しかし、こちらの世で僕たちの力を使いすぎると、よくない影響が表れます。そのうえ、初音様のように伝統ある家系にお生まれの方は『視る』ことが難しい。受け継がれてきた血に長年の尊敬や恨みが積み重なっているので、情報が複雑で膨大になるからです。ですから、初音様を守る力と害する力、その両方を深く『視る』ことはできません。ですが、どちらか一方なら、可能です」

「どちらか、一方……」

「どちらの力も、今はもう初音に与えられる影響は強くない。初音が、俺とともにかくりよに来てくれれば、その時にはどちらの影響もなくなる」

初音が眉を曇らせると、高雄ははげますように補足した。

「どちらの力も、なくなってしまうのですか？」

「そうだ。かくりよとこちらでは、適合する力の質が異なる。だから、こちらに適合した力は、あちらでは弱くなる。この程度の力なら、こちらの世に留まっていればまだしばらくは残っているだろうが、かくりよへ渡れば、その瞬間に霧散するだろう。逆に俺たちのように強きあやかしは、今では長い間こちらの世にとどまれぬ。かくりよに適した霊気の持ち主なら、長くこちらにとどまるためには、雪姫たち古くから生きているあやかしがしていたように自分の力をこちらの霊気に合わせ、力を弱めなければならぬのだ」

湖苑に教えられるまで知らなかった自分に干渉しているという、ふたつの力。そんなものでも、なくなると聞くと自分が自分でなくなってしまう気がする。

初音は、無性に不安になって、胸を押さえた。

「なにも案ずることはない」

高雄は、力強い堂々とした口調で言う。

「かくりよでは、そなたが力を抑える必要はない。のびのびと、あるがままに過ごせばよいのだ」

「高雄様……」

初音は、本当に自分にそんな力があるのだろうかという想いに蓋をした。

かすかな笑みを浮かべれば、高雄は満足げにうなずく。

「初音。そなたを守ってきた力と、害しようとしてきた力。それがなんであるかを知れるのは、こちらの世にいる今だけだ。初音はどちらを知りたい？」

「私は……」

高雄に問われて、初音は口ごもった。

助けを求めるように高雄の目を見つめ返し、湖苑や樹莉たちにも目を向けた。けれどみんな優しげな表情で初音を見守るばかりで、どちらにしろとは言わない。

「どちらも知りたくないと言うのなら、それもよいぞ」

「いいえ」

初音は一生懸命に考えて、口を開いた。

「私は、父に、悪鬼に呪われた子だと言われてきました。私を害しようとしている力……、それが父の言う呪いなのかもしれません。気にならないと言えば嘘になります。ですが」

初音は、込み上げる感情を抑えて、つとめて冷静に言う。

「もうその力がなくなると言うのなら、知ってなんになるでしょう。それよりも、私は、私がこの世で生きていけるように守ってきてくれた力について知りたい。知らなければならないと思います」

「そうか。やはり、初音は強くて綺麗だな」

つとめて決然と言う初音に、高雄は晴れ晴れと笑った。

「また惚れ直した」

初音は、耳まで赤くなる。

「そんなの、私のほうこそです」

「ん？」

口を濁して言った初音の言葉は、高雄には聞こえなかったらしい。

こてりと首をかしげて促す高雄に、初音は赤い顔のまま「なんでもないです」と返した。

樹莉と雪姫には聞こえていたらしく、ふたりはそろってにまにまと笑っている。けれど、初音はそれに気づく余裕もなく、どきどきと高鳴る心臓を手で押さえていた。

高雄は、知らない。

高雄が、いつも初音にどうしたいか聞いてくれるから、初音は自分の考えを口にできるように変わりつつあるのだ、と。

まだ難しいこともあるけれど、そのたびに初音は暗闇の中から、光のほうへ一歩踏み出した気持ちになる。

惚れ直したと高雄は言うけれど、それは初音も同じだ。

高雄と接すれば接するほど、高雄に惹(ひ)かれずにはいられない。

高雄が初音をあまやかしてくれるから、愛されているから、というのはある。けれどそれだけではない。

高雄といると、なりたかった自分に変われる気がするからだ。

前進するための勇気も、導きも、高雄が与えてくれたものだ。けれど、動き、変わるのは初音自身だ。

今はまだ、高雄に手を引いてもらっているようなものだけれど、いつかは初音も高雄が初音にしてくれるように高雄に愛を返したいし、彼の手を引いて歩けるようになりたい。

高雄は今でも、初音が彼になにかを与えていると言う。

高雄が惹かれてくれるようななにかを、高雄に与えられているなんて、信じがたい。

自分が高雄の『対の娘』や『運命の娘』だなんてことも、やはり信じられない。

けれど、もし、そうであるのなら、それはとても幸せなことだ。

こんな幸せを自分が手にするなんて、高雄に求婚された時には、考えもしなかった。

流されるように高雄の求婚を受けることになったのに、いつの間にか初音は自分自身の気持ちとして、高雄たちとともにありたいと思っている。

高雄とともに、この先の未来を歩んでいきたいと願っている。

「では、湖苑。初音をこれまで守ってくれた力について『視て』くれ」

「かしこまりました。おふたりの結納には参加したいので、急ぎます。御前、失礼いたします」

湖苑は、一礼して部屋を出た。

「ありがとうございます」

その背に、初音は慌てて頭を下げた。

「湖苑は、意外にしたたかだ。自分の望まぬことなら言い出さない。おそらく初音を守る者がなんなのか、湖苑も気になっていたのだろうよ」

「それでも、私のために動いてくださることに違いはありませんから」

「……そうだな」

高雄は、うなずいた。

「初音の心遣い、嬉しく思う。湖苑たちは部下だが、俺の仲間だ。初音と湖苑たちが互いに尊重し合っているのは、俺にとってもありがたい。……少し、妬けるがな」

「高雄様……」

熱っぽく高雄に見つめられ、初音は視線を泳がせた。


「さて。そろそろ結納のためのお召し替えの時間ですわ！」

樹莉がしきりなおすように声をあげる。

雪姫も「おぉ」と手を叩いた。

「そうじゃな。そのドレスもよう似合うておる。じゃが、万智子様が用意した着物は、高雄様と初音様の結納にぴったりじゃしの」

「ほう。それは気になるな」

「高雄様には、まだ秘密ですわ！　見てのお楽しみですわよ。ね、初音様」

樹莉はふふっと笑って、初音を見る。

万智子が用意してくれたのは、銀糸が混ざって輝く白地に、大ぶりの藤の花が全体に描かれている豪奢な振袖だ。先ほどの高雄の話を聞いて、その着物は自分と高雄の結納にぴったりだと、初音も思った。

「はい。着替えてまいりますね」

初音は、雪姫と樹莉とともに、自室へ戻る。

高雄は、自分との結納を楽しみにしてくれている。

素直にそう考えられる自分の心境の変化に、初音自身も戸惑いを感じないわけではなかったが、初音の顔は自然とほころんだ。

部屋に着き、雪姫と樹莉の手を借りて、着替えた。

藤の花の柄は、今の季節には少し早すぎる。三月の下旬か、四月ごろに着るものだ。

先の季節のものになるが、この先必要になるだろうと、万智子が用意してくれた。

だが、その着物を気に入った樹莉たちが、結納にぜひとすすめてきた。

初音もいちばんに気に入った着物だったが、季節に合わないと尻込みしていたところ、「藤なら昨日咲いたじゃありませんか」と樹莉に言われて、それもそうだとうなずいた。

初音は美しい藤の刺繍が入った袖に腕を通しながら、この着物にしてよかったとしみじみ思う。

昨日、初音が心惹かれた藤色の光。

あれが高雄の力だと言うのなら、「門」が開く時に見たあの藤の花も、高雄の力の影響なのだろうか。

蝶が舞う淡い金色の帯を締め、薄桃色の帯揚げと帯締めを合わせる。

髪は古風に束髪に結い上げ、うっすらと、けれど丁寧にお化粧もほどこされた。

「あぁ、やっぱりお似合いですわ！」

樹莉の華やかな歓声を聞きながら、鏡を見た初音も胸をはずませた。

鏡の中で緊張した面持ちでこちらを見返しているのは、確かに初音なのに初音ではないようだった。

淡い頬紅や朱の口紅のおかげでぎょろりとした目ばかりが目立つということもなくなり、令嬢らしくない日に焼けた肌も、なにをどうやってか日に焼けているのはそのままに、健康的な雰囲気に仕上げられている。

白地や大ぶりの花柄の着物は、着物に着られてしまうようだと思っていたが、流線的な藤の花柄は、小柄な初音にもよく似合っていた。

「高雄様に、見ていただきたいわ」

ぽろりともらした初音に、樹莉と雪姫が歓声をあげた。

「ええ！　急いで見せに参りましょう！」

「高雄様のことじゃ、初音様がお綺麗すぎて、大騒ぎするぞ！」

ふたりに手を引かれ、初音は階下に向かう。

高雄が自分を見て、かわいいと、美しいと言ってくれると疑うこともなく。


紋付姿の高雄は、下りてきた初音を見て言葉を失った。

樹莉と雪姫に手を取られ、しずしずと階段を下りてくる初音を、ただぽかんとして見上げる。

「高雄様……？」

初音は、そんな高雄の反応に少しだけ不安になる。

自分ではとても綺麗にしてもらったと思ったが、高雄には気に入らなかったのだろうかと。

初音に見つめられた高雄は、顔を赤くして、手で顔を覆(おお)って、ひとこと言った。

「どうしよう。初音がかわいすぎる……」

「高雄様……」

初音はほっとして、笑みを浮かべた。

高雄が自分のことを好意的に見てくれることを信じ始めてはいるものの、期待した反応が返ってこないかもと、まだ不安になる。

けれどいつだって高雄は、初音が期待した以上の反応を返してくれるのだ。

だが。

しばらく無言で初音のかわいさを堪能していた高雄は、大きくため息をつきながら言う。

「こんなにもかわいい初音を、他の人間に見せるのは嫌だ……。結納は中止にすべきではないだろうか……」

「高雄様！　いくら初音様がおかわいらしいからといって、そのような情けないことをおっしゃるのはおやめくださいませ！」

「そうじゃぞ。ある程度はこちらの世の常識にも沿わねばならぬのじゃろう？　それに万智子様たちが言うには、やはりおなごというのは、こういった儀式はきちんとしてほしいものだそうじゃぞ」

「わかっている……。わかっているんだが……」

集中的に非難されて、それでも高雄は渋い表情のままだ。

「こんなにかわいくては、見た男すべてが初音に恋をするのではないか……？」

「落ち着け、統領。確かに初音様はおかわいらしいが、俺は別に初音様に恋はしない」

「そうか……？　だが火焔はちょっと変わり者だから……」

「おい、統領。しまいには怒るぞ？」

真剣な表情で悩む高雄に、初音は少し笑ってしまう。

「高雄様。私は結納なんてしなくても構いません。ご準備してくださった華厳校長には申し訳なく思いますが、どうせ私の家族は嫌々来るだけです。それに私と結婚するために、あの家族に高雄様が結納品をおさめるのは、もったいなく思います。ですから、もし高雄様がお嫌なら、結納などとりやめてくださってもかまいません」

「それはいけませんわ、初音様！」

初音の言葉に、樹莉が声をあげた。

「先ほど、初音様はおっしゃっていたではありませんか。ご家族に顔を合わせるのは気が進まないけれど、子どものころは憧れていた結納や結婚を高雄様と行えるのは嬉しいと」

「そうじゃぞ。なんでもかんでも高雄様の言うことを鵜呑みにする必要はないのじゃ。自分のしたいことは、はっきりと教えてやるがいい。初音様のお気持ちも知らんで結納をとりやめては、後で初音様のお気持ちを知った高雄様が後悔なさるのは明らかなのじゃから」

樹莉と雪姫の言葉を聞いて、高雄は表情を改めた。

「そうか。俺と初音の大切な結納であったな。……すまない、初音。そなたが大切に思ってくれていた儀式をないがしろにするようなことを言って」

「高雄様……」

結納がなくていいと思ったのも、初音の本心だった。

あんなにも自分をないがしろにしてきた家族に、高雄が結納の品をおさめるのがもったいなく感じるというのも、本当の気持ちだ。

けれど、高雄との結納の儀を楽しみにする気持ちがあったのも、本当で。

「私も、ごめんなさい。あんな家族に結納をおさめていただくのは、なぜ、という気持ちもあります。それでも、高雄様と結婚するのだとはっきりと示せるのは、嬉しく感じてしまうのです」

「初音。そなたが俺との結婚を嬉しく思ってくれるのなら、結納の品などいかほどのものでもない。確かにあれらになにか施すのは業腹ではあるが、けじめはけじめ。これがそなたが俺の花嫁となる証だと思えば、俺も嬉しくて仕方ないのだ」

高雄はそっと初音の手を取り、初音は頬を赤く染めて、高雄に笑い返した。

その時。

火焔が、「悪い」と声をあげた。

「近衛から、緊急の連絡が入った。初音様のご学友、百合子様からだ。万智子様が、初音様の妹に拉致されて脅かされたそうだ。万智子様は無事だそうだが、初音様の妹を怒らせたので、万智子様の家などに影響が及ばないよう協力してほしいってことだが……」

初音は言葉を失った。

「どういうことだ？」

高雄が、火焔に問いただす。

その声が、初音には遠くに聞こえた。

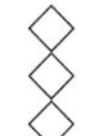

初音たちの屋敷を出た万智子は、家の人力車に乗った。

車夫は万智子の家に長くつとめる山田という男で、子どものころから知っている万智子のことを孫のように接してくれる。

人力車が帰路につくと、ようやく万智子はくつろいだ気分になって、大きなため息をついた。

本当に、とんでもない一日だった。

だけど、とても楽しかった。

教室の女王である百合子様と親しくお話しできたし、美しいお衣装をたくさん見ることができた。千鶴や初音とは話をしたこともなかったが、美しいお衣装やかわいらしい小物を見て歓談したのは、とても楽しかった。

それに、百合子の連れていた小鬼の撫子のかわいいことと言ったら……！

あんなにはしゃいだのは、いつぶりだろう。

昨日、父から今日の話を持ちかけられた時は、とんでもない恐ろしい話だと思った。

断れるなら、断りたかった。

けれど今は、断らなくてよかったと思う。

「悪くない日だったわ」

穏やかな気持ちで、万智子はそっとつぶやいた。

その声が耳に入ったのか、山田がちらりと万智子のほうを振り返り、そして瞬時に叫ぶ。

「お嬢様！　車にしがみついてください！」

万智子はとっさに言われた通りにした。

すると直後、どんっという鈍い音がして、人力車に大きな衝撃が与えられる。

（横転する……！）

万智子の胆は冷えたが、山田は長年の経験から器用に車体を立て直す。ちゃんと前を見ていたのか！」

「こんなまっすぐな広い道でぶつかるとは、どういうことだ！　ちゃんと前を見ていたのか！」

山田は、自分が引く人力車に横から当たってきた人力車の車夫を怒鳴りつけた。

相手のほうの車夫を見ると、「す、すいやせん……」と青い顔で平身低頭だ。

（完全に、あちらの過失ですものね）

この道は広く、人通りは少なく、まっすぐで、曲がり角などもない。

こんな道で、どうしてぶつかったりしたのだろう。

万智子は何気なくぶつかってきた人力車に目を向け、ぎょっとする。

乗っていたのは、初音の妹である西園寺華代だった。

華代は万智子が見たことに気づくと、にたりと邪悪な笑みを浮かべた。

「あら、万智子様じゃないの。よかったわ。わたくし、あなたを探しておりましたのよ。うちの車が当たってしまったお詫びに、そこでお茶をごちそうするわ。人力車が故障してないか確認をしなくてはいけないでしょう？」

絶対にお断りだ。

悪い予感しかない。

この事故だって、わざとぶつかってきたに違いない。

とはいえ相手は、侯爵令嬢だ。それも権力を振りかざすことにためらいがなく、他人を虐げることを当然の権利だと考えているやっかいな相手だ。

できるだけ穏便に断らなくては、と万智子は思案を巡らせた。

だが、万智子が初音の仮の屋敷に行ったと知ってこの事故を起こした華代が、万智子を逃がすはずもない。

「あら、まさかわたくしの誘いを断るおつもり？　侯爵令嬢であるわたくしの誘いを？」

華代は、人を脅しつけることに慣れている。

その迫力あるまなざしと、華代の背後にある侯爵家の威光に、万智子はしおしおと従った。

（……もしなにかあっても、百合子様が助けてくださるかもしれない）

今日の訪問が百合子からの誘いによるものだったからというだけでなく、教室では知らなかった百合子の少女らしい笑顔を思い出すと、そんな気がした。万智子は震えそうな自分の体をなだめ、華代に言われるままについていった。

意外にも、華代が万智子を連れていったのは、おしゃれなパーラーだった。

中は吹き抜けになっており、天井にはシャンデリアが吊り下がっている。二階にはオーケストラが配置されており、集う人々はいかにも上流階級らしい淑女ばかりだ。

店の者の案内も待たずに、華代はテーブル席の奥のほうへ歩いていく。

万智子は、パーラーで楽しげに会話する淑女たちの華やかな装いに目を惹かれつつも、大人しく華代についていく。

(よかった。上流階級の若い女性に人気のお店みたい。怪しげなところもないし、上流の方々の目があるところでなら、そうひどいことはされないわよね)

華代は店内の奥、周囲に誰もいない場所まで歩いていく。

少し怖くなってきたが、人目はある。危険はないはずだ。

そう万智子は思ったが、華代が壁に触れると、ぽっかりと入口が現れた。

今日いろいろと不思議なものを見すぎた万智子は、これも華代が使う術のひとつなのかと震えあがった。だが華代に促されて小部屋に入る時に、単に隠し扉を開けただけだと気づいた。

「なぁに？　驚いているの？　まぁね、このお店は貴族の淑女でなければ知らないお店だから、あなたは初めてでしょうね。ふふ。わたくしたちのような上流階級の女には、いろいろと秘密があるのよ」

ふんっと、鼻息も荒く華代が言う。

噂では西園寺侯爵のふたりいる娘のうち、姉は「無能」でなにをさせても出来がよくないが、妹は才色兼備の淑女だと聞いていた。噂が当てにならないのは常のこととはいえ、これはひどい。

万智子が平民だから侮っているにしても、同じ女学校の生徒なのだ。

ふだんからこんな横柄な態度なら、周囲の人間も、彼女と距離を置くだろう。

（それとも、ふだんは華代様もこんなふうではないのかしら）

「座りなさいよ」

華代に顎で示された椅子に座りながら、万智子は部屋の中を注意深く眺めた。

部屋は五畳ほどの小部屋で、テーブルがひとつに椅子がふたつ。壁には明るい色調の油絵が何点かかけられているが、窓はない。入口以外に逃げ道はなさそうだった。

万智子は、華代についてきたことを後悔した。もう少し抵抗すればよかった。同じ女学校の生徒だからと、どこか油断していた。だが、もう遅い。

そんな時、急に扉が開いた。

扉を開けたのはふたりの女給だった。ひとりは扉を手で押さえ、ひとりがポットとカップを載せた盆を持ってくる。女給は華代と万智子の前にカップを置くと、ポットのお茶を注いだ。

「失礼いたします」

一礼して部屋を去る女給たちを目で追う。

万智子は扉が、壁よりもずっと薄いことに気づいた。

建築上の理由なのか個室の防犯上の理由なのかは知らないが、最悪の場合、大声を出せば誰かは来てくれそうだ。

華代は、先ほどから少し間違えれば暴れ出しそうな苛立ちを隠すこともないので、万智子は不安で仕方なかった。

「ねぇ、どうでしたの？」

「あの、どう、とは……？」

「とぼけないで。あの女のことよ！　さっきまで会っていたのはわかっているのよ！　さぁ、さっさとあの女が今どうしているのか、白状なさい！」

目をぎらぎら光らせて、華代が怒鳴る。

なるほど、と万智子は心の中でうなずいた。

おそらく華代は、見下してきた姉が、高雄のようなとびきり条件のいい美男子と結婚するのが、気に食わないのだろう。この尋常ではない態度も、頭に血が上っているからなのではないか。

たいていの場合、貴族の令嬢の結婚は、家と家の約束だ。

噂に聞いていたように、西園寺の家で初音が軽んじられているなら、長女といえども初音が華代を差しおいていい相手と結婚などできるはずがなかった。この結婚が家に持ち込まれたものなら、あのあやかしの統領が結婚する相手は間違いなく華代だったはずだ。

けれど、あのあやかしの統領が求婚したのは、初音個人だ。西園寺の家は、関係ない。

どう見てもあの男は、初音のことしか目に入っていなかった。華代が初音に取って代わることなど、できないだろう。

(女子にとって、結婚は一生の一大事。気持ちはわからないでもないですわ。けれど、華代様が初音様の代わりにお嫁に行くわけにはいかないのですから、すっぱりと諦めてしまえばよろしいのに)

こんなふうに同じ女学校の生徒の人力車と事故を起こして、初音の情報を得て、どうするというのか。自分の評判を下げるだけだ。

けれど万智子の立場では、華代をいさめることはできない。

(華代様を刺激しないように気をつけなければ。尋ねられたことに答えて、できるだけすぐこの席を離れましょう)

深入りしたくない、と万智子は思った。

だが。

「まったく愚図愚図と。すぐに返事もできないんですの？　わたくし、これまできちんと躾けてきた小鬼たちを、あの愚かな姉の婚約者のせいで取り上げられてイライラしているところですのよ！　さっさと質問に答えてちょうだい！　これ以上、わたくしを怒らせないうちにね！」

「小鬼……？」

華代が怒鳴ったのを聞いて、万智子は眉をひそめた。

「ええ、そうよ。あなただって、話くらいは聞いたことがあるでしょう？　我が西園寺家には異能を持った者が生まれるの。そのひとりが、このわたくし。七歳で術が使えるようになって以来、小鬼たちを複数従え、躾をほどこし、彼らを従順なわたくしのしもべとして育て上げたのです。……それなのに、あの馬鹿姉の婚約者ときたら！　虐待することは許さぬとか言って、わたくしが育てた小鬼を全員、自分の館に連れていったのですわ！」

「あの館に？」

「そうですわ。あなたのような平民には、小鬼の姿は見られないでしょうけれど。わたくし、あの小鬼たちが悪さをせず、人に大人しく従うように躾けたまでですのよ。それを虐待だなんて言いがかりをつけて取り上げるなど、どう考えてもあの姉がそそのかして、わたくしに嫌がらせしているに決まっています！」

「……」

「おかげで、今日はとても不自由に過ごしていますのよ！　そりゃあ我が家にも使用人はいますけれど、ちょっとした用事を頼むのに、小鬼はとても便利ですの。腹が立った時、叩きつぶすとすっきりしますし……。あら、嫌だ。これは躾ですのよ。あなたにはおわかりにならないかもしれませんけれど、あやかしにはそうした躾が必要なんですわ」

　怒りにまかせて大声でわめいていた華代は、ようやく万智子が自分をとがめるように見ていることに気づいたようで、取り繕うように言う。

　けれど、そんな雑な言い訳が、万智子の怒りをおさめられるはずがなかった。

（この女が、小鬼さんをあんなに痛めつけたのね……！）

　すっかり撫子に魅了された万智子は、彼女の仲間である小鬼たちにも愛情を感じ始めていた。そもそも、あんなに傷だらけになるまで暴力を振るい、治療もしないなんて、躾とは思えない。

　万智子は怒りを抑え、おずおずとした微笑を浮かべた。

「初音様のことをお知りになりたいんですね。……わたくしも、初音様のことを、どなたかにご相談したかったんです」

「相談？」

華代は怒りをひそめ、興味深げに「あぁら」と嗤った。

「いいわよ。わたくしは、初音の妹ですもの。いくら『無能』の姉とはいえ、ひどい目にあっているのなら、知っておかなくてはいけないわよね。さ、早く相談なさい！」

華代は楽しげに、万智子に話の続きを促した。

万智子は小心者で臆病だが、好きなもののことになると性格が変わる。小鬼の敵と目した華代への敵意から、侯爵令嬢への遠慮や華代への恐怖も一時忘れた。

「お姉様ってば、どんな目にあっているの？　まぁ、お姉様の結婚相手はちょっと見た目がよくても、しょせん鬼だもの。腕の一本くらい食われたのかしら」

期待するかのように姉の不幸を語る華代に、万智子はさらに怒りを募らせた。

西園寺の娘ふたりのうち、不出来なのは絶対に妹のほうだ。

「いいえ。そうではないのです。ですが、相手は鬼神様ですから、初音様も気を遣われているのかもしれません。ふだん女学校でご一緒してきた初音様とは思えない振る舞いをされていました」

万智子は、声を抑えて怯えたように言う。

「ふぅん……。例えば？」

華代はわずかに落胆しながら、続きを促す。

「ええ。初音様はふだんから素敵なお着物をお召しですが、ちょっと、その、ご趣味がいまひとつというか、帯などとの合わせ方があまりお上手ではないでしょう？」

言いづらそうに言葉を濁して万智子が言うと、華代は深くうなずいた。

「まぁね。そもそもお姉様には、素敵な着物なんて似合わないのよ。似合うのは襤褸くらいだわ」

「ですが、今日の初音様は、とても素敵なドレスを着ていらしたのです。白のサテンと青の絹のドレス……。おそらくあれは西の大陸からの輸入もの、それも人気のメゾンの最新流行のものだと思います」

「はぁ？　あの冴えないお姉様が？　西の大陸のドレスなんて、わたくしだって一着しか持っていないのに！　そのうえ、人気のメゾンの最新のものだなんて。高価なだけでなく、この国ではよほどの伝手がなければ手に入れられないはずよ！」

「わたくしは、呉服店の娘です。流行の服飾品は、西の大陸のものであっても知っておくべきだと父に言われ、最新の雑誌も取り寄せ、毎号すべて目を通しております。間違いなく、あれは西の大陸の最新のドレスでした」

万智子は自信満々に断言した。初音のドレスは、実際には雪姫たちが雑誌などを参考に作ったものだが、華代にわかるはずもないので、堂々と言い切ってしまう。

そして華代が口を挟む隙を与えず、滔々と続けた。

「初音様がお持ちだったのは、それだけではございません。素晴らしいお着物やドレスを、たくさんお持ちでした。そのうえさらに、ご婚約者の側近の女性が張り切って、宝飾品や小物などもたくさんご用意されていました」

「あのお姉様が……！」

「初音様は一見、楽しそうにされていましたが、ふだんの初音様は、その、少し質の悪いものをお好みでしたから……。初音様のご趣味ではないのかもしれません。なにしろ、どれも最上級品ばかりでしたので。婚家へのご遠慮から、ご自分のお好きなものを我慢なさっているのかもしれないと、心配していたのです」

「なんですって……！」

「初音様が我慢してしまうのも、無理からぬことなのでしょう。嫁ぎ先のお相手がご用意してくださったお衣装に不満を口に出すなど、なかなかできないことですもの。それに、ご婚約者はもちろん、彼の側近たちも、初音様がおかわいらしい、どんな着物も似合うと、何度も褒めそやしていらっしゃいましたの。その中であえて、自分はこういう贅沢なものは好きではないとは言いづらいでしょう」

　怒りに顔を真っ赤に染める華代に気づいていないかのように、万智子は悲しそうな顔で、頬に手を当ててうつむいた。

「そのうえ、本日は百合子様……、ご存知でしょう、女学校の同級生である東峰寺侯爵家の百合子様もご一緒しておりましたの。その百合子様がご親戚からお預かりされて、それは素晴らしい宝物を初音様にお贈りになったのです。そのご親戚というのが、恐れ多くも斎王様で。この婚儀を祝福するというお言葉とともに下賜されたのですわ。ですから、初音様は内心ではこのような品々は自分にはそぐわないとお思いになられながらも、不満を口にできないのかもしれません。あんなふうに楽しげにしていらしたのは、すべて演技だったのかも……」

「なによそれ、なによそれ、なによそれ！　お姉様が、あの『無能』の女が、斎王様から贈り物までされたって言うの！　ありえないっ！『無能』は、『無能』なのよ！この国を守ってきた異能も使えないお姉様を、四家の恥さらしのお姉様を、皇族がお認めになるなんて、ありえないわっ！」

　華代は立ち上がり、テーブルをバンバンと手のひらで叩きながら叫ぶ。

　さんざん華代を煽った万智子だが、さっきまできぃきぃと高い声で怒鳴っていた華代の顔色が赤紫と化し、般若のような表情に変わっているのに気づき、煽りすぎたかと思う。

　けれど、この程度は万智子の計略通りだった。

（さぁ、華代様！　ご自慢の上流階級のご婦人御用達のパーラーで大恥をかいてくださいませ！）

　傷だらけの小鬼を目の当たりにした時の衝撃と、華代がそれを気晴らしのように痛めつけたと語った時の怒り、それから今日少しだけ芽生えた初音への友情と、これまでの初音の苦境を知らぬふりをしてきた罪悪感。

いろいろな気持ちがごちゃまぜになって、今、万智子はこの華代という悪女に一泡吹かせてやりたいと強く思う。

こんなことをしても、初音は喜ばない。小鬼たちには、気づかれることもないだろう。

それに、どうせ華代には大した傷は与えられない。

すべてわかっていても、万智子はなにか動かずにはいられなかった。

華代に恥をかかせることで、自分はもっと手痛い傷を負うかもしれないとわかっていても。

「落ち着いてくださいませ、華代様！　……大丈夫です、華代様のご不安を煽（あお）るようなことを申し上げましたが、初音様はとてもお幸せそうでした」

「……お黙りっ！」

万智子のなだめるようでいて華代の怒りを煽（あお）る台詞（せりふ）にまんまとのせられた華代は、怒りのままに手元のカップを万智子に投げつけた。

万智子は予想していたそれを避け、すかさず大きな声で叫び、扉へ走っていく。

「あれ！　おやめください、華代様！　お姉様はお幸せなご結婚をされると申しただけではございませんか！　誰か、誰か助けてくださいませ！　西園寺の華代様が、ご乱心です！」

人の多いフロアへ必死で走りながら、万智子はちらりと後ろを振り返る。

般若のような形相の華代が、迫ってきている。思ったよりも距離が近い。覚悟していたこととはいえ、怖かった。

顔が、恐怖で引きつる。

だが華代には、それが万智子に嗤われたように見えたらしい。

華代はますます怒り狂い、近くにあったテーブルの上に置かれた一輪挿しを万智子のほうへ投げつけた。

一輪挿しは、パーラーで歓談していた淑女の近くの床に落ち、パリンと割れた。

「きゃぁあああっ」

店のあちこちで、いっせいに悲鳴があがる。

居合わせたパーラーの従業員や、淑女たちの悲鳴だ。

上流階級の女性たちしか知らない隠れ家のようなパーラーでの、まさかの暴力沙汰。くつろいでいた淑女たちは、慌てて席を立つ者、叫び声をあげる者、おろおろと立ち尽くす者、すばやく逃げ出そうとする者、さまざまだった。

接客していた従業員たちもこのような事態に慣れておらず、うろたえるばかりだ。

万智子は、この混乱に乗じてこの場を去ろうとした。

うまくすれば万智子の名前は、ここに居合わせた人々には明らかにならないですむかもしれない。

だが華代は、万智子が逃げ出そうとしたことに、目ざとく気づいた。

そして、他の席のテーブルに載っていたカトラリーやグラスを次々と手に取り、万智子に向かって投げる。

「逃げないで、訂正なさい！　お姉様はあやかしに嫁がされて不幸なの！　お姉様は、いつもわたくしより下でなくてはならないの！　それが世界の理なのよ！　役立たずのお姉様が唯一できることといえば、悲しい顔をして、しくしくと泣くことだけなの！　お姉様が結婚して幸せになるなんて、わたくしが絶対に許さないんだから！」

華代に投げられたいくつかのカトラリーが、万智子に当たった。けれど、万智子はひたすらに店の外を目指して走る。

華代は、さらに万智子にテーブルの上のものを投げようと、手近なカトラリーをつかんだ。

だが、その時、店の奥から屈強な従業員が数名出てきて、華代を取り押さえた。

「西園寺様！　このようなことをされては、いくら西園寺家のご令嬢とはいえ、見逃せません！」

従業員が華代の両手をつかんで取り押さえるのを横目で見つつ、万智子は自家の人力車を探した。

パーラーから、美しく着飾った淑女たちが慌てて、店の外へ飛び出していく。

彼女たちに怪我を負った様子はなく、万智子は胸を撫で下ろした。

平民である万智子はともかく、上流階級の女性たちが周囲にいる状況でまで華代がものを投げてくるとは思いもせず、彼女たちを巻き添えにしてしまったことにぞっとしていたのだ。

彼女たちは精神的にもさほど堪えてはいないようで、「恐ろしいこと」と言いながらも、どこか楽しげである。

「まるで悪鬼のようでしたわね。あの方、どなたかご存知ですか？」

「西園寺家のご令嬢ですって。侯爵ご自慢の『優秀で完璧な淑女』の妹君よ」

「確か華代様、だったかしら。侯爵のお話とは違い、実は気性の荒い方だというお話は聞いたことがありましたけれど、噂以上と言いますか、淑女らしからぬ人物のようですわね」

女性たちはゆったりと移動しながら、ひそひそと噂話に花を咲かせる。

きっと華代の悪評は、上流階級の人々の間にも少しは広まるだろう。

それにああして犯罪者のごとく取り押さえられることなど、華代には初めての経験に違いない。

小鬼たちに与えられた痛みに比べれば、あれくらい罰にもならないけれど。

そそくさとその場を去りながら、万智子は少しだけ胸がすく思いだった。

これしきのことで華代が懲りて行いを改めたり、反省することはないだろう。

だからこれは、万智子の自己満足だ。

心臓はばくばく大きな音で鳴っているし、手足は恐怖で震えている。後悔も、たくさんしている。

だけど、気分は悪くない。

やるべきことをしたのだという自負もあった。

とはいえ、この先を考えると怖くてたまらない。

なにしろ、侯爵家の令嬢に恥をかかせたのだ。

華代は、泣き寝入りするような性格ではない。何倍にもして万智子をやり込めようとしてくるだろうから、万智子もただではすまないだろう。

(百合子様に助けを求めよう。家に迷惑がかからないといいのですが……)

自分を見つけて安堵した表情で駆け寄ってくる車夫の山田を見て、万智子はこの先に払うであろう代償と、できるかぎりの方策を考えていた。

「東峰寺家へ参ります。百合子様に面会をお願いしなければ」

万智子は震える手をぎゅっと握りしめて、山田に伝えた。

◇◇◇

高雄と火焔は、近衛からの伝令にすばやく目を通した。

「急ぎの伝令だからな、今言った通りのことしか書かれていない。俺たちが結納で、あの妹と顔を合わせる前に知らせようと一報くれたんだろう。万智子様がここから帰る途中に、あの妹は強制的に馴染みの茶店に連れ込んで、初音様がここでどう暮らしているのか探りをいれたみてぇだな。……どうせ、この後すぐ顔を合わすってのに」

「この後の結納で、なにか仕掛けてくる気か」

「さぁな。けど、重要な情報は渡していないってよ。初音様がここで幸せに暮らしてるってことだけ伝えたそうだ」

「それだけで、怒るか？　いや、あの妹ならありえるかもしれぬな」

「だな。初音様が統領に愛されて幸せになるのが気に食わねぇんだろ。狭量なこったな。初音様が幸せでも、自分にはなんの害もないだろうに」

「世の中には、そういうおなごもおるのじゃよ。それより、巻き込まれた万智子様が困ったことにならんようにせんとな。百合子様も、万智子様を守るために手を回しているようじゃが、初音様のお客様が帰り道に危険な目にあわれたのじゃ。我らとしても手を尽くさねば」

「そうだな。……しかし、家などに影響が出ないように手を回す、か」

高雄は「ふむ」と、初音の顔を見た。

「初音。そなたは、どうしたい？　俺は、やはりあの女は灰にしたいと思う」

「高雄様……」

初音は、高雄の顔をじっと見つめた。

その金色の目はいつも通り穏やかで、恐ろしい言葉を言っている人物とは思えない。

けれど、高雄が本気でそう言っていることは、わかった。高雄にはそれを容易に成す実力があることも、今の初音は知っている。

だから以前よりも、初音は必死で高雄を止めなければならないはずだ。

だが。

初音は、高雄の言葉に迷ってしまった。

以前の初音は、自分しか大切ではなかった。だからかくりよに行けば関係がなくなる華代のことを、この世から消してやりたいと思うほどの気持ちはなかった。けれど今、少し親しくなった万智子が華代に危害を加えられたと聞いて、迷い始めた。

あの妹を、このまま残しておいてよいのだろうか。

放っておけば、これまで初音が受けていた被害を、他の誰かが受けるのではないだろうか、と。

初音は虐げられていたが、それでも西園寺の娘で、華代の姉だ。利用価値も少しはあり、殺されたり、取り返しのつかない被害を受けたりすることはなかった。

万智子だって、百合子たちを頼ることができる立場で、本人の家もそれなりに力がある。それでも華代を避けきれず、恐ろしい目にあった。今も自分や家を害されないかと不安なはずだ。

それに、華代が標的にするのは、比較的守られている立場の初音や万智子のような相手ばかりではあるまい。もっと立場の弱い人間、守られることのない人間も、多く標的にされるのではないか。西園寺という権力とあやかしを操る術を持つ妹は、この先も多くの人を傷つけるのではないか。

今なら、と初音は考えてしまう。

今の、初音なら。高雄の力を借りて、あの妹をこの世から消すこともできる。

初音が、その罪を負う覚悟さえ決めれば……。

痛ましい小鬼たちの姿が、脳裏に浮かぶ。あれは、あの妹が嬉々としてしたことなのだ。

そう思うのに、初音は高雄の言葉にうなずくことはできなかった。

もっと他の方法で、華代の持つ権力や発言力を削ぐことはできないかと、考えてしまう。華代をこの世から消すことよりずっと難しいことなのかもしれないけれど……。

それは、妹殺しの罪を背負うことへの怯えからくる気持ちだけではなかった。

むしろそれ以上に、このまま華代をあっさりとこの世から消すことの無念のようなものだった。

高雄たちに愛され、これまで抑え込まれてきた初音の心が育ってきたからだろうか、ずっと初音を脅かしてきた華代に対する怒りも、また育ってきているようだった。

このまま華代をこの世から消すのではなく、華代にも人にそしられ、願いは叶わず、希望を持つことすらできなくなっていく……今まで初音が味わってきたような辛い想いをしてほしい、と考えてしまう。

だが、それは容易にできることではない。

それならば、華代がこれ以上の悪さをしないよう、この世から消してほしいと高雄に頼むべきなのだろうか……。

「高雄様は、少し冷静になったほうがよいじゃろう。ことを急いて、初音様を追い詰めるな」

初音が思い詰めた表情で黙り込んでいると、雪姫が高雄を止めた。

「初音様もじゃ。ご友人の身の上の困りごとを重大にとらえるのはいいが、人を消すという判断は、初音様にとっては重いものじゃろ。そう軽々に決めることではないわ」

「雪姫、だが」

「高雄様。人にとって、人をこの世から消すというのは、あやかしが人を消すのよりずっと重い決断なのじゃぞ。まして初音様は、軍人でもなく、これまで人を手にかけたこともない方じゃ。そんな方に急いて判断させれば、後で悔いることになりかねない。初音様のお心をわずらわせるのは、高雄様も本意じゃなかろ？」

「……そうだな。初音が本当に望むことこそ、俺の願いだ」

「あの妹御を消すのは、造作もないことじゃ。もう少しゆっくり考えてもよかろう？」

「……お。統領、初音様。百合子様からの第二報が届いたぞ。さっきの手紙より、詳しいやつ」

火焔は、百合子からの手紙をひらりとかざした。

そこには、ことの詳細が書かれていた。

「なんと……。万智子様は、あの妹御に一泡吹かせたそうじゃぞ」

「まぁ。意外ですわ。万智子様はおかわいらしいけれど、怖がりな方かと思っておりましたのに。勇敢なところもおありなのですね」

「は？　じゃぁなんで、こっちに手を回してほしいって連絡が来ていたんだ？」

「むしろ、妹様に一泡吹かせたから、のようですわ。万智子様は、妹様をわざと怒らせて、周囲の貴婦人たちの前で暴力的な言動を引き出されたのですって。これが巷間の噂にのぼれば、妹様にとっては大きな恥になりますわね。けれど万智子様もその場にいらしたことが広まれば醜聞になりますし、妹様が万智子様を悪く言いふらしたら困ることになるでしょう」

「万智子様のお家は、呉服店なんです。西園寺はいちおう侯爵家ですし、華代が悪く言いふらせば、万智子様のお家の御商売に影響があるかもしれません」

「それを止めろってことか。けどよ、そういうのは俺たちの得意の領分じゃねぇな。無理とは言わねぇが……」

「関わった人間の記憶をすべて消すか？」

「まぁ！　それでは万智子様が勇気を出して、華代様に恥をかかせたことまで帳消しになってしまうではありませんか。そんなのだめですわ。それに百合子様は、万智子様のお家には圧力がかからないように手を回したとおっしゃっているのでしょう？　他に、わたくしたちにもできそうなことはございませんの？」

「火焔、手紙の続きを見せよ。その手紙、まだ続いておろう？」

「樹莉、押すな！　雪姫も、ちょっと待てよ。えっとよ、こっちには、その関係で頼みたいことがあるってよ。……ふうん？」

火焔は、まじまじと百合子からの手紙を読み、高雄に手渡した。

「これは、統領と初音様が読んで、判断してくれ。……なんというか、しち面倒くさいし、ちまちました考えだが、さっきの話を聞いていたら、このお嬢様の案も悪くねーかもって、俺は思うわ」

「ふん……？」

高雄は、火焔に渡された百合子からの手紙を読み、眉をひそめた。

「こんなことをしなくても、あの妹を灰にすればよいと思うのだが……。しかし初音には、少しの憂いも抱えてほしくない。ならば、この案も悪くはないのか……？　初音、そなたはこの案をどう思う？」

初音は、百合子からの手紙を受け取って読んだ。

そこには万智子の活躍と、万智子と万智子の家を守るために百合子が手を貸したことが書かれていた。現状では、もう万智子の心配はいらないことも。

そのうえで百合子は、華代をこらしめるために手を貸してほしいと願い出ていた。

それは、華代を灰にするのとは比べ物にならないくらい、軽い罰を与えようという誘いだった。けれどその罰は、華代にはとても厳しいものになるだろうということは、同じ年ごろ、同じような立場の娘たちにははっきりと感じられた。

あの気位の高い華代なら、このような処罰を受けるくらいなら、灰にされたほうがましだと言うかもしれない。だが灰にされるよりはずっとましなはずだし、初音ならばさして苦しいと思うことでもない。

そしてそれは、初音がこちらの世におり、高雄という後ろ盾があり、百合子が手を貸せる状況にあり、初音と高雄が、先ほど百合子の親戚からの贈り物を受け取った今だからこそ、実行可能な案だった。

「でも、うまくいくでしょうか」

百合子の案であれば、初音は迷いなく華代を罰してほしいと思えた。けれど百合子の案は、華代の行動をあまりにも短絡的に見積もっている。さすがに華代もそこまで愚かとは思えなかった。

だが、高雄は「大丈夫だろう」と軽く言った。

「湖苑が視(み)るほど明瞭なものは見えぬが、俺にも大まかなことはわかる。初音を害していたものは、西園寺の家に巣食っている悪いものだ。初音を守る力は、あの家の他の人間をも守っていたのだろう。初音があの家から離れた昨日から、急速に悪いものの力が強まっている。あれでは、あそこに住む人間の理性は急速に衰えていることだろう」

「そんな……」

初音は、また新たな自分の知らなかった事実に身震いした。

高雄は、初音の肩を抱いて優しく言う。

「それに、もしうまくいかなければ、その時こそあの妹を灰にすればいいのだ」

「高雄様……。あの、私は。百合子様の案がうまくいけばいいなと思います。お力をお貸しください……！」

どうあっても妹を灰にしたいらしい高雄をなだめようと、初音は慣れないお願いごとをした。

閑話

この家は、もう終わりだ。

西園寺家の使用人のひとり、持田は思った。

この家は名家として名高い侯爵家であるが、しょせん四家などあやかしを操るとかいうあやしい術で大きな顔をする、あやしいやつらだ。

もちろん雇い主でありお貴族様である侯爵家の人間に、面と向かってそんなことを言う人間はいない。だが、内心では、ここで雇われている人間はみんな同じことを思っているはずだ。この屋敷の主一家は、みんな薄気味が悪い人間ばかりなのだから。

主人の西園寺侯爵は、典型的な威張り散らした貴族のじじいだ。だが、使用人の間では、異常に残虐な男だという噂が絶えない。

幼いころは、自分の小鬼を壺いっぱいに詰め込んで共食いさせるという「蠱毒」とかいうぞっとする術に耽溺していたらしい。「蠱毒」で生き残った小鬼は、他の小鬼を食らって強くなる。その小鬼らをさらに壺いっぱいに詰め込み、さらにさらに強い「使い鬼」を作る……それを、西園寺侯爵は幼少から青年期まで飽きることなく繰り返していたという。

だが、西園寺侯爵は、それを扱えるほど強い力を持つ人間ではない。ある時、強くなりすぎた「使い鬼」に支配を断ち切られ、子を持てぬ呪いをかけられたという。

当初は強がっていた西園寺侯爵も、五人の妻にも、二十人を超える愛人にも、誰ひとり子に恵まれぬまま十五年の時が過ぎると、その威勢も続かなくなったそうだ。そこで無理矢理買われるようにして連れてこられたのが、今の女主人である絹子夫人だ。

この絹子夫人も、気味が悪い。

当時まだ十五歳という年齢で、二十歳以上も年上の、何十人も愛人がいる男の六番目の妻にされたのでは、気を病むのも無理からぬことだ。

西園寺侯爵が絹子夫人を無理に娶ったのは、彼女には守りの精霊がついているという噂があったからだ。

絹子夫人は嫁いできた時から、あやかしが見える使用人にも見えぬなにかに話しかけていたという。そして絹子夫人が嫁いできたころから、この家によくある気味の悪い現象……例えば夜中に遠くで悲鳴が聞こえるだとか、血だまりの幻影が見えるだとか、廊下の隅に黒い影が立っているだとかが、がくんと数を減らした。

だからこそ、絹子夫人には本当に守りの精霊がついているのではないかと、侯爵も使用人も一層期待したのだ。しかしその期待は、彼女が初めての子を産んだ時に、消えた。

これまで西園寺侯爵は、多くの妻妾を召し抱えていたにもかかわらず、長年、子に恵まれなかった。だが絹子夫人は、一年も経たぬうちに初めの子である初音様を産み落とした。

西園寺侯爵の喜びも、ひとしおだった。

しかし、すぐに侯爵はこの子は悪鬼にとりつかれている、と言って疎むようになった。

最初は誰も侯爵の話を信じず、陰で侯爵を非難していた。

だが、あやかしが見える使用人たちが、初音様の体の上に黒い影と、透明な影とが交互に見えると言い出し、論調は変わっていった。

またそのころ、絹子夫人の様子もおかしくなった。それまで大人しく穏やかだった夫人が、とつぜん奇声をあげ、暴れ、使用人に手を上げるようになったのだ。

この絹子夫人の変調も、初音様を産んだからではないか、そう囁かれるようになった。

そして、次に生まれたのが、西園寺家の次女、華代様だ。

この方は、生まれた時に西園寺侯爵が初めてご覧になられてからずっと、侯爵のお気に入りだ。初音様に見えた黒い影はこの方には現れず、侯爵は初音様がすべての悪いものを被って生まれたと信じた。

異能を初音様が使用できず、華代様は使用できたのも、侯爵の愛情のかたよりを加速させた。侯爵は初音様のすべてを否定し、華代様をひたすらにあまやかした。

その結果が、これだ。

華代様は増長し、とうとう初音様や目下の者だけでなく、同級生のお嬢様にまで手を上げたそうだ。

あちらのお知り合いには、西園寺家と同等かそれ以上の力を持つご華族様もいらっしゃるそうで、厳しい通達が送られてきた。

それにもかかわらず、侯爵も華代様も、その通達を暖炉（だんろ）に投げ込んで、初音様の結納（ゆいのう）に着ていく着物選びに夢中だ。

初音様の求婚者が、華代様の美しさに目がくらみ、目移りするのではないか、だの。ちょっとくらいはお姉様に嫌がらせをしなくては気が済まないわ、だの。華代のよさを分からぬ鬼神（きしん）など、結納品（ゆいのうひん）を倍はふっかけてやらねばならぬ、だの。

もう好き放題に言っている。

今この家の進退を考えるのならば、それどころではあるまいに。

絹子夫人はといえば、そんな夫と娘の騒ぎなど知らぬ顔で、ぼんやりと庭を眺めていらっしゃる。

誰も彼も、主一家として仰いでいれば、自分の身まで危うくなると思わされる人間ばかりだ。

だから、持田は思う。

俺も、他の使用人たちと一緒に、今夜この家を逃げ出そうと。

未払いの給金など惜しんで、この家を逃げ出す絶好の機会を逃せば、きっと後悔することになると、思わずにはいられなかった。

第三章

結納(ゆいのう)の席は、華厳校長によって美しく調えられていた。

場所は、華厳校長の顔が利く、庭の美しさで著名な料亭の一室である。

奥まった場所にあるこの一室は、庭に面した大きなガラス窓があり、美しい椿と木々の緑、遠くの池で泳ぐ錦鯉(にしきごい)がちらちらと見え隠れするのも目に楽しく、評判が高い一室である。

「本来なら結納(ゆいのう)は、人列を組んで双方の家を訪問するものなのですが……」

「我らの屋敷は仮のものであるし、あちらの家を訪れるのも昨日の今日では用意に困るだろう。常の通りでなくとも、俺は構わぬ。……初音は、どうだ？」

「私も形式にはこだわりません。私のためにこのような席をご用意してくださった高雄様のお心が嬉しいばかりです。華厳校長も、ご協力いただき、誠にありがとうございます」

初音は高雄に笑顔を向け、華厳校長には今一度、丁寧に頭を下げた。

けれど初音の内心は緊張でいっぱいで、御礼の言葉もそぞろになりそうだった。まして、離れの窓から見えるその美しい風景を楽しむ余裕などなかった。

もうすぐ時刻は、三時。

結納（ゆいのう）の時刻だ。

華代たち、初音の家族も、じきに現れるだろう。

これも変則的なことではあるが、初音の隣には、結納（ゆいのう）の相手である高雄が座っている。後ろには、雪姫たち四人がぴしりと立っているし、高雄の近衛（このえ）たちもこの一室の近くに控えてくれている。

正面の席は華代たちのために空けられているが、仲人（なこうど）の役としてこの場には華厳校長と、先ほど紹介された青年が同席してくれていた。

今、この場にいる人は皆、初音たちの味方だ。

初音はそう自分に言い聞かせ、ぴんと背筋を伸ばす。

初音がすべきことは、自分がいかに幸福であるかを、華代に見せつけること。そうすれば華代も、父も、初音に怒りをぶつけようとするだろう。

初音にとって、ふたりを怒らせることは、難しいことではない。あのふたりなら、初音の言葉次第で、簡単に他人の目など忘れて激昂するだろう。初音をそしることは、華代たちにとって、ごく日常的なやりとりなのだから。

初音は横目でちらりと、すました顔で華厳校長の隣に座っている青年の顔を見た。

細面の優雅な、整った顔立ちの青年である。

優雅であるがどこか威圧的な雰囲気もあるのは、初音の隣に座る高雄に少し似ている。

青年は、初音の視線に気がつくと、にこりと笑った。

高雄は少し嫌そうな表情で、青年と初音の間に体を動かす。

すると青年は目を丸くして、「くくっ」と喉の奥で笑い、「失礼」と笑いを噛み殺しながら言う。

初音は、背後の火焔と雪姫も同じように笑いをもらしたのに気づいた。

少し場の空気がほんわかとする。

だが、廊下から華代のけたたましい声が響き、場は一瞬にして引き締まった。

「こんな素敵な場所で結納だなんて、お姉様にはもったいなすぎますわ！」

「そうだな。初音には分不相応だ。だが、華代。お前の結納は、もっともっと素晴らしい場所でしてやろう」

まだ廊下の遠くにいるようなのに、華代と父の声は、はっきりと聞こえる。

それほど、大きな声で話しているのだろう。

今回、華代たちの失態を招くために、あえてこっそりと雪姫が術を使っており、彼らがこの部屋へ入ってきても、以前のように無意識に跪くことはないようにしている。

それでも、こちらを警戒して、慎重になっているのではないかと思っていたのだが、まるきり無駄な心配のようだ。

華代も父も、まるで自分の家にいるかのように、のびのびとした態度である。これなら、華代に失態を演じさせるのは容易そうだ。

けれど、このように傍若無人な態度をとる者が、自分の妹であり、父であるかと思うと、恥ずかしくて、いたたまれない。

そんな初音の心中など知る由もなく、華代は父の言葉に上機嫌になって、さらに大きな声で話し始める。

「まぁ、お父様ったら！　そうね、わたくしの結納は、もっと素晴らしい場所ですればいいのですわよね。学校の公爵夫人の屋敷をまるまる買い取って会場にするのはどうかしら。お相手も、お姉様なんかよりもっと素敵な方でなければね」

「華代お嬢様、お声が高いようです。お相手は、もうこの近くのお部屋にいらっしゃるのですから……」

「うるさい！　使用人の分際で、主の話に口出しなんてしないでちょうだい。おたえも、おみつも、わたくしの言う通りにすればいいのよ！」

「そうだ。お前たちは、華代の命令通りにすればよいだけだ。まったく。役に立たぬようなら、適当な理由をこしらえて馘にしてもよいのだぞ。次にまともな職場では働けぬような理由をなぁ……」

　華代たちが廊下で立ち止まり、連れてきた使用人を叱責する声が部屋に響く。

　初音は耳まで赤くなり、他の人の目を避けるように、うつむいた。

　高雄はそっと初音の手を上から握りしめ、「初音とはもう無関係になる人間のすることだ」と慰めるように囁く。

　初音は目に涙を浮かべつつも、高雄に小さくうなずいた。

　けれど、廊下からはまた華代の声が響いてくる。

「そんなことより、わたくしの結婚相手のことですわ！　お姉様のように、あやかしが結婚相手だなんて、お笑い草ですもの。まぁ、お姉様と結婚してくれる人間などいないのでしょうから、仕方ありませんけれど！　あぁ、どこかにわたくしにふさわしい、麗しい見た目で、家柄がよく、教養もあり、お金もたっぷりお持ちで、年齢の釣り合う、お優しくて頼もしい、そんな男性がいらっしゃらないかしら」

「華代ほど美しく心優しい娘に釣り合う男は、なかなかいないからなぁ。それこそ帝でもないと、華代には釣り合わないかもしれぬな」

　西園寺侯爵が言うと、華代はきゃらきゃらと高い笑い声をあげた。

「いやですわ、お父様。帝なんてずいぶん年上ですし、もう奥様がいらっしゃるではありませんの。他の女のおさがりの男なんて、わたくしの夫にはふさわしくありませんわ」

堂々たる華代の言葉に、初音の顔からさぁっと血の気が失せる。

（言うに事欠いて、帝になんてことを……！）

ここは、自邸ではない。

華厳校長はじめ、他人がいることもわかっているだろうに、なんということを言うのか。いくら西園寺が名家とはいえ、不敬罪で罰せられても不思議はない。華代も、父も、考えなしなところはあったが、こんなことを他人の前で大声で言うほど、愚かではなかったはずだ。

初音は、先ほどの高雄の言葉を思い出した。

西園寺家に巣食う悪いものが、家の人間の理性にも悪い影響を与えていると。

そして昨日から、力を増していると。

それは、こういうことなのか。

これまでの華代や父なら、心の中ではこのような不敬なことを考えていても、他人の前で堂々と発言することはなかっただろう。

けれど今、彼らの薄い仮面は、どこかへ消えてしまっている。

それは、なんと恐ろしいことなのか。

初音はひとり、ふるりと震えた。

もはや初音が罰を与えるまでもなく、華代も、父も、破滅への道を歩んでいるのではないのか。

「西園寺侯爵令嬢は、なかなか愉快なお人柄なのですね」

ひんやりとした口調で、華厳校長の隣に座っていた青年が言う。

初音が恥ずかしさのあまり言葉もなく目を伏せたので、高雄は青年を睨んだ。

「ならば、そなたが娶ればよい。俺は、俺の大切な初音を傷つけるあの女は灰にしたいとしか思えぬ」

「ふふ。もちろん戯言です。あのような女を娶らされるくらいならば、あなたがあの女を灰にされるのを黙認します」

「まぁ、そうだろうな。あのような女をこの世から消すのを躊躇するのは、初音のように心が特別に美しい者だけだろう」

高雄が残念そうに言うのを、初音はうつむいて受け流した。その時、ふすまがさっと開き、西園寺侯爵と絹子夫人、華代、それに彼らの荷物を持つ数名の使用人が顔を見せた。

「やぁ、やぁ。遅れてしまったかな」

西園寺侯爵は、真っ先に華厳校長に話しかけた。

にやにやと笑いながらなれなれしく言う西園寺侯爵に、華厳校長は少し眉をひそめた。けれどすぐに冷めた表情になり、「いや」と答えた。

「時間通りです、西園寺侯爵。このたびは、ご息女の結納が調われましたこと、誠におめでとうございます」

形式的に華厳校長が頭を下げると、西園寺侯爵はかるく首を横に振った。

「初音は、ご息女などという立派な者でもありませんがな。それでも、娘は娘。十七年も侯爵家の娘として育ててきたのです。持たせるものは、これまで身に着けさせた教養で十分かと思いますが、いただけるものがあるならば、いただかなくてはなぁ」

西園寺侯爵は挨拶もまともにしないうちに、恥ずかしげもなく結納の品を催促した。その視線は、明らかに奥に並べられている結納の品に固定されている。

侯爵のそばに座る華代は、真っ先に初音に目を向け、怒りで顔を赤黒く染めた。

華代は豪奢な牡丹が描かれたお気に入りの大振袖を着ていたが、初音の着物のほうが数段手の込んだ高価なものであることは、華代の目にも明らかだった。そしてその着物をまとう初音は、百合子たちの助言を受けた樹莉と雪姫が腕をふるった化粧と結髪で飾られ、初々しくも美しいと認めざるをえない姿になっていた。

とっさに初音を怒鳴りつけようとした華代は、華厳校長の隣の青年に気付いて、目を見張った。

整った顔。仕立てのよい着物。

華代は、にこりと青年に笑いかける。だが青年は社交的な笑みを返したものの、顔を赤らめもしない。華代への関心など露とも見せず、華厳校長とひとことふたこと言葉をかわす。

華代の顔が、怒りにゆがんだ。

そのやり取りを見ていた初音は、ふるりと身震いした。

自分に向けられたものではないのに、華代の勘気を目の当たりにすると、体に染み付いた恐怖がよみがえってくる。

そんな娘たちの様子にはまったく気づかず、西園寺侯爵は積みあがった結納から目を離さないまま、じれたように言う。

「結納の品は、なんですかな」

「あれを」

高雄が西園寺侯爵を一瞥すると、華厳校長は用意した目録を西園寺侯爵に手渡した。

西園寺侯爵は、ひったくるように目録を開き、目を走らせる。

「ふぅむ、なになに……。雌雄の真鯛、鰹、鮪、若布、紅の珊瑚、紅玉、蒼玉、青瑪瑙、砂金が七袋。緞子、縮緬、綾、錦はそれぞれ七反。清酒も七樽。……ほほう。これはなかなかのものをご用意くださったのですなぁ」

「初音の結納の品だからな。なにか不満でも?」

西園寺侯爵は、目録に書かれた品々の多さと豪華さに、ごくりと喉を鳴らした。

高雄が用意した結納品は、質も量もともに西園寺侯爵の想像をはるかに超えていた。

どんな品が用意されていたとしても「足りん」と言って、さらに品を要求しようとしていた西園寺侯爵だが、これほどのものを用意されてはなにも言えなかった。

むしろ、下手なことを言って下げられてはならぬと、心を翻す。

西園寺侯爵は、目をぎらぎらと光らせて、高雄に愛想笑いを浮かべた。

「不満など、ございませんとも。これで初音の結納は成りましたな！」

「おめでとうございます」

「おめでとうございます」

すかさず華厳校長が言い、火焔たちも追従した。

なにはともあれめでたいことだと、場の雰囲気が華やぐ。

だが、初音を見下している華代は、初音の結納の品が豪奢なのも気に食わないようだった。口元をゆがませ、冷たいまなざしで初音を見下す。

「おめでとうございます、お姉様。無能で、みすぼらしいお姉様に嫁ぎ先が見つかるなんて、奇跡は本当にあるのですね」

「華代……」

「奇跡を見せていただいた御礼に、贈り物をご用意いたしましたの。……おみつ。用意したお酒を、お姉様に注ぎなさい」

華代は後ろを振り返り、使用人の娘に命じた。

おみつと呼ばれたその少女は、真っ青になった。

「お、お嬢様、あれは……。あのお酒は……」

「さっさとなさい！　おみつってば、本当に愚図なんだから。お前は言われた通りにすればいいのよ。……ねぇ、お姉様。まさかたったひとりの妹が、結婚する姉のために用意したお祝いのお酒を飲めないなんて言わないわよね」

華代は、にたりと笑って、初音を見る。

初音を恐怖と暴力で長年ずっと支配してきた妹の、見慣れた顔だった。

反射的に震えた初音の手に、高雄は手を重ねる。

初音は、きゅっと唇を噛み、ゆっくりと視線を上げた。そして華代と目が合うと、しっかりとその目を睨み返した。

「……嫌よ。そんなもの、飲まない」

華代は、まさか初音が言い返すとは思っていなかったのだろう。

一瞬唖然として、ただただ初音を見返した。

けれど直後、怒りで顔を真っ赤にして、立ち上がる。

「なんですって……！　お姉様のくせに、わたくしに逆らうつもりなの！」

憤怒の表情の華代は、般若（はんにゃ）のようだった。

初音は震える手で、高雄の手を握りしめる。高雄は、ぎゅっと初音の手を握り返してくれた。

初音は恐怖で身も心も震えていたが、そのぬくもりに力を得て、一歩も退くことなく言い返す。

「そ、そうよ……。飲まないわ。あなたが私のために、お祝いのお酒を用意してくれたですって？　そんなの、信じない。それに、もしそれが本当だとしても、私はあなたに祝われたくなんてないわ。この結納（ゆいのう）によって、西園寺の家と私の縁は切れるのよ。私は西園寺の家を出て、高雄様や皆様と一緒に幸せになるの。これは、そのための決別の儀式なのだから」

初音は震える声で、ひといきに言い切った。

こんなふうに華代に言い返すのは、ほんの子どもの時以来だ。

初音がそんなことをすれば、これまでは華代か父が、それは許されないことだと容赦ない暴力で思い知らせてきた。

けれど、今、初音が華代に言い返しても、止める者はいない。

これまで自分がされてきたことへの怒りや、華代が万智子にしたことへの怒り、傷だらけの小鬼たちの痛ましさを思い出して、初音は逃げたい気持ちを抑えて華代に相対した。

「私はずっと、あなたやお父様に不当に扱われて、辛かったわ。お母様も決して私に手を差し伸べてはくださらなかった。けれども私はずっと、それを自分が『無能』だからだと、ぜんぶ自分のせいなのだと思って、諦めて、受け入れてきたの。……でも、もうそれも終わりよ」

　初音は恐怖に高鳴る心臓を必死で抑えながら、華代を見た。

「私は今、高雄様というとてもお優しく、私を大切に思ってくださる殿方に愛されて、結婚し、幸せになるところなの。高雄様の側近の方々も皆様お優しくて、私を歓迎してくれているわ。苦しい想いも、辛い想いも、あなたと一緒に過ごさなければならなかったことも、すべてもう過去のこと。これから私は、高雄様たちと一緒に幸せになるの」

　初音の言葉は、華代を怒らせるための作戦を意識したものだ。

　けれど、口にしているうちに、ふだんの自分なら恥ずかしくなるようなこの宣言が、初音自身でも気づいていなかった本心だと悟った。

　かくりよがどんなところであれ、見知らぬ場所での暮らしは、大変なこともあるだろう。

　けれど高雄たちと一緒なら、幸せになれると信じられる。

みんなで幸せになるために、自分もその一員としてがんばるのだと、顔を上げて言える。


誰かのために、なにかできること。

それを誰かに喜んでもらえること。

誰かとともに、手を取り合って生きること。

それが初音にはとても大切なことで、きっとずっとそんなふうに生きたいと願っていた。

華代にはたぶん、その気持ちはわからないだろう。

だけど初音は、ようやく手に入れたいちばん大切なこの気持ちは、華代には言いたくなかった。

しかし、すぐに緊張で目の前が真っ暗になりそうになる。

初音は、華代に正面から挑みかかるように、自分は高雄たちに愛されて幸せになるのだと言い切った。ずっと逆らえないと思わされてきた華代に、逆らった。……こんなことを自分が華代に言えるなんて。百合子たちから授けられた計画の一部だということが後押しして、言えたのかもしれない。

初音は自分の着物の胸元をつかみ、ぎゅっと目を閉じた。緊張で力が入った肩を、高雄があたたかい手でそっと撫でてくれた。その手のぬくもりにふっと肩の力が抜け、初音は目を開けた。

華代は、初音の言葉を能面のような表情で聞いていた。

だが、やがて小馬鹿にしたような表情を浮かべて、「ふふっ」と小さく笑う。

「なぁに、それ。お姉様のお得意の『かわいそうな私』劇場なのかしら。美しさも、能力も、教養も持たないお姉様は、そうやってわたくしを悪者にして、男の人の同情を引いているわけね。わたくしたち家族が、お姉様を意味もなくいじめてきたような言い方が、本当にお上手。自分が『無能』だということをお忘れなのかしら」

華代は息継ぎもなく、早口で言った。

そして、初音の顔を見て、にやにやと嗤って続けた。

「ふふ、ふふふ。哀れな人。わたくしのように、美貌も、力も、家族の愛も持って生まれた人間には考えもつかない、さもしい手段だわ。……でも」

不気味な笑みを浮かべながらも、表面上はおだやかに語っていた華代は、急に表情を一変させた。

「お姉様が幸せになるなんて、そんなこと、あってはならないのよ！」

華代は般若のごとき表情で、おみつが手にしていた酒の入ったさかずきを奪い取る。

そして振りかぶるようにして、その中身を初音に浴びせかけた。

その瞬間、高雄はかたわらにあった結納の品から一反の白絹を引き抜き、初音の前にかざした。

間一髪のところで、華代がかけようとした酒は、白絹がすべて防いでくれた。

（よかった……、万智子様おすすめのお着物がだめにならなくて）

高雄のおかげで、初音が着ていた着物には、少しの酒もかからなかった。

こんな時なのに、初音は安堵する。

華代に酒をすすめられた時から、嫌な予感はしていた。

酒をかけられる可能性も考えていたが、酒を飲むよう強要してきたので、その酒になにかが混ぜられているのかと思ったのだ。

実際、飲み物に虫や調味料を混ぜたものを初音に飲ませ、気分を悪くした初音を嗤（わら）うのは、華代のお気に入りの遊びのひとつだった。

しかし、今日は違った。

そんなに、生易しい嫌がらせではなかった。

高雄がかざした白絹に酒がかかった瞬間、じゅっ……という嫌な音がした。

その音に驚いて白絹を見ると、酒がかかった箇所は黒く焼け焦げてしまっていた。

「きゃぁっ……」

初音は反射的に、悲鳴を上げた。そして一拍遅れてなにが起こったのかを察知し、すぐに悲鳴を押し殺す。

華代が初音にかけようとしたものは酒ではなく、白絹を焦がすような恐ろしい液体だった。

「これは、いったいどういうことだ……？　このさかずきの中身は、明らかに酒ではなかろう」

高雄は白絹を放り捨てると、初音を華代の視線から隠すように、前に出た。

けれど華代は、高雄の後ろにいる初音が見えているかのように、ぎらぎらとした目で睨むばかりで、なにも話そうとはしない。

「答える気もないか。だが、お前の狼藉は誰の目にも明らかになった。お前はもう終わりだ」

高雄は、華代に引導を渡した。

もはや憎悪を隠さず、高雄は華代を睨む。

「俺は、お前のことなど、すぐにでもこの世から消すべきだと思っている。初音に何度もそう言った。だが初音が、それはよくないことだと、お前がした悪しき行いは生きて償ってほしいと言うから、生かしておいてやったというのに……！　やはり、お前は疾く消しておくべきだった……！」

「高雄、様……」

「すまない、初音。だがこのような気持ちは初めてだ。初音を害しようとしたこの女は許せぬ。だがそれ以上に、そなたになにかあればと思うと……！　胸が焦げるようだ！」

初音は、高雄の体がかすかに震えていることに気づいた。

これまで高雄は、華代に対する怒りは見せても、こんなふうに焦燥にかられたような態度は見せなかった。高雄はいつも泰然としていて、初音への愛おしさを語る時だけが唯一の例外だった。

初音は、高雄の背後から、そっと高雄の手に触れる。

すると高雄は、救いを求めるように、その手を握り返した。

「無事でよかった……」

だが華代は、高雄の背にかばわれた初音を睨(にら)みつけたまま、ぎりっと歯ぎしりしたかと思うと、とつぜん華代の背後にいたおみつを突き飛ばした。

「わたくしは悪くありませんわ！　これがお酒ではないなんて知りませんでしたもの！　悪いのは、このおみつです！　この下女が、お酒と劇薬を取り換えたのですわ！」

「そ、そんなお嬢様……！　わ、わたしじゃありません。わたしはそんなことしていな……っ」

華代にとつぜん罪をなすりつけられたおみつは、床に倒れたまま、必死で訴える。

けれど華代は、そんなおみつを蹴り飛ばした。

「お黙り！　お前はわたくしの言う通りにしなさいと、さっきも言ったでしょう！　主に逆らうなんて、何様のつもりなの！　お前が、お酒と劇薬を取り換えたの。だからあの布は黒焦げになった。そうでしょうっ？」

「そんな……！　わたしに劇薬など手に入れられるはずがないじゃないですか！」

おみつは華代の足にすがりつきながら、必死で訴えた。

しかしそんなおみつを、西園寺侯爵が肩をつかんで引きはがす。

「黙らんかっ！　おみつ、お前、使用人の分際で、華代に逆らえると思っておるのか！　お前がやったんだと言え！　さもないと、お前が主の姉の婚約者に懸想して、劇薬をかけようとしたことを公表し、馘にしてやるぞ！　お前も、お前の妹たちも、まともな場所では二度と働けまい。死ぬまで花街の泥をすすって生きていかねばならぬようにしてやる！　え？　それでもいいのかっ？」

「わ、わたし……、わたしは……」

おみつは青ざめて、がくがくと震えながら、泣き出した。

犯罪者として捕らえられ極刑になるか、侯爵家を馘になり、妹たちまでもがまともな場所で働けなくなるか。

おみつは泣きぬれながら、口を開いた。

「わ、わたしがお酒と薬を取り換え……」

「馬鹿馬鹿しい。ここにいる者たち全員が見ていたのだぞ。そのような茶番がまかり通ると、よもや本気で思っているわけではあるまいな」

追い詰められたおみつの偽の自供を、高雄はさえぎった。

「なんと醜い」

目の前で自分の罪を使用人の娘に押し付けようとする華代に、高雄は呆れはてたように言った。西園寺侯爵の醜態に、開いた口もふさがらない。

家に巣食う悪いものの影響があるとはいえ、ふたりの姿は醜悪だった。

「初音は本当にすごいな。いくら心は遺伝するものでなく、それぞれが育むものだとはいえ、生まれた時からこのような家族とともにあれば、性格はゆがんでしまうのが普通だろうに。それにもかかわらず、まっすぐで美しい心のままでいられたとは」

「お姉様の心は、美しくなんてない！　美しいのは、わたくし！　わたくしは悪くない！　悪いのはお姉様よ！」

髪を振り乱し、きぃきぃと騒ぎ立てる華代は、怒鳴れば自分の思い通りになると思っているかのようだ。否、華代は実際、家の中ではそれで思い通りになってきたのだ。

「どうして……？　どうしてわたくしはなにも悪いことなどしていないのに、こんなふうに責められなくてはならないのっ？」

怒鳴り疲れた華代は、高雄と初音を見て、聞き分けのない子どもに言い聞かせるように話し始めた。

「わたくしはただ、お姉様を懲らしめようとしただけよ。だってお姉様なのに、見た目がよくてお金もあって力も強い方に愛されるなんて、おかしいもの。お姉様が誑かしたんでしょう？　口にするのもはばかられる、はしたないことをしたの？　それとも、呪いでもかけたの？　とにかく、なにか悪いことをしたに決まっているの。だとしたら、わたくしが罰を与えなくちゃいけないでしょう？　だから、お姉様のお顔をちょっと焼こうと思っただけなのよ？　そう、顔がただれたら、男の人を誑かしたりできなくなるから、ちょうどよいと思ったの」

話しているうちに落ち着きを取り戻したのか、華代は胸を張った。

あの劇薬で初音の顔を焼こうとしていたことを知り、高雄は今にも華代を消さんばかりの鋭い目を向けた。しかし、青ざめた初音がふらついたのを見て、慌てて初音を抱き留める。

その一触即発の空気をまったく感じていないのか、華代の言葉を聞いた西園寺侯爵が感心したようにうなずいた。

「なんと。華代は本当に賢く、優しい娘だな。先ほどの酒には驚いたが、嫁に行く姉の素行不良を諭すために、顔を焼こうとしたのか。確かに顔がただれていれば、この先、夫の目を盗んで浮気などもしにくくなるだろう。夫以外の男にうつつを抜かして離縁されないよう、先回りして手を打つとは。これほど姉想いの妹など、そうそうおるまいよ」

「おい、このおっさん正気なのかよ……」

作戦の遂行（すいこう）のために華代の狼藉（ろうぜき）を黙って見ているように言われていた火焔だが、とうとう隣に立つ雪姫に小声で尋ねた。

雪姫は眉をひそめて、火焔に答えた。

「あぁ、いちおう正気のようじゃの。しかし、正気とはなんなのかと考えたくなるほど、ねじまがった思考回路の持ち主たちじゃな。七百年以上生きてひどい人間も嫌というほど見てきた我でも、昨今の人間の思考回路が不安になるほどじゃが……」

雪姫は、周囲の「昨今の人間」たちを見て、安堵のため息をついた。

華厳校長も、隣の青年も、西園寺侯爵が連れてきた使用人も、皆唖然（あぜん）として西園寺侯爵と華代を見ている。

「おかしいのは現代の人間の思考回路ではなく、このふたりのようで安心じゃ」

そんな周囲の反応に気づきもせず、父の称賛を受けた華代は、我が意を得たりとばかりに微笑んだ。

「そうでしょう？　わたくしは、よいことをしたの。悪いことなんてしていない。やはりお父様ならわかってくださると思いましたわ。他の方たちときたら、本当にだめねぇ。こんな簡単なこともわからないだなんて」

しばし呆れて華代たちを見ていた青年が、「それはおかしいな」と言って、立ち上がった。

「私が聞いていた限り、西園寺侯爵令嬢は、さかずきに入っていた酒が劇薬と取り換えられていたのを知らなかったと言っていましたね？　あなたは、白絹を焼くような劇物と酒を取り換えたのは、そこのおみつさんだと言っていたはずです。あなたが真実、自分は悪いことをしていないと言うのなら、なぜ劇薬をかけようとしたことを隠そうとしたんですか？」

華代は、青年の言葉に目をしばたたかせた。

そして取り繕うように「あら」とかわいらしい声で言う。

「隠すなんてしておりませんわ。そうでした。お酒と劇薬を取り換えたのは、おみつでした。わたくしったらてっきり、神様がわたくしの正しい行いを察知なさって、お酒をお姉様に与える罰にふさわしい薬と取り換えてくださったのだと、勘違いしてしまったみたいです。ふふ、うっかりですわね。お恥ずかしい」

華代は頬を染めて、小首をかしげた。

「あら、でしたら、おみつを罪に問うのは、確かに間違いかもしれませんわ。おみつは、神様の意を得て、お酒と劇薬を取り換えただけかもしれませんもの。お姉様の不埒な行いを、天が許すはずはございませんし。そう、そうですわ！　そうに違いありません。……とにかくいちばん悪いのは、お姉様ですもの。お姉様がお酒をよけたりしなければ、今ごろそんな細かいことは、みんなどうでもよくなっていたでしょうに。反省なさってくださいませ、お姉様」

自分の言葉がおかしいなどとまったく疑わず、華代は初音に反省を促した。

「なんだと……？」

いまだ青い顔の初音を抱き留めたまま、高雄は信じられないという顔で聞き返した。

華代は、青年と高雄をさっと見比べて、少し嫌そうに眉をひそめた。

「ふぅん、あなたってば、あやかしの統領だなんていうあやしいもののくせに、見た目だけは整っていてだめね。せめてあなたがあやかしらしく薄汚い化け物でしたら、お姉様にふさわしかったでしょうに。まぁでも、お姉様に誑かされるぐらいですもの、本当はそのお顔も作りもので、真実の姿は誰からも嫌がられる醜悪な容姿なのかもしれませんわね。ふふ。お姉様、かくりよとかいうその化け物の巣窟に連れていかれてから真実を知って絶望なさるといいですわ」

「華代……」

華代の言葉はあちらこちらに毒をまき散らかすようで、あまりにも短絡的だ。初音は、華代の毒だらけの言葉よりも、その常軌を逸した言動が恐ろしくなってきた。

これまでの華代は、侯爵家の令嬢として堂々と振る舞い、周囲の人々に丁寧に扱われていた。たとえそれが、西園寺侯爵家の威光のために周囲が彼女を受け入れざるをえなかったからだとしても、ここまでひどい態度でいれば、周囲の人々とて華代をまともに扱うことはなかっただろう。

たった一日、理性に悪影響が与えられたからといって、こんなにひどいことになるなんて。それとも初音が知らなかっただけで、最近の華代は社交の場でもいつもこんなふうだったのだろうか。

初音は、華代から目をそらすことなく、ごくりと喉(のど)を鳴らした。

（申し開きが許されない場を作り、そこで華代に非道な言動をさせる。華代はその罰として、侯爵令嬢としての身分を失い、家から放逐される。万智子様に狼藉(ろうぜき)を働いた時のように振る舞えば、場合によっては島流しにまでもっていけるかもしれない。それが百合子様のお考えになられた作戦だったけれど……）

百合子ははじめ、華厳校長など社会的身分のある人の前で、華代が万智子にしたような常軌を逸した行動をとらせることを考えた。そうすれば、西園寺侯爵も華代に厳罰を与えなくてはならなくなるし、仮に西園寺侯爵が華代をかばったとしても、華厳校長たちが話を広めれば、華代は身の置きどころがなくなる。

そうなれば、華代がいくら万智子を悪く言ったとして、信憑性などなくなる。万智子の家へ迷惑がかかることも、ほとんどなくなるだろうと思った。

だが、華代の万智子に対する行いのためらいのなさに、常識的な罰では同じ罪を犯すのではないかと不安もあった。また、百合子自身、華代の小鬼に対する扱いに怒りもあった。

この際、できれば華代に異能の行使を禁止させたり、家から放逐させたり、というような厳しい罰を与えたい。

そう考えて百合子が書いた手紙が、高雄に協力を求めた手紙だったそうだ。

だが、斎王にもこの件を伝えたところ、そこで新たな案が生まれた。その案というのが……。

初音は、どこかおもしろがっているような顔で華代たちを見ている青年を見た。

華厳校長に連れてこられたような顔をしている青年、彼こそが百合子が寄こしてくれた「申し開きできない場」のために必須の人物だった。

青年の正体は、今上帝の年の離れた弟。有栖山宮仁弥だ。二十八歳と、初音たちより十歳ほど年上の彼は、大統国の学院を卒業後、つい最近まで西の大陸に遊学していた。もともと継承権を巡るごたごたを厭い社交界から距離をおいていた人物なので、初音たちの世代で彼の顔などをはっきり覚えている人間は少ない。

その仁弥は、同世代かつ皇族同士でありながら俗な権力とは距離が遠い姪の斎王と親しいらしい。百合子が万智子の件で斎王に相談をもちかけた時、斎王のもとを訪れていた彼は、おもしろがって、この結納の場に同席してくれた。

いくら皇位継承権が高くないとはいえ、帝の弟である仁弥は、そう気軽に他の貴族の家を訪れるわけにはいかない。だが初音は親戚である百合子の級友であり、その縁で皇女である斎王から結婚を寿がれ、祝いの品を受け取っている。

しかも初音の結婚相手はかくりよのあやかしを統べる男で、その男と交流を持つことを帝が推奨していることは、斎王の行動から明らかだ。

であるならば、顔つなぎのために仁弥が同席することも、まぁ許されるのではないか、というのが仁弥の考えであった。

初音たちの行動は、初めの計画と同じでいい。

ただ皇族である仁弥が同席していることで、華代が愚かな振る舞いをした時、その罪は華厳校長たちだけが同席した時よりもずっと重くなる。

カトラリーを投げるなどすれば、いくら西園寺侯爵がかばおうとも、家からの放逐も強制できるだろうし、あやかしを操る術の禁止、援助の禁止なども加えられるだろう。場合によっては、西園寺侯爵ともども島流しにすることも可能かもしれない。そして今、華代は劇薬を初音に投げつけるという愚行に出た。

華代はそれを酒だと思っていたなどと言い逃れようとしたが、彼女がさかずきの中身を劇薬にするよう指示したことは簡単に証明できるだろう。

皇族がおわす場での、毒物の散布。

たとえ標的が皇族でなかったとしても、簡単な罰で許されるはずがない。

初音たちが考えていた以上の罪を、華代は知らずに犯したのだ。

初音は、自分がしかけた罠と、それがもたらそうとする結末が恐ろしくなった。

父も、華代も、もう侯爵や侯爵令嬢としての未来は閉ざされたも同然だ。

西園寺の家は残されるとしても、父は当主としての地位を親戚に譲ることになるだろう。島流しというどこか現実味のなかった罰も、実現しそうだ。

島流しになったとしても、もとは侯爵と侯爵令嬢だ。そうひどい扱いはされまい。

けれど遠い土地で都に戻れる希望もなく、使用人も、これまでのような財産もなく、生きるために自分で自分の支度をし、料理をし、漁や田畑を耕して生きることは、父や華代には簡単な生き方ではないだろう。ただ死を与えられるよりも彼らにとっては辛いかもしれない。

実現しそうになった今、初音はやはりためらいを覚える。

けれど、初音たちには予想もつかない論理展開を、華代はする。普通の貴族の令嬢ならば恥じ入り、大きな罰だと感じるようなことも、華代にはなんの咎めにもならない。かえって自分を正当化して周囲に迷惑をまき散らすかもしれないことは、おみつの例を見ても明らかだった。

父も、そんな華代をかばい、同調している。

苦労することになるだろうふたりに同情する気持ちは消えないが、初音は迷いそうになる心を奮い立たせる。ふたりとも厳しい罪に問われ、これまで自分たちがしてきたことを反省してくれたらいい。そう初音は願った。

母は……、このような事態になっても、まだ傍観者のような顔で初音たちを見ている母は、どうするだろう。

父や華代のように直接に罪を問われることがなかったとしても、父が侯爵としてのすべてをなくせば、彼女とて、これまでのような暮らしはできなくなる。父や華代を止められないでいただけならば、巻き込まれた母には申し訳ない。でも、母への親不孝が罪だというなら、初音はその罪を背負って生きていこうと思う。

初音はぎゅっと手を握りしめ、母への想いも断ち切った。

これが正しいことでも、正しくないことでも、もはや賽(さい)は投げられた。

華代のしたことは取り返しがつかないし、初音がかばえることでもない。

自分のために手を貸してくれた高雄や雪姫たち、百合子や万智子、斎王(さいおう)たちのためにも。

ただ、これだけは華代に言ってやりたいと思って、初音は決然と口を開いた。

「華代。あなたは高雄様が化け物などと言うけれど、あなたの醜悪な言動こそ、化け物と呼ばれるのにふさわしいわ。それに、もしも高雄様のこの見た目が偽りのもので、かくりよに行った時に獣のような容姿に変わられたとしても、私の高雄様への想いは変わらないと思うわ。私が高雄様をお慕いしているのは、高雄様のお顔立ちや姿形だけではなく、私を慈しんでくださるお優しいお心や、周囲の人を大切にされる生き方なのだから」

「お姉様のくせに、わたくしのことを化け物呼ばわりするつもりっ？　そんなにその化け物の婚約者が好きだと言うなら、ふさわしい姿にしてあげるわ！」

華代はそう言って、懐から懐剣を取り出した。

そして驚くべき速さで鞘から懐剣をぬくと、そのまま初音に切りかかろうとした。

だがその瞬間、雪姫の術が解かれ、華代の手から懐剣が落ちる。そして華代は、その場で膝をついた。

「なっ……、どうして……っ」

華代はどうにかして立ち上がろうとするが、どうしても立ち上がることはできなかった。

「まったく次から次へと、ろくなことをしない女だな……」

「精神力の強さだけは尊敬するけどな！」

華代から奪った懐剣を鞘に戻しながら、高雄と火焔は軽口を叩いた。

「侯爵令嬢たるわたくしに、気軽に触れないでちょうだい、化け物！　この手を離せっ！　離しなさいったら！」

「そ、そうだ！　華代を離せ、この化け物どもが！　お前らもなにを見ている！　その化け物を取り押さえろ！」

火焔に手をつかまれた華代がわめき散らすと、西園寺侯爵もはっとして声をあげた。

荷物持ちに連れてこられた使用人たちは戸惑いながらも、侯爵の言葉に従おうと高雄たちに近づいてくる。けれど彼らも次々と雪姫の術を解かれ、その場で膝をついた。

「やれやれ。西園寺侯爵と妹様は、自分たちは本来、高雄様の前では立っていることすらできないということをお忘れのようじゃの」

「少しは不思議に思うのではないかと思ったのですけれど。考えなしの方たちばかりでよかったですわね」

術を解いた雪姫と樹莉が顔を見合わせて言うと、立ち上がった仁弥が楽しげに言った。

「これにて一件落着ですね。では、全員、連行しましょうか。まぁ使用人たちに関しては、侯爵に逆らえるはずもありません。情状酌量されるよう口添えしましょう」

「な、なんだと……！　お前は華厳校長の秘書かなにかだろう！　なんの権限があって、侯爵たるわたしの使用人にそんなことを言うんだっ」

西園寺侯爵は膝をついたまま、怒鳴り散らす。

仁弥は、人の悪い笑みを浮かべた。

「私の名は有栖山宮仁弥、今上帝の弟だよ。どうした、西園寺侯爵。長い間この国を留守にしていたとはいえ、まさか皇族である私の顔を見忘れたわけではあるまい？」

「お、お前は……っ、い、いや、あなた様は……っ、まさか、本当に有栖山宮様……」

西園寺侯爵は、仁弥の言葉を否定しようと彼の顔を睨みつけ、青ざめた。

西園寺侯爵が仁弥に会ったのは、仁弥が留学する七年前の数回だけだ。仁弥の帰国を知らなかった西園寺侯爵は、言われるまで彼の正体に気づけなかった。

だが名乗られれば、思い出す。

侯爵は、さっと顔色を青く変えた。

「今上帝の弟ですってっ？」

華代は仁弥の言葉に、目を輝かせた。

「帝に年の離れた弟君がいらっしゃることは存じていましたが、わたくしと釣り合う年齢と容姿の方だとは存じませんでしたわ！　皇族ということは異能はお持ちではないのでしょうけれど、そこは我慢してさしあげます。わたくし、あなたと結婚してあげてもよろしくってよ！」

「華代……！　もういい、もういいんだ。お前がわたしをかばってくれるのは嬉しいが、わたしのためにお前が好きでもない男と結婚する必要などないんだ……！」

「……私の正体を明かせば、もう少し態度が改まると思ったのですが」

「態度は改まったのではないか？」

「想定外の方向に改められても困りますよ。……はぁ。これ以上、彼らの言葉を聞いていると、頭がおかしくなりそうです。早々に連行しましょう」

疲れた顔で、仁弥がこぼした。その瞬間。

「くそっ！　わたしは西園寺侯爵だぞ！　連行などされてたまるものか！」

西園寺侯爵が力を振り絞って術を使い、部屋のあちこちに火をつけた。

「ははは、見たか、わたしの力を！」

「黙れ」

高雄はうっとうしげに侯爵を睨んだ。火は、すぐに鎮火した。

「そ、そんな……。わたしの術が、こんなに簡単に消されるなんて……」

いまだ膝をついたまま、立ち上がることもできない西園寺侯爵が言う。

初音は、ずっと恐れてきた父の幻影が消えていくのを感じた。

（お父様たちに会うのも、これが最後）

せめてこれまで家族だった者として、父たちが連れていかれるところまで、きちんと見送ろう。

初音はそう心を決め、父と、華代と、母を見た。

その瞬間。

ごおおおおおん、と廊下から爆発音が響いた。

「な、今度はなんだ……っ」

ごおおおおん、ごおおおおおおん。

廊下から、次々爆発音が聞こえた。

ひとつひとつの爆発は、大きくない。

だが、数は多い。廊下から、料亭に勤める人々の悲鳴があがる。

「うわあああああああああ！　くそっ、この術を解け！　こんな場所にいられるか！」

「そうよそうよ！　わたくしの美しい顔に傷ひとつでもついたら、世界的損失ですわよ！」

西園寺侯爵と華代が騒ぐ。

けれど、初音は、爆発の原因に気づいて、驚愕に目を見張っていた。

爆発の術の使い手。それは……。

「お母様、なぜ……」

初音は、呆然として母を見た。絹子は、うっそりと笑った。

「なぜって……。初音、あなたは幸せなのでしょう？　その方に愛されて、自分もその方に愛を返し、幸せになろうとしているのでしょう？　許せるはずがないじゃない。あなたが幸せになることなど、あってはならないことなのよ」

「お母様……？」

初音は、昏い目で微笑む母の姿に息を呑む。

父や華代とは違い、決して自分を助けず、まるで初音の存在などないかのように振る舞う母は、ある意味では父や華代より怖かった。

だが、自分が母に、これほど疎まれているとは気づいていなかった。なぜなら初音には、母と過ごした思い出がほとんどないからだ。

なのに、まるで憎んでいるかのような、この目。

「どうして、どうしてなのです？　なぜ私を、お嫌いなのですか？　私がお母様に、なにかしてしまったのでしょうか？」

涙目で問いかける初音の肩を、高雄は気遣うように抱く。

爆発音は、聞こえなくなっていた。

絹子はそれに気づき、悲しげに眉をひそめた。

「せっかくあちこちに爆発物をしかけたのに、すべて壊されてしまったのね。あやかしたちにも気づかれないように、隠しの術と起爆のための火の術を一緒に使うのは、とても大変だったのに。旦那様と華代も、もっと上手に初音を傷つけてくれると思ったのに、そちらも期待外れだったし……。残念だわ」

いつもひっそりと生きてきた絹子の失望したような言葉に、西園寺侯爵と華代が驚きの目を向ける。けれど絹子は彼らに目を向けることなく、初音に諭すように言った。

「どうして、ですって？　決まっているじゃない。わたくしもあなたも、幸せになる資格などないからよ。苦しいだけの人生を生きること。それがわたくしたちの罪への罰なのだから」

絹子の語り口は、静かで、まるで決まったことを告げる巫女のようだった。

「罰……？」

「初音。取り合わなくていい」

高雄は初音を抱きしめ、絹子を威圧しようとした。

「……高雄様、戻りました」

すっと手をあげて、湖苑が高雄に声をかけた。

「湖苑、戻ったのか」

「はい。初音様の『守り』について、ちょうど今調べがつきました。お話しさせていただきたいのですが、よろしいでしょうか」

湖苑は、結納(ゆいのう)の席に同席してはいた。けれどその精神の大半は、初音を守ってきたものを『視(み)る』ほうに費やされていた。今、その術が完成し、湖苑はすべてを知った。

「構わぬが、まるで計ったかのようなタイミングだな」

呆れたように、高雄が笑う。湖苑はうなずいた。

「やはり高雄様は、お気づきだったのですね」

「うすうすは、な。ある程度は、見ればわかる。だが詳しいことは、お前しか知らぬ。湖苑、その女に視(み)てきたものを話してやれ。初音、そなたも聞くがいい。そなたに罪などなく、その女が誤っているのだとはっきりさせるために」

高雄の指示を受け、湖苑は絹子に優雅に一礼した。

「初音様のお母様……、いいえ、絹子様とお呼びしましょう。初音様を守っている者はあなたのことをそう呼んでいますから」

湖苑は、歌うような独特のリズムで絹子の名を呼んだ。絹子は視線を上げた。

「その呼び方……、まさかあなたは、鈴(すず)に会ったことがあるの……？」

「いいえ。ですが、過去の記憶を視(み)ました。絹子様、僕は、初音様の大いなる力を抑えている者がなんなのかを調べていました」

湖苑に視線を向けられて、初音はこくりとうなずいた。

「初音様のお力を阻害しているものは、ふたつ。どちらかしか調べられぬと思いましたが、密接に関わっていたため、どちらも調べがつきました。ひとつは、西園寺侯爵が小鬼の蠱毒に耽溺して作ってしまった、今この世に存在する中ではなかなかに強い鬼。それが西園寺侯爵の血筋を絶やすためにかけた呪いです」

「ば、馬鹿な……。お前のような若造が、なぜそれを知っている……！」

西園寺侯爵が声を荒らげたが、慌てて言葉を呑み込んだ。小鬼で蠱毒をすることは、禁じられた術だ。その上、作った鬼を制御できずに逃がしたなら、それ自体が重い罪になる。

湖苑は西園寺侯爵へは視線も向けず、絹子を見つめて続けた。

「そして、それとは別に、この世界で暮らすにはお力が強すぎる初音様を守るために、力を削いでいた守りの者……、それがあなたを『絹子様』と呼ぶ精霊です。僕が視た記憶の中で、あなたは彼女を『鈴』と呼んでいらした」

「鈴……、鈴……」

絹子は、はらはらと涙を流した。

あどけない少女のようなひたむきな泣き方に、初音は戸惑った。母が、というよりも、大人がこんなふうに泣くなんて、想像もしたことがなかった。絹子は、もはや娘たちや夫のことなど忘れてしまったかのように、湖苑を見てつぶやく。

「あなたは、記憶の中で鈴を見たとおっしゃいましたのね。そう、そうですわよね。鈴が生きているはずなどないのです。わたくしは、それをよく知っている……。だって、わたくしと初音が、鈴をこの世から消したのですから」

涙で濡れた頬をぬぐいもせず、絹子は昏い目で、初音をねめつける。

「ですから、わたくしと初音は、幸せになってはいけないの。お前をわたくしが産んだから、あの子は、鈴はこの世から消えてしまった……。誰からも望まれない、お前という子を守るために」

「その口を閉じろ。俺にとって初音は、なにものにも代えがたい大切な女性だ。たとえそなたが初音の母であっても、初音にそのような口を利くのは許さぬ」

初音への暴言に、高雄は声を荒らげた。

だが絹子がそれに反応する前に、湖苑がさらりと言う。

「高雄様のおっしゃる通りです。それに、鈴様は初音様とともにいらっしゃいます。初音様を守っているのは、鈴様ですよ」

「鈴が……？」

絹子は、こてりと首をかしげた。

「いいえ、いい加減なことを言わないでちょうだい。わたくしは、確かに見たの。わたくしが初音を産む時、西園寺の家に取り巻く悪いものが、お産で弱るわたくしと、西園寺の血をひく初音を消そうとうごめいているのを。そして、それからわたくしたちを守るために鈴が戦い、消えていくのを……」

糸が切れたように、絹子はその場に崩れ落ちた。そして両手で顔を覆い、泣き叫ぶ。

「わたくしは、子など欲しくなかった！　ただ鈴と一緒に暮らしていたかった！　幼いころから親にも構われず放置されていたわたくしのそばに、鈴だけがいてくれた。それなのに、精霊に守られた娘なら呪われた西園寺の男の子を産めるだろうと、売られて嫁がされ、挙句の果てにそんな男の子を産むために、鈴がいなくなってしまうなんて……！」

「お母様……」

初音は、初めて母の想いを知った。

愛されていないのではないかと、何度も思った。

自分などいなければ、家族は幸せなのではないかとも、何度も思った。

自分が「無能」でなければ、もっとよい娘であれば、母は初音を愛してくれるのではないかと、家族の中でひとり、直接的に初音を害することがなかった母に、何度も期待した。

けれど母の心の中に、はじめから初音の居場所などなかったのだ。

母が求めているのは、ただ彼女が幼いころからともに過ごした精霊だけ……。

「お母様なんて、呼ばないで！　わたくしは母親になどなりたくなかった！　返して！　お前のような、誰からも望まれない子と、わたくしの鈴では、その価値は比べものにもならないのに！　鈴を返して！　返してよ……っ！」

母になじられ、初音は唇を噛んだ。けれど初音は母を罵れなかった。

初音は、今、幸せだ。それは、高雄が自分を愛してくれたからだ。自分を望んでくれた人を、自分も愛し始め、彼とともにある未来を信じられるからだ。

母には、そんなものはなかった。

父は自分の血を継ぐ華代以外の人間を愛する人ではないし、母だって、そんな父とともに生きたいとは願わなかった。

母が願ったのは、幼いころからともに生きてきた精霊との未来。その母の幸せを、故意ではないとはいえ初音が断ち切ったのだ。

「返してもなにも、だからその鈴という精霊は、初音様とともにいますよ？」

悲嘆にくれて泣き叫ぶ絹子に、湖苑は不思議そうに言った。

「なにを言っているの……？　わたくしは見たと言ったでしょう！　初音が生まれる時、鈴が消えたのを……」

「あなたはお産で、自分も死にかけていたでしょう。ですから、最後まで見られていななかったのではないでしょうか。僕が視(み)た記憶でも、確かに鈴様は、あなたと初音様を守るため、悪いものと戦っていました。鈴様は、お強い精霊ですね」

「そうよ、鈴は強くて……。西園寺のお屋敷に嫁いできた時、たくさんいた恐ろしいものを、ぜんぶ退治してくれたの。旦那様との結婚生活は地獄でも、鈴がいたから、あのころは絶望しないでいられたの……」

鈴を褒められたと思ったからか、なにもかもを否定していた絹子が、湖苑の言葉にうなずいた。

湖苑は、当たり前のことを話すような口調で続ける。

「西園寺侯爵の前妻様たちも愛人たちも、何十人もいたのに、みんな身ごもる前か、身ごもった直後に亡くなっていて、誰ひとり無事に子を産めなかった。あなただけが、初音様をお産みになられた。それは鈴様があなたたちを守ったからだ」

「そう。そうよ……。けれど、そのせいで鈴が消えてしまったの……」

「いいえ」

ずっと絹子に寄り添うような言葉をかけ続けてきた湖苑は、そこではっきりと絹子の言葉を再度否定した。

「鈴様は消えていません。力を落としながらも、初音様をお守りになられたのです。……火焔、ここに結界を張れないか？　人の目に、あやかしが見えやすくなるものを。鈴様はだいぶ力を失っておられる。仮の屋敷に火焔が張った結界の中でさえ、僕たちにもはっきりと見えなかったほどだ。強力なのを頼む」

「あぁ？　そりゃ、できなくはねぇけどよ。どうする、統領？　この女のために、そんなことしてやる必要あるのか？」

高雄は首をかしげ、初音に問いかける。

「初音。先ほど、湖苑の記憶を見た……。初音が生まれる時、西園寺を呪う鬼が、そなたとあの女性に襲いかかるところを。それを退治するために、初音は赤子ながら強い力を発揮しようとして……自らの力で自らを傷つけそうになっていた。それを助けたのが、あの女を守ってきた精霊だ。そして無意識だろうが、その女も初音を守ろうとして力を使っていた」

「嘘よ！　わたくしは、わたくしはその子を守ったりなんかしていないわ！」

絹子の声は、悲痛に響いた。

高雄は憐れみの目で絹子を見て、初音に言った。

「彼女がなにを言おうが、真実は変わらぬ。初音、そなたの望むことを言うといい。この件でいちばんの権利を持っているのは、そなただ」

高雄の声は、どこまでも初音に優しい。自分は絶対に初音の味方だと、初音に語りかけるように。

「私は……、見たいです。お母様に、私を守ってくれている者を見せるのではなく、私自身が、今まで私を守ってくれていた方を見て、御礼を言いたい。だって、明日かくりよに行けば、その方はもう私の守りから外れてしまうのでしょう?」

初音は、自分の心に問いかけて、その心をまっすぐに高雄に伝えた。

すると高雄は、ふわりととても嬉しそうに笑った。

「なるほど。その女に見せるためではなく、自分が見るために、か」

「おかしかったでしょうか……」

それは、高雄が示してくれた選択肢ではない。初音が考えた、初音の選択肢だ。高雄の表情はいつも以上に優しげだったけれど、初音は不安になって尋ねる。すると高雄は優しく初音の頬を撫ぜ、「いいや」と笑う。

「初音が自分の気持ちを一生懸命に考えて、俺に伝えてくれたのが、嬉しいだけだ」

その笑顔があまりにも優しくて、初音の頬は熱くなる。

「で、では……」

「うん、そうだな。火焔、術を頼む。あやかしが見える、強い結界を張ってくれ」

「へいへい。承知しましたよっと」

火焔は呆れたように高雄を見ていたが、命じられた術を素早く展開した。これまで張っていたのとは別の結界に作り替える。

　すると、部屋のあちこちに、これまで見えなかったあやかしや精霊が姿を現した。

「な、なんと……」

　思わずうめき声をもらしたのは、あやかしに慣れていない華厳校長とその部下たちだ。絹子は周囲など目にも入らないようで、初音のそばにたたずむ精霊の少女を一心に見つめていた。

「鈴……」

　それは初音の手のひらの上にも乗りそうなほど、小さな小さな精霊だった。

　けれどその顔つきや体つきは二十歳前後の大人の女性で、大きなつり目が勝気そうな印象を与えた。

　鈴は絹子に名を呼ばれ、満足げに大きくうなずいている。

　鈴の力は非常に弱くなっているようで、火焔の結界の中でも声は出せず、姿もゆらいでしまっている。けれど鈴はそんなことはお構いなしで、初音の手のひらに乗せてもらい、絹子のほうへ行くように視線でねだる。そして絹子の近くまで来ると、初音の手のひらの上で大きく手を振りかぶり、絹子の顔をペシンと叩いた。

「す、鈴……？」

　手のひらほどの大きさの精霊に叩かれたところで、痛みはない。けれど絹子は衝撃を受けたようで、叩かれた頬を抑えたまま、目を見張った。

「怒っているぞ」

　高雄は苦い表情で、絹子に言う。

「鈴の言葉が、聞こえるのですか?」

「あぁ。俺は、あやかしの統領だからな。精霊も、この世が生み出したあやかしの一種で、俺の配下にある。……どれ、もう少し力を貸してやろう」

　高雄が、鈴に触れると、鈴は目を丸くして笑った。

「ありがとうございます!　我らが統領」

　鈴は、澄んだ綺麗な声で高雄に礼を言う。

　そして、まなじりをきりりと吊り上げて絹子を睨んだ。

「……もうっ、絹子。なにをやっているの。馬鹿じゃないの。絹子だって初音が生まれるのを、大きくなっていくお腹を、大切に、大切にしていたでしょう、だから私はがんばって初音を守っていたのに、どうしてあなたが初音をいじめているの」

「わ、わたくしは、初音がお腹で育っていくのを大切になんてしていないわ。わたくしは、鈴がいればそれでいいの!」

「十七年前のことも忘れるなんて、耄碌しすぎ。呆れる。そんなんだから、私の姿も見られなくなってしまったのよ」

　小さな精霊に叱られて、絹子は少女のように言い返す。それを見ていた初音の体から、ぐったりと力が抜けた。

「初音？　どうかしたのか？」

くたりと高雄にもたれかかると、高雄は慌てて、初音の顔を覗き込む。

「なんでもないんです。ただ、なんだか気が抜けて……」

初音は、くすくすと笑う。

「考えてみれば、お母様が私を産んだのって、今の私と変わらない年齢の時なんですよね。私もまだ、自分のことを大人とは思えないし、子どもを産むなんて考えたこともなかったんです。それなのに、お母様のことを大人のくせにって責めていました」

「初音。無理はせずともよい」

高雄は、痛ましげに初音を見た。

「え……？」

「あの女には、あの女の辛い過去がある。けれどそなたが受けた傷は、また別の話だ。そなたが母親に望んだ愛情は、与えられてしかるべきだった。あの女には、無事に初音をこの世に送り出すために力を使ったこと、初音の守りもそもそもはあの女が持っていた守りだったことは、感謝している。だが、初音を苦しめてきたことについては、あの父親や妹に対するのと同じくらい怒りがある」

「で、でも。お母様は、私を産んだせいで、仲良しの精霊を失って……。そもそもお父様と結婚もしたくなかったのに、無理矢理私を産まされて。辛い思いをたくさんされてきたのに……」

「初音。……俺は、そなたの優しいところもいとおしい。それが初音の心からの言葉なら、受け入れよう。けれど、本当は、初音の心の中には、まだ悲しみや怒りがあるのではないか？」

高雄に問われ、初音はぐっと喉を鳴らした。

高雄は、腕の中に初音を囲って、真摯に言う。

「もし初音が傷つき、怒っているのなら、それを我慢する必要などない。誰かがそれを間違っていると言っても、気にするな。俺は、全面的に、初音の味方だ。たとえ初音の母にどんな事情があろうとも、初音が怒るなら、俺もともに怒るし、それを責める者も皆敵に回してでも戦ってやる」

初音は、はらはらと涙をこぼした。

本当は、悲しかった。腹も立っていた。

けれど今日、母の痛ましい過去を知って、初音には絹子を責める権利などないのではないかと思った。

初音には、高雄がいる。愛し、愛され、これから先、ともにありたいと思える人が。

一緒にいたいと思う人と一緒にいられることは、稀有なことだ。

初音が生まれたことで母からそれを奪ったのなら、自分の悲しみや怒りは我慢しなくてはいけないと、初音は思ったのだ。

なのに、高雄は、怒ってもいいと言う。

悲しんでもいいと言う。

高雄は初音の味方だから、たとえ母にどんな事情があっても、初音の側に立って、一緒に怒ってくれると言う。

「わ、私……」

初音は、小さな声で言った。

「お母様のことがかわいそうだと、本当に思っているんです。申し訳ないとも思うんです。でも……、でも、腹も立って……！」

「あぁ」

「私が生まれたせいで、お母様は仲良しの精霊を失って、すごく悲しかったと思うんです。でも、お父様や華代にいじめられていても、ただ見ているだけで……。私はずっと、お母様もお父様や華代にいじめられるのが怖いから、私をかばえないんじゃないかって思っていたのに、お母様は私が不幸になればいいと思って見ていたのでしょう？　どうしてなの？　そんなの、ひどいじゃないですか……！」

話しているうちに、初音の声はだんだん大きくなる。

部屋中の視線が、初音を見つめていた。

絹子もだ。

「ごめんなさい。初音、華代」

絹子は、ふたりの娘を見た。

「先ほど鈴と再会して、これまで沈んでいた澱んだ沼から助け出されたみたいな気持ちだわ。もしかするとわたくしの心も、初音を産んだ時のあの戦いに負けて、呪われていたのかもしれない。……いいえ、これも言い訳ね。これまで傷つけてきた初音の十七年間、あまやかされるばかりだった華代の十六年間、わたくしも加害者だったのだもの」

絹子の謝罪に、初音は言葉を返さなかった。すがるように、高雄に抱き着く。

「許されたいとは思っていないわ。許されるには、あなたたちを傷つけてきた時間は、あまりにも長いもの。けれど、これだけは言わせて。初音、あなたは立派に幸せをつかんだ。その幸せを大切にして、ずっとずっと幸せでいて」

絹子の言葉を聞いても、初音は高雄に抱き着いたまま動けなかった。

高雄の胸で、ひっそりと初音は涙を流した。母と過ごした日々を思い出す。優しい思い出など、ひとつもなかった。今もらった言葉は、たぶん初めてかけられた、母からの母らしい言葉だ。

今さらだ。なのに、ほんの少しだけだけれど、嬉しさもある。

「私には、まだあなたを許すとか許さないとか考えられません。でも……、私は幸せになります。今の、この幸せを大切にします」

初音は涙をぬぐい、高雄の腕にすがりつきながら、母に対峙した。

これが初音の精いっぱい。取り乱さないようにこらえていると、高雄は空いた手で初音の肩を抱いてくれた。

絹代は涙ぐんだ目で、こくりとうなずいた。

そんなふたりを、華代と西園寺侯爵は茫然とした目で見ている。

「話がついたようですね」

これまで事態を静観していた仁弥が、声をかけた。

「西園寺絹子夫人。申し訳ないが、皇族がいる場に爆発物をしかけたあなたも拘束させていただきます」

「当然のことです。申し訳ございませんでした」

絹子は、仁弥に深々と頭を下げた。その肩の上に乗っていた鈴は、慌ててぴょんと床に飛び降りる。

そして、初音をじっと見上げた。

鈴はなにも言わなかったが、初音はその気持ちがわかった。

もう初音には、高雄がいるから大丈夫だろう。絹子と一緒に行ってもいいか、と聞きたいのだ。

「私は大丈夫です。鈴様。今までお守りいただき、ありがとうございます」

母と縁深い鈴への気持ちは、複雑なものだ。

けれど自分を守ってきてくれた鈴への感謝は、初音の中に強くあった。

深く頭を下げると、鈴は一生懸命に手を伸ばし、初音の頭を撫でる。その小さな手のぬくもりに、初音は確かに今まで自分を守ってきてくれた者の存在を感じた。

自分は、ずっとひとりだと思っていた。

けれど初音が見えなかっただけで、鈴はずっと初音とともにいてくれ、守ってくれていた。さっきのように頭を撫でてくれた時もあったのかもしれない。母のために、初音を守っていたのだとしても。それでも、初音のために向けてくれた優しさもあったはずだ。

初音は、もう一度深々と、今度はただただわき上がる感謝の気持ちを込めて頭を下げた。

鈴は絹子のもとに戻りながら、初音を振り返って、笑顔で手を振る。

さようなら。ずっと幸せを祈っている。

そう、声のない言葉が聞こえた気がした。

初音以外の西園寺侯爵家の人間は、みんな仁弥の側近たちに連行されていった。

西園寺侯爵は、新たに小鬼の蠱毒という禁術の使用と、制御できなくなった鬼の逃亡を隠匿していた罪などが暴かれ、もはや島流しは決定的だ。

華代も、まだ年齢が若いことから情状酌量される可能性はあるが、皇族が臨席する場で何度も危険行為を犯したこと、皇族への暴言などに加え、あの正気を疑うような言動から、厳罰が求められるだろう。

絹子も、皇族がいる料亭で爆発物をしかけているので、怪我人などがいなかったとはいえ、島流しは免れないだろう。

侯爵としての身分も奪われ、財産も使用人も失った彼らがどのような生活をこの先送るのか……、それはもう初音が知ることではない。

華厳校長も去り、高雄たちだけになった料亭の一室で、初音は畳の上に座り込んだ。

「終わったんですね……」

高雄は、無言で初音の背を撫でた。

その大きな手に背を撫でられると、初音は心の残滓が少しずつ消えていく気がした。

そっと目を閉じ、ただただ高雄に優しくされる時間に身を任せる。

しばらくして初音が目を開けると、いつものようにこちらを優しく見る高雄と目が合った。

「初音……」

高雄に抱き寄せられるままに、初音は高雄の胸に身を寄せた。その大きな腕に抱かれ、ふと視線を感じて横を見ると、こちらを火焔と樹莉がじぃっと見ているではないか。

はっとして、初音は慌てて、高雄から距離をとる。

「お邪魔して申し訳ございません、初音様」

「お、お邪魔だなんて、そんな……」

「お気持ちはまだまだ落ち着かれないでしょうけれど、家に帰りましょう。百合子様たちがお待ちですわ！」

「百合子様たちが……？」

「結納（ゆいのう）のやり直し、ではありませんけれど。祝宴ですわ！」

屋敷に戻った初音は、そこに意外な面々を見つけた。

「百合子様、万智子様、千鶴様も……。華厳校長と有栖山宮様まで……？」

級友たちの姿に目を輝かせた初音が、先ほど別れたばかりの仁弥と華厳校長までそろっているのを見て、驚きに顔をこわばらせる。

仁弥は、にこやかに笑った。

「私と華厳校長は、彼女たちの保護者として招かれたそうです。どうぞ、お気になさらず」

「え、ええ……」

宮様と校長が、級友たちの保護者代わりなんて、普通ではない。

本当は西園寺侯爵たちがなにかしたのではないかと心配する初音に、華厳校長が苦笑した。

「昼のことがありますから、彼女のお家の方への配慮だそうです。せっかくのお招きですから、参加させていただきました」

以前は厳しい表情しか見たことがなかった華厳校長だが、浮かべる苦笑はあたたかい。

「あぁ、よう参った。今日は世話になったな」

高雄は、華厳校長と仁弥に満面の笑みで礼を言う。

「まったく、仮にも宮家の人間を女学生の保護者としてこき使うとは。あやかしとは、ほんに恐ろしいものですね。華厳校長とて、お暇ではないでしょうに」

「時間をいただいて、すまぬのぅ。しかし、いろいろと話しておきたいこともあっての。……じゃが、まぁ、先に一献どうじゃ。そなたらが手を尽くしてくれたこと、我らは感謝しておるのじゃよ」

仁弥は笑顔で、高雄にちくちくと棘のある言葉を吐いた。

けれどちょこちょこと歩いてきた雪姫が、ぺこりと頭を下げて、酒の入ったさかずきを差し出した。まだ幼さを感じさせる美少女に頭を下げられ、仁弥はたじろいだ。

「申し訳ないですね。今のは軽口のつもりでした。けれど、せっかくだから一献いただきましょうか」

気まずさを笑顔で紛らわせ、仁弥は雪姫からさかずきを受け取った。

高雄は、そんな仁弥をにやにやと見ていた。

一方、初音は心配そうな顔をした級友たちに取り囲まれていた。

「おかえりなさい、初音様。妹様との御対決、お疲れ様でした。そのご様子ですと首尾は上々でしたのね」

今日は紅白の梅が描かれた美しい振袖を着た百合子が、自身こそが花であるかのように華やかな笑みを浮かべて、初音を出迎えてくれた。

万智子は、自分も初音の家族の断罪の契機を作ったと考えているようで、初音を気遣わしげに見ていた。

千鶴は、初音をひどく扱ってきた家族が遠ざけられたことを喜ぶべきか、家族が捕らえられた初音を気遣うべきか迷っているのだろう、ただ労わるようなまなざしを初音に向ける。

初音は、万智子や千鶴を安心させるように、にこりと笑顔を作った。

「ありがとうございます。おかげさまで、華代たちは、皇族がいる場での危険行為のため、連行されました。父は爵位のはく奪、財産の没収は確実です。百合子様がおっしゃっていた通り、島流しになりそうです。ですので、華代が万智子様のお家にご迷惑をおかけすることは、まずないでしょう」

万智子は、初音が妹や家族の断罪を気に病んでいないか探るように、初音の表情をそうっと見つめた。

そして、おずおずと口を開いた。

「ありがとうございます、初音様。華代様を怒らせたあの時は、醜聞に巻き込まれることも覚悟のうえで行動したつもりでした。けれど今、そうおっしゃっていただけると、なんともいえず安心いたしました。……けれど、初音様は、これでよかったのですか？　わたくしが申し上げるのもなんですが、ご家族が捕らえられたとなれば、初音様にもご迷惑がかかるのでは……」

万智子の目は涙をたたえている。

初音は、万智子を安心させるように、にこりと笑った。

「大丈夫ですよ、万智子様。私がこれから先もこの世界で生きていくのでしたら、両親や妹が犯罪者なのは辛いことでしょう。けれど、私は明日にはかくりよに行きますもの。この世界での評判など、どうでもいいのです」

「初音様……」

本当は、そんなに単純に割り切れるものではなかった。

西園寺の名は、「無能」とさげすまれた初音には、疎(うと)ましいものだった。

けれど同時に、誇りにも思っていた。

また明日にはかくりよに行くので、家族のことで他人から指をさされることはないだろうけれど、両親や妹が犯罪者として捕らえられたことは、心に重くのしかかっている。

万智子はそんな初音の気持ちを察しながらも、込み上げてくるものを呑み込み、無言で頭を上下に振る。

初音は、そんな万智子に笑みを向けた。

「私がこちらでの評判で気になるのは、皆様からの評判だけです。万智子様、華代がずいぶんご迷惑をおかけいたしました。あのような妹を止められず、申し訳ございませんでした」

「初音様のせいではございません……っ。華代様に、いちばん傷つけられてきたのは、初音様です！　わたくしこそ、初音様が華代様に傷つけられているのを知っていたのに、見過ごしてきたのです。それなのに、ただ血縁であるというだけで、初音様が華代様のことで謝らないでください……っ」

万智子は、目の端に浮かぶ涙をそっと袖でぬぐった。

「わたくしは、このたびのことで、初音様が有栖山宮様たちと尽力されたことを存じております。わたくしは、初音様は素晴らしいお方だと思っています」

「万智子様……」

涙にぬれた目で、そう自分に語りかける万智子の姿に、初音はぎゅうっと胸が締めつけられた。

隣にいた千鶴も、声をあげる。

「わたくしも、初音様がこちらの世に残るわたくしたちを気遣って、このような危険を引き受けてくださったと、百合子様から伺いました。初音様のご家族ではございますが、わたくしは、彼らが捕らえられてよかったと思います。そうでなければ、この先多くの方が傷つけられただろうと。……ですから、初音様。わたくしは初音様のなさったこと、尊敬します！」

「わたくしも同じ気持ちですわ、初音様」

百合子は、ゆったりと微笑んだ。

「高雄様や華厳校長が守ってくださるとはいえ、今まで自分を虐げてきた妹をわざと怒らせるなんて、さぞ恐ろしかったでしょう。それなのに初音様は、ひるまなかった。計画が成功したのは、初音様のご活躍があってのことです。初音様がご尽力くださらなかったら、計画は実行さえできませんでしたもの」

「百合子様……」

初音は、ずっと憧れ、尊敬してきた百合子の言葉に、目が潤んだ。

「初音様は、明日から自分はかくりよに住むのだからと、華代様や華代様に傷つけられる人のことなど切り捨ててしまうことは容易かったはずです。もし華代様や西園寺侯爵がこの先どんなことをしたとしても、それこそ初音様が世間にそしられることも、初音様自身が傷つけられることもない。それなのに、こうして自ら動き、ご家族の罪をさらし、捕らえてくださった。わたくしも、あなたのことを尊敬いたします。あなたと出会えてよかった」

百合子は、初音にその白魚のような手を差し出した。

初音は感動にむせび泣きながら、百合子の手を握る。

それを見ていた千鶴は、隣にいた万智子も巻き込んで、ぎゅうっとふたりに抱き着いた。

千鶴に三人そろってぎゅうぎゅうに抱きしめられながら、初音はふっと笑う。

そうだ。

自分は、がんばったのだ。

これまでは耐えることで苦境をやりすごしてきた初音は、今回初めて戦うことを選んだ。そして、戦い抜いた。

初音だけでは、こんなことはできなかった。

それができたのは、高雄や華厳校長、火焔たちが助けてくれたからだ。

そして百合子たちが、初音が戦うために必要だった強い想いを支えてくれたからだ。

「私……、がんばれたのですね。やり遂げることが、できたのですね……」

「そうですわ、初音様！　あなたはとてもがんばられました……！」

万智子は、とうとうぽろぽろ涙をこぼしながら言う。千鶴は、みんなを抱きしめる腕にぎゅっと力を込めた。

その力は痛いほど、力強い。

「う、千鶴様……！　ちょっと痛いですわ！」

万智子がたまらず声をあげると、千鶴は「ごめんなさい！」と慌てて腕を解いた。

そして四人は顔を見合わせ、ふふっと笑う。

「よし、では堅苦しい話は終わりじゃ！　作戦のためとはいえ、結納の席は大騒ぎになってしもうたし、仕切り直しじゃ。華厳校長に頼んで、ごちそうを用意してもろうたんじゃぞ。ほれ、見よ！　どれも美味しそうじゃろう！」

雪姫は、少女たちの話がひと通り終わったのを見て、祝宴の始まりを告げた。

示された食卓には、色とりどりのごちそうが並んでいた。

西欧風のものを用意してくれたようで、美しくカットされた野菜や果物、ひとくちで食べられる大きさに切られたフィレ肉、輝くソースをまとったローストビーフなどがたっぷりと机に並んでいる。

なかでも少女たちの目を輝かせたのは、色とりどりのひとくち大の甘味(スイーツ)だ。

「美味しそうですわ……！　それに素敵ですこと！」

千鶴が歓声をあげると、雪姫は満足そうに微笑んだ。

「がんばった後には、美味しいものを食べると相場が決まっておるのじゃ！　さぁ、たんと食え！　おすすめは、この焼いた肉に果物のソースをかけたやつじゃ」

「皆様は、なにがお好きかしら。どうぞ、お好きなものをお取りになってね。わたくしのおすすめは、このお野菜ですの。とても新鮮で、口当たりが素敵でしたわ」

雪姫と樹莉に次々とすすめられ、少女たちはなにを食べようかと瞳を輝かす。

初音も、百合子たちと感想をかわしながら、いくつものお料理やスイーツを口にする。

そうしてすっかりお腹が満ちて、ゆったりとした気持ちで百合子たちとおしゃべりをしていた時。

高雄がこっそりと、初音を呼んだ。

「高雄様。どうなさったんですか」

高雄は、なぜかカーテンの後ろに隠れるように立っていた。初音はその近くまで歩いていき、こてんと首をかしげて尋ねた。

高雄はそんな初音をいとおしげに見つめながら、初音に手を差し伸べた。

「隠れていたんだ。初音、友人と楽しんでいるところ申し訳ないが、俺に少し時間をくれないか……？」

いつも余裕綽綽に見える高雄の顔に、緊張の色が見える。

ぱちぱちと初音が目をしばたたかせると、高雄は緊張の色を濃くした。

（あぁ、この人は。本当に私のことを好きでいてくれるんだ……）

初音の返事をじっと待つ高雄を見て、初音は改めて実感した。

高雄はいつも初音を気遣い、初音の心を欲しそうにする。そんな人がそばにいてくれるから、初音は血縁の裁きに手を貸し、決定的に道をたがえた今も、孤独を感じないでいられる。

「もちろんです、高雄様。あなたが望むのなら、いつでも」

初音はそう言って、高雄の手を取る。

高雄は少し切なそうに笑って、初音の手を握り、屋敷から転移した。

またたく間に、高雄と初音は別の場所に移動していた。

「ここは……」

くるりと周囲を見回して、初音は驚いたように声をあげた。

「私の教室……？」

すっかり夜のとばりが下りた学校は、闇に包まれている。

けれど目をこらせば、見慣れた女学校の教室だとわかるはずだ。

「来たいと言っていただろう？」

高雄が言うと、初音は「あ」と声をあげた。

以前「どこか行きたいところはないか」と初音に聞いた時、教室にもう一度行きたいと言われたのを覚えていたのだ。ただその後にあれだけの騒動があったので、すっかり忘れてしまっていたのだろう。

高雄は初音の表情を見て、くすりと笑う。

「その顔は、忘れていたな」

「申し訳ございません……。高雄様は覚えていてくださって、私のために連れてきてくださったのに」

恐縮してうなだれる初音の頭を、高雄は優しく撫でた。

「俺も、そなたとここに来たかったんだ。ここは、初めてそなたと出会った場所だから」

初音は顔を上げ、高雄を見つめた。

その目には高雄への信頼があふれていて、高雄の心はあたたかく満たされた。

初音との出会いは、高雄にとってもとつぜんのことだった。

かくりよでいつも通り仕事をしていた時、この世に強い力の持ち主がいることを、とつぜん察知した。そして自分と並ぶほど強い力を持つ存在に興味を持ち、かくりよに来るよう誘いに来た、つもりだった。

けれど、こちらの世界につながる扉が開く時、誰かが高雄の力の発露である藤色の光に手を伸ばし、触れた。その時、高雄は触れた人間の心をはっきりと感じた。

澄んだ心の美しさ、苦境にあっても諦めない強さ。周囲の愛情に飢え、自らの心を閉じ込めようとする弱さ。矛盾する感情が織りなすその者の心は、いびつなのに美しかった。

（これは、誰の心だ……？　なぜだろう、妙に惹きつけられる）

高雄は扉が開ききるとすぐに、その心の持ち主を探った。その者がどこにいるかは、すぐに感じとれた。

奇しくもそれは、高雄が探しに来た強い力の持ち主と同じ人間のようだった。突然こちらの世に渡った理由を問う火焔を無視し、逸る心のままに、その者がいるほうを見た。

強大な力の源にいたのは、小柄な少女だった。少女は、なにもかもに怯えているかのように、萎縮した目をしていた。

強い力に反する弱々しい少女の雰囲気に、高雄は戸惑った。だがその少女は高雄を見ると、ぱっと目を輝かせ、高雄のほうへ近づくように窓辺へ歩み寄る。

その瞬間、高雄は少女に恋をした。

「統領の花嫁」「対の娘」……その言葉が脳裏をよぎる。

だが、そんなことはどうでもいい。この少女が伝説の番の花嫁でも、対の娘でも、そんなことは関係ない。

この少女を、守りたいと思った。

自分の手の中で大切に、弱っている彼女の心を保護し、育て、花開かせたいと思った。

そして同時に、この少女がともにいてくれれば、きっと自分の未来は心強いものになるだろうと、矛盾する確信を抱いた。

高雄の心は、初音を見たその瞬間に囚われたのだ。けれど、それでも、この時の高雄の心は、今ほどには初音に囚われていなかった。だからこそ、高雄は強引に初音に求婚した。

この時はまだ、すぐに初音を手放すことになったとしても、ともに過ごす短い間、求婚者として初音を思いきりあまやかし、愛情を注げればいいと思っていたからだ。

自分の愛情が欲するままに、ただただ初音を愛したかった。初音の傷ついた心を、自分が癒したかった。

初音を「俺の花嫁」だと言い、彼女が家の許可がなければ結婚できないと言えば、初音の父親に圧をかけてそれを得た。

そうして「婚約者」として初音に干渉する権利を得て、思いつく限り、初音にたくさんの贈り物をした。初音にたくさん愛の言葉を捧げ、優しい愛情だけを伝えるような辛抱強い触れ方に徹した。

仲間とともに食卓を囲む、楽しい時間をともに過ごした。初音の友人になりそうな少女たちを屋敷に招き、初音が楽しい思い出を作れるようきっかけを作った。

初音が欲しがりそうな着物やドレスも、たっぷりと贈った。そして初音を虐げる家族らを滅したいという気持ちを抑え、穏便に捕らえることにも同意した。

少しでも、初音が高雄を好きになってくれるように。

高雄とともに、かくりよに来ることを選んでくれるように。

……そしてもし初音が、高雄たちとかくりよに来ることを拒んだとしても、彼女がこの地で生きやすくなるよう、傷ついた彼女の心を癒すつもりで。

けれど。

初音と過ごしたこの二日間で、高雄は想像したよりもずっと、初音のことを好きになってしまった。もはや高雄は、初音と別れることなど考えられない。

だが、明日の朝、初音をかくりよへ連れ去る前に、高雄はどうしても初音に言わなければならないことがあった。

「初音。俺たちが、こちらの世には三日しか滞在できないと言ったのには、理由があるんだ」

初音は、高雄が大切なことを話すのだと察したのだろう、姿勢を正した。

ぴんと伸びた小さな体ぜんぶで、初音は高雄を見ている。

（やはり、俺は初音が好きだなぁ……）

言いたくない。

けれど、言わなくてはいけない。

「初音。俺は、他人の記憶を操れる。どのくらいの期間かは術の行使の規模によるが、この世界全体の記憶を操るのなら、三日ほどだ。つまり、今なら。俺たちあやかしの記憶をすべて、初音やこの世界の人々から消すことができる」

「え……」

高雄の言葉に、初音は絶句した。

「このまま、なにも言わずにいたかった。このままそなたをかくりよへ連れていっても、誰よりも幸せにする自信はある。だが、これは古の盟約。こちらの世に生まれ育った人間やあやかしをかくりよに連れていくのなら、その本人の意思を確認せねばならないのだ」

高雄は、重苦しい気持ちで続けた。

「もしも初音が望むのであれば、初音は俺たちのことをなかったことにして、こちらの世でこのまま生きていくこともできる。初音の望みのまま、この世界の人々の記憶を作り替えることも可能だ。例えば、初音と初音の家族が血縁だということをすべての人間の記憶から消し、初音が望む家の養女として暮らせるよう取り計らうこともできる」

高雄は、自分を見つめる初音の顔がこわばっていくのに気づいていた。高雄とて、このようなことは言いたくない。けれど盟約は破れない。

初音は思案しているような表情で高雄を見るが、なにも言わない。高雄は続けた。

「明日の朝まで、猶予があると思っていたんだ。けれど、さっきの初音の話を聞いて、初音がもしここに残るなら、初音と家族の記憶を改ざんしなくてはいけないと気づいた。こちらの世で俺たちが別の術を使えば使うほど、また常識から外れた効果のものであるほど、術はかかりにくくなる。彼らと初音の関係を周囲に忘れさせるには、かなりの力を使わなくてはいけない。だから今、動かざるをえなくなった……」

高雄は、ぐっと唇を噛みしめた。

「初音。古（いにしえ）の盟約で、俺はそなたに、かくりよで暮らすか、こちらの世で暮らすか、意思表示をしてもらわなくてはいけない。初音自身の意思でどちらで暮らすか決めること、それがこの世界とかくりよの間に横たわる、絶対的な決まりだ。だが……」

高雄は、初音の手を取って、祈るように言う。

「初めは、手放してやれると思った。そなたがこちらの世界で生きることを選んでも、そなたを大切に思っているからこそ、俺はその選択を祝福してやれると思っていた。俺にはそなたとの思い出があれば十分だと。でも」

高雄は、初音をすがるような目で見た
「今は、もう、そのようには思えない。初音と別れることなど、耐えられない。……お願いだ、初音。お前の選択を尊重しなければならない盟約の場で、こんなことを言うのは罪深いことだ。だが、どうしても、乞わずにはいられない。お前が望むことはどんなことでも叶えてやる。だから、どうか。俺とともに、かくりよに来てほしい。そして俺と結婚してほしいんだ」

渇望するように高雄に乞われて、初音は息を吐いた。はぁ、と何度か深呼吸して、少しだけ平常心を取り戻す。

高雄は、そんな初音の様子を拒絶と受け取ったようで、絶望的な表情を浮かべた。初音は慌てて、高雄の両手を握りしめた。

「違います、高雄様！　これは、その、緊張しすぎて息ができなくなっていたから。深呼吸です！」

「そ、そうなのか。すまない、そなたに無理をさせてしまって……」

「いいえ。私、とても嬉しかったんです……」

「初音……？」

初音は自分の言葉選びのつたなさに焦りながら、決して間違って伝わらないように、簡潔に自分の心を伝えることにした。

「高雄様が、私のことをすごく大切に考えてくださっていること、改めて感じました。だって古の盟約で私の意思を確認しなければいけないと言っても、こちらの世界で私が暮らしていきやすいように世界の記憶を改ざんするなんて、しなければならないわけじゃないですよね？　そんなことできる方は限られていますから」

「それは、まぁそうだが……」

「高雄様はそれができるからといって、そんなことをしなくてもいいはずだし、ましてや私にそれを伝える必要もないはずです。それなのに、私がこちらの世界で暮らしたいと言った時のために、その後の環境を整えるためにずっと準備してくださっていたんですよね。それは高雄様の望みとは真逆なのに」

「そうなるのか……？　だが初音、たとえそなたとともにいられなくなったとしても、そなたに幸せでいてほしいと思っている。それとて俺の真実の望みだ」

「高雄様のそういうところが、好きです」

初音は、込み上げる恥ずかしさを我慢して、まっすぐに高雄を見つめる。どんなに恥ずかしくても、これは伝えなくてはいけないことだ。

「高雄様はすごい力を持っていて、私の知らないこともたくさん知っていて、その情報を操作するだけで私を高雄様の都合がいいように動かすことだってできたはず。それなのに、高雄様はずっと私のことを誠実に尊重してくれた。初めは強引に求婚されたと思っていましたけれど、それすらも私のためだったのでしょう？」

高雄は目を見張り、またたきひとつせずに、初音を見つめてくる。

初音はその視線をしっかりと受け止めて、赤い顔で、心から笑う。

「大好きです、高雄様。私たちの関係のはじまりは、高雄様の強引な求婚だったかもしれません。でも今は、私も高雄様との結婚を望んでいるのです。だから……。高雄様が不安なら、私は何度でもお伝えします。初音は、高雄様が好きです。大好きです。だから私を、高雄様のお嫁様にしてください……！」

初音が告げた瞬間、高雄は初音を抱き寄せた。

腕の中の初音を確かめるように、かたくかたく抱きしめる。

「いいんだな……。もう離してはやれないぞ」

初音の耳元で囁く高雄の声は、かすれていた。

初音は、高雄の背にそっと腕を回す。そして自らぎゅっと抱き着いた。

「はい！　離さないでください、高雄様。ずっとずっと離さずに、初音を高雄様のそばに置いてください……！」

初音は、自分が抱き着いた高雄の背が震えているのに気づいていた。

初音が不安だったように、高雄も不安を抱えていたのだ。

もしかすると高雄からたくさんの言葉をもらっていた初音よりも、ずっと。

物心ついたころからずっと愛されずに育った初音は、人を信じきれない気持ちが根深く残っている。人を信じることは怖い。それが大切な人であれば、なおさら。

けれど、信じなければ、未来は開けない。

高雄とともに生きたいというのは、もう初音自身の望みでもあるのだから。

初音はぎゅっと高雄に抱き着いたまま、背伸びして、高雄の唇に唇を重ねた。

それは一瞬で、かすかに冷たい感触があっただけだった。

けれど初音の顔は、これまでにないほど熱くなる。

「初音……？」

驚いて初音の名を呼ぶ高雄の顔を見て、真っ赤な顔で、初音は笑った。

「大好きです、高雄様。私の精いっぱいの気持ち、届きましたか？」

「届いたとも……」

高雄は初音と同じくらい顔を赤くして、初音の唇に唇を重ねる。

そしてむさぼるように、口づけをかわした。

終章

翌朝は、この冬いちばんの寒さで、けれど澄みわたる空気が美しい朝だった。

昨日の夜、高雄と初音がふたりして真っ赤な顔で屋敷に戻った時には、百合子たちと華厳校長はすでに帰宅していた。

そして雪姫たちと騒動の後片付けについて話し合い、帰宅しようとしていた仁弥は、ふたりの様子になにか勘づいたようで、生あたたかい表情で別れの挨拶をして帰った。

初めての口づけの後、雪姫たちと顔を合わせるのが照れくさかった初音だが、雪姫たちは優しい目で見てくるもののなにも言わず、疲れただろうから早く寝るようにと言ってくれた。

初音は興奮して眠れないと思ったが、思っている以上に疲れていたようで、寝室に入るとすぐに眠ってしまった。

そして、今朝。

初音は、雪姫と樹莉の手を借りて、憧れの海老茶色(えびちゃいろ)の袴(はかま)に着替えた。

髪には、百合子からもらったリボンを結び、半襟(はんえり)は万智子にすすめられた小花柄のものにした。

袴は千鶴に用意してもらったものなので、三人に寄り添ってもらっているような心強さを感じる。

いよいよ、かくりよに行くのだ……。

初音は期待と少しの不安を胸に抱き、高雄たちと朝食をとる。

慣れ親しんだ味噌汁や白米を食べるのにも、こちらの世でとる最後の食事だと思うと、ひとくちひとくちが感慨深い。

ひとくちひとくち噛みしめるように食べる初音を、火焔は苦笑しながら見ていた。

そして、湖苑と火焔が日持ちする菓子などをかくりよに持って帰る荷物に詰め込んだことを教えてくれた。

にぎやかな食事が終わると、雪姫と樹莉は火焔に不思議な空間を作らせ、そこに初音の花嫁道具となる荷物を詰め込んだ。部屋いっぱいにあった着物やドレス、アクセサリーなどは、あっという間に不思議な空間に片付けられ、次いで卓や棚までもが収められていく。

家中が空っぽになると、初音たちは全員で、屋敷の外に出た。

そして屋敷の戸口を出たところで、火焔が手をかざすと、屋敷は跡形もなく消えた。

草一本生えていないがらんとした空き地に、初音は息を呑んだ。

先ほどまで自分たちが食卓を囲んでいたあの屋敷が、初めからなにもなかったかのように消えてしまったのだ。

不可思議なことには慣れつつあるとはいえ、屋敷が瞬時に消えたのは衝撃的で、またそれと同じくらい高雄たちと過ごした思い入れのある屋敷がなくなってしまったことが衝撃だった。

初音が呆然と空き地を見ていると、火焔がほがらかに声をかける。

「初音様は、この家を相当気に入っていたんだな。他人の設計を模倣しただけの屋敷だけどよ、俺が作った屋敷をそんなに気に入ってくれたのは嬉しいな。ま、かくりよに戻ったら、いい場所に同じように建ててやるからよ。楽しみにしてろよ！」

「え……？」

「ん？　高雄様からまだ聞いていなかったのか。わりぃ」

「いや、言う機会を逃していただけだから構わぬ。初音、そなたはこの屋敷を気に入っていただろう。だからあちらに持ち帰って、建て直そうと思ったんだ。その、俺たちの新居として」

高雄の言葉に、初音はまた息を呑んだ。

新居。

それもなかなかに威力がある言葉だ。

顔を赤くする初音を見て、高雄も赤くなった。

ふたりとも、昨日から何度もお互いの顔を見ては赤くなってしまう。

そして、その熱を冷ますことができないまま、学校へと転移した。


初音たちが転移したのは、学校の門の近くの、藤棚のすぐそば。

ふたりが到着すると、雪姫、火焔、樹莉、湖苑や近衛たちも藤棚の前に集まってきた。

そこには初音たちを見送りに来てくれたのか、百合子たちが待っていた。

「百合子様、万智子様、千鶴様……」

百合子たちが今日も来てくれるなんて思ってもみなかった。

まだ朝も早いというのに、百合子たちは美しく着飾って、初音の見送りにと学校まで足を運んでくれたようだ。

「初音様、こちらをどうぞ」

百合子が目配せすると、千鶴が初音に小さな包みを手渡した。

「これは……？」

初音は、やわらかな藤色の包装紙に包まれたそれをそっと受け取った。

「根付ですわ。鈴の形をしていますの。初音様を今まで守られていた精霊は『鈴』という名でしたでしょう。代わりにと言うには僭越な、なんの術もかけられていない根付ですけれど、わたくしたちとおそろいなのです。どうぞこちらの世界を思い出すよすがとして、お持ちになってくださいな」

百合子はそう言うと、自分の帯から小さな金色の根付を取り出した。千鶴と万智子も、同じように金色の鈴の形をした根付を取り出す。

初音は三人に許可を得て、自分に贈られた包みを開けた。

中には、指の先ほどの小さな金色の鈴の形をした根付が入っていた。百合子や、万智子、千鶴が持っているものと同じものだ。

「大きな音がしないように作られているのですけれど、こうして耳に当てると、かすかに綺麗な音がしますのよ」

千鶴は根付を耳に当て、楽しそうに言う。

百合子は、目に涙を浮かべる初音を見て、微笑んだ。

「初音様はかくりよに行ってしまわれますけれど、わたくしたちだっていつどこへお嫁に行くかわかりません。こうしてわたくしたちが四人で顔を合わせるのも、今日が最後かもしれません。それでも、短い間でしたけれど、楽しい時間をともに過ごせたことを忘れたくないと思ったのです」

それは昨日、初音が言ったのとよく似た言葉だった。

誰からともなく、抱擁(ほうよう)をかわす。

するとその時、藤棚の周辺が輝き始めた。

「初音。時間だ」

高雄が初音に手を伸ばす。初音はこくりとうなずき、百合子たちに手を振り、別れを告げた。

「さようなら、お元気で！」

「お幸せに！」

次々にかけられる言葉に、初音は精いっぱい手を振って応える。

周囲はあの時と同じように、紫の光で満ち、藤棚の藤は今を盛りとばかりに咲き誇り、門の形に変わっていった。

「門が開いた。帰るぞ……！」

初音の手を高雄がぐっと強く握りしめる。

「皆様、さようなら！　私はきっと幸せになります！」

初音は、自分を守るように寄り添ってくれる高雄の手を握り返し、友人たちに叫んだ。

次の瞬間、藤の花で作られた「門」が開いた。

初音は光に導かれ、かくりよへの門をくぐる。
生涯をともにすると誓った、愛する人とともに。

「無能」とよばれ、家族に虐げられて育った少女は、この世から消えた。
そして、自らが選んだ愛する人に愛される、ひとりの花嫁がかくりよに現れた。

これは、ただひとりの娘がひとりの男と出会い幸せになる、ありふれた奇跡のお話であり、かくりよを統べるあやかしの統領と、彼に溺愛された花嫁の出会いのものがたりである。

策謀だらけの後宮に 禁断の恋が花開く!?

「予知の巫女」と呼ばれていた祖母を持つ娘、春玲は困窮した実家の医院を救うため後宮に上がった。後宮の豪華さや自分が仕える皇子・湖月の冷たさに圧倒されていた彼女はひょんなことから祖母と同じ予知の能力に目覚める。その力を使い「後宮の華」と呼ばれる妃、飛藍の失せ物を見つけた春玲はそれをきっかけに実は飛藍が男であることを知ってしまう。その後も、飛藍の妹の病や湖月の隠された悩みを解決し、心を通わせていくうちに春玲は少しずつ二人の青年の特別な存在となり…… 掟破りの中華後宮譚、開幕!

定価:726円(10%税込み) 978-4-434-33088-9

イラスト:淵゙

こちら、地味系人事部です。
～眼鏡男子と恋する乙女～
秦朱音 Akane Hata
うちの給与は末締めです！
会社員が行き交う街、品川。『株式会社フロムワンキャリア』の社員・三郷茉美は、営業部員として月末月初の慌ただしい日々を送っていた。入社三年目を迎え、今後のキャリアに向かって動き出す同期達を横目にルーティンをこなす毎日。将来に悩みつつも何もできないでいた彼女は、人事部に所属する先輩社員・藤堂厚に出会う。地味な容貌ではあるものの、ハッキリとした物言いと真っ直ぐな働き方の藤堂に惹かれた茉美。久々の恋に浮かれつつ、改めて頑張ろうと決意するが……ある日、突然の辞令で藤堂が所属する人事部労務課に異動することになり——？　部署が変われば働き方も変わる!?　新米人事部員のお仕事奮闘記！
◉定価：726円（10%税込み）　◉ISBN:978-4-434-33090-2
◉Illustration：Minoru
こちら、地味系人事部です
～眼鏡男子と恋する乙女～
貴殿に「人事部労務課」への
異動を命ずる——
うちの給与は末締めです！
部署が変われば、働き方も変わる悩める乙女のお仕事小説

可愛い子どもたち＆イケメン和装男子との

ほっこりドタバタ住み込み生活♪

会社が倒産し、寮を追い出された美空（みそら）はとうとう貯蓄も底をつき、空腹のあまり公園で行き倒れてしまう。そこを助けてくれたのは、どこか浮世離れした着物姿の美丈夫・羅刹（らせつ）と四人の幼い子供たち。彼らに拾われて、ひょんなことから住み込みの家政婦生活が始まる。やんちゃな子供たちとのドタバタな毎日に悪戦苦闘しつつも、次第に彼らとの生活が心地よくなっていく美空。けれど実は彼らは人間ではなく、あやかしで…!?

各定価：726円（10%税込）

Illustration：鈴倉温

覚悟しておいて、
俺の花嫁殿——

就職予定だった会社が潰れ、職なし家なしになってしまった紗和。人生のどん底にいたところを助けてくれたのは、壮絶な色気を放つあやかしの男。常磐と名乗った彼は言った、「俺の大事な花嫁」と。なんと紗和は、幼い頃に彼と結婚の約束をしていたらしい！　突然のことに戸惑う紗和をよそに、常盤が営むお宿で仮花嫁として過ごしながら、彼に嫁入りするかを考えることになって……？　トキメキ全開のあやかしファンタジー!!

定価：726円（10%税込み）　ISBN 978-4-434-32929-6

Illustration：桜花舞

特別な眼を持つOL × 最凶のあやかし

アルファポリス
第5回
キャラ文芸大賞
謎解き賞
受賞作！

善悪コンビの謎解き奇譚！

人とあやかしの血を引くOLのちづるは、真実を見抜く特別な力「麒麟眼（きりんがん）」を持つせいで、周囲から孤立しがち。そんなある夜、彼女は人の世の裏側にある春龍街（しゅんりゅうがい）の住人――あやかしの白露（はくろ）と出会う。半ば強引にあやかしの世へと連れてこられたちづるは、美術商をする白露に誘われるまま真贋鑑定（しんがんかんてい）の依頼を手伝い始めるが……。吉祥とされる全てを見透かす善（よ）き眼を持ったちづると、凶兆を告げる最強のあやかし「鵺（ぬえ）」の白露。善悪コンビが紡ぐあやかし謎解き奇譚ここに開幕！

◉定価：726円（10％税込）　◉ISBN:978-4-434-32926-5　◉Illustration：安野メイジ

この作品に対する皆様のご意見・ご感想をお待ちしております。

おハガキ・お手紙は以下の宛先にお送りください。

【宛先】

〒 150-6008 東京都渋谷区恵比寿 4-20-3 恵比寿ｶﾞｰﾃﾞﾝﾌﾟﾚｲｽﾀﾜｰ 8F
（株）アルファポリス　書籍感想係

メールフォームでのご意見・ご感想は右のＱＲコードから、
あるいは以下のワードで検索をかけてください。

ご感想はこちらから

アルファポリス文庫

虐げられた無能の姉は、あやかし統領に溺愛されています

木村真理（きむら まり）

2023年12月25日初版発行

編　集－星川ちひろ
編集長－倉持真理
発行者－梶本雄介
発行所－株式会社アルファポリス
〒150-6008 東京都渋谷区恵比寿4-20-3 恵比寿ｶﾞｰﾃﾞﾝﾌﾟﾚｲｽﾀﾜｰ8F
TEL 03-6277-1601（営業）　03-6277-1602（編集）
URL https://www.alphapolis.co.jp/
発売元－株式会社星雲社（共同出版社・流通責任出版社）
〒112-0005 東京都文京区水道1-3-30
TEL 03-3868-3275
装丁イラスト－ザネリ
装丁デザイン－西村弘美
印刷－中央精版印刷株式会社

価格はカバーに表示されてあります。

落丁乱丁の場合はアルファポリスまでご連絡ください。

送料は小社負担でお取り替えします。


ISBN978-4-434-33087-2 C0193